KB151101

고양이 소개소 🐾

고양이 소개소

임두건 글·그림

북고기봉

차례

제1화

인연의 고리

고양이는
세상 모두가
자기를 사랑해주기를
원하지 않는다.
다만,
자기가 선택한 사람이
자기를 사랑해주길
바랄 뿐이다.

- 헬렌 톰슨

사람은 누구나 그럴 때가 있다. 항상 다니는 익숙한 길인데 지나가다 보면 '이런 가게가 있었던가.' '이런 간판이나 조형물이 여기에 있었던가.' 하는 어쩐지 생소한 동네라도 온 것 같은 낯선 기분이 들 때 말이다. 사실 난 그런 현상을 자주 느낀다. 타고난 길치여서만은 아니다. 길을 걷다가 길냥이와 마주치게 되면 그 길냥이를 관찰하다가 나도 모르게 일정 거리를 따라가게 되고, 그러다 정신을 차려보면 전혀 엉뚱한 장소에 와 있을 때가 있기 때문이다.

　오늘도 길냥이 한 마리에 정신을 빼앗기고 말았다. 마치 내가 이 장소에 있는 것이 이상하다는 듯, 나를 계속 따돌리고 어디론가 가려 하는 녀석의 행동이 독특해서 넋 놓고 따라다니다 보니 또 엉뚱한 골목에 서 있었다. 분명 자주 다니는 길일 텐데 아무리 둘러봐도 이 골목이 어딘지 알 수 없다.

　"나 참……. 할 수 없지."

큰길로 나가면 위치를 곧 파악할 수 있으리란 생각에 발걸음을 옮겼다. 정작 내가 관찰하던 길냥이 녀석은 내가 두리번거리는 사이, 자취를 감춰버렸다. 늘 반복하면서도 똑같은 실수를 저지른 자신이 한심스러워 쓰고 있던 벙거지 모자를 벗고 이틀이나 감지 못한 머리를 긁적이며 몇 걸음이나 걸었을까. 기묘한 간판이 내 눈을 사로잡았다.

'고양이 소개소'

"뭐지? 고양이 용품이라도 판매하는 곳인가? 혹시 구조한 길고양이들을 위탁 분양하는 곳? 아니면 설마, 번식업자?"

고양이를 기르고 있는 고양이 집사로서 억누를 수 없는 궁금증에 이끌려 문을 열고 들어갔다. 무척이나 낡은 건물이어서 그런지 현관문도 삐걱~하는 날카로운 음을 내며 열렸다. 내부에는 철재로 만든 책상 몇 개가 놓여있었고 상당히 구형으로 보이는 컴퓨터 두어 대와 사무집기들이 놓여있었다. 사무실 입구 쪽에는 낡은 소파가 놓여 있고 한쪽 구석엔 서류 꾸러미들이 잔뜩 쌓여있었다. 마치 직업소개소 같은 분위기.

난 사실 이런 분위기가 익숙하다. 소위 잘나가지 못하는 삼류 작가. 이렇다 할 히트작이 없는 것은 물론이려니와, 제대로 등단도 못했다. 시시한 잡지에 애묘 칼럼이나 게재하는 나로서는 그것만으로는 입에 풀칠할 수가 없기 때문에 이런 분위기의 직업소개소를 들락거린 적이 꽤 있다. 딱히 직업소개소가 아니더라도, 내가 칼럼을 게재하는 잡지사도 이런 낡은 사무실이다. 이보다는 더 복닥거리는 분위기지만.

'혹시 여긴 직업소개소인데, 업소명이 고양이였나?'라는 생각을 하며 다시 뒤돌아 나가려는 순간, 검은 슈트 차림의 한 남자가 다가오며 물었다.

"어떻게 오셨는지요?"

"아, 아닙니다. 간판을 보고 호기심을 느껴 들어온 것뿐입니다. 여기가 뭐 하는 곳인지 궁금해서요. 일하시는 데 방해를 드렸다면 죄송합니다."

정체불명의 남자는 재미있다는 듯 살짝 웃으며 말했다.

"괜찮으시다면 잠깐 앉으셔서 차라도 한잔하고 가시겠습니까? 이곳에 사람이 찾아온 것은 무척이나 오랜만이라서요."

뭔가 오싹한 이야기를 들은 듯했지만 이 남자의 목소리가 너무나 편안하고 포근한 느낌을 전해주는지라, 까닭 모를 안도감을 느끼며 다시 안쪽으로 들어섰다. 남자는 낡은 소파에 앉으라고 권한 후 사무실 안쪽에서 차를 준비했다.

나는 소파 쿠션 모서리에 엉덩이를 살짝 걸치듯 어색하게 앉으며 다시 사무실을 둘러봤다. 다른 사람은 보이지 않았다. 직원은 현재 저 기묘한 분위기의 남자 한 명만 있는 듯했다. 남자는 준비해온 찻잔을 테이블 위에 내려놓으며 말했다

"입맛에 맞을지 모르겠습니다. 저희는 고양이들을 위한 차만 준비해 놓고 있던 터라……. 하지만 이 계통에선 제법 고급으로 소문난 상품이니 선생님 드시기에도 괜찮으리라 생각됩니다."

남자의 영문 모를 소리에 멍한 표정을 지으며 찻잔의 뚜껑을 연 순간, 한 번도 맡아 본 기억이 없는 생소한 향기가 코끝으로 퍼져왔다. 꽃의 향기인가, 아니면 무언가 말린 과실의 향기? 알 수는 없었지만 차의 향기 또한 남자의 목소리처럼 기묘하게 안도감을 안겨주는 포근함이 있었다.

"독특한 차로군요. 마음이 어쩐지 편해집니다."

남자는 기쁜 듯 웃으며 대답했다.

"마음에 드신다니 기쁩니다. 고양이와 함께하고 계시거나 함께 한 적이 있는 분이군요."

"네. 한 10년 진에…… 아, 그 녀석이 아직도 살아있는 건 아니고요. 몇 년 전에 무지개다리를, 그러니까 제 말은 세상을 떠났는데, 그 이후로 절대 기르지 않겠다고 생각했지만 떠나보낸 뒤 어쩐지 자꾸 외로워져서요. 얼마 전에 다시 한 마리 입양해 기르고 있답니다."

처음 보는 사람에게 별소릴 다 하고 있다고 생각한 순간, 남자는 여전히 어딘가 안심되는 포근한 목소리로 말했다.

"어쩐지. 그럴 것 같았습니다. 저희는 '기른다'는 표현은 쓰고 있지 않지만요."

난 이 남자와의 대화, 그리고 차의 향기가 전해주는 나른하기까지 한 기묘한 안도감에 어쩐지 저항하고 싶다는 생각이 들어 조금은 강한 어조로 남자에게 물었다.

"그런데, 여기는 뭐 하는 곳입니까? 애초에 고양이 소개소라는 간판을 보고 궁금해서 들어오긴 했습니다만."

남자는 본인도 차를 한 모금 들이키며 말했다.

"말 그대로 고양이 소개소입니다. 고양이들의 의뢰를 받아 각각의 고양이들에게 알맞은 집사나 환경을 연결해주는 역할을 하고 있습니다."

"뭐요? 죄송합니다만, 제가 이해를 잘……."

남자는 나의 당황하는 기색이 예상한 반응이라는 듯 입가에 미소를 띠며 이야기를 이어갔다.

"처음엔 이해가 안 가실만합니다. 하지만 이렇게 생각하시면 쉽습니다. 고양이와 인간의 인연은 인간이 선택하는 것이 아닙니다. 고양이가 선택하는 것이죠. 인간은 선택을 받을 뿐입니다. 그게 진실입니다. 우린 그 만남이 고양이들이 희망한 대로 제대로 연결되게 도와주는 일을 하죠. 세상 모든 일이 그렇듯, 항상 해피엔딩으로 연결되진 않지만요. 안타깝게도."

갑자기 얼굴이 확 달아오르는 걸 느꼈다. 이런 말도 안 되는 헛소리라니. 새로운 다단계식 상술인가? 아니면 신흥 사이비 종교? 어차피 사기일 테지.

이런 곳에 들어온 스스로가 한심스러워 얼른 자리를 박차고 일어나고 싶은 충동을 느꼈지만 이런 곳일수록 침착하고 냉정해야 당하지 않는다는 생각에 애써 차분한 어투로 말했다.

"그쪽이 뭘 원하는지는 잘 모르겠지만 뭔가 팔아보려는 속셈이라면 시간 낭비하는 겁니다. 난 지금 그럴만한 능력이나 여유가 없거든요."

남자는 여전히 미소를 잃지 않은 얼굴로 대답했다.

"뭘 팔다니요? 그럴 리가요. 저희 고객은 어차피 인간이 아닌걸요. 그리고 선생님께 원하는 건 아무것도 없습니다. 이곳이 알고 싶었고 궁금했던 것은 선생님 쪽 아니던가요?"

남자의 말이 맞다. 궁금해서 문을 열고 들어온 것은 내 쪽이었다. 남자의 목소리에 실려 오는 안도감에 살짝 흥분했던 마음이 다시 가라앉았다. 나는 그 반복되는 안도감에 여전히 저항하듯 일부러 목소리에 힘을

주며 다시 말했다.

 "애초에 이런 직업소개소 같은 낡은 사무실에 미물인 고양이가 직접 찾아와 집사를 찾는 의뢰를 한다니, 어린아이라도 믿지 않을 이야기 아닙니까!"

 남사는 침착하지만 또렷한 어조로 말했다.

 "고양이와 함께하고 계신 분이 미물이란 표현을 쓰다니, 의외군요. 그리고 낡은 사무실? 그런 것 또한 본인이 가진 관념에 불과한 겁니다. 고양이 소개소의 간판을 봤을 때 선생님이 만들어 낸 이미지인 거죠."

 "관념이라니, 여기 분명⋯⋯."

 따지듯 말하며 주변을 둘러보니, 어라? 여긴 낡은 사무실이었는데? 어느새 나는 세련되고 편안한 소파에 앉아있었고 주변은 살짝 어두운 조명이 도회적인 분위기를 자아내는 카페테리아의 모습으로 변해있었다. 당황한 나는 자리에서 일어나 주위를 다시 둘러봤다. 어느 틈에 희미하지만 음악도 흐르고 있었다. 아니, 처음 들어올 때부터 음악이 흐르고 있었던 건지도 몰랐다. 검은 슈트 차림의 남자는, 자세히 보니 깔끔한 흰색 린넨 셔츠에 짙은 감색 바지를 입고 있었다. 저 남자. 검은 슈트 차림이 아니었던가? 이젠 스스로의 기억마저 확실치 않게 느껴졌다. 머리에 현기증을 느끼며 소파에 털썩 주저앉는 나를 걱정스러운 표정으로 쳐다보며 남자가 다시 입을 열었다.

 "너무 혼란스러워하지 마십시오. 관념과 선입견이 만들어낸 이미지가 허물어지고 있는 과정일 뿐입니다. 어차피 이곳은 보통 인간들에겐 현실과 초현실의 경계선과 마찬가지인 장소니까요."

머리를 짓누르는 듯한 현기증에 한동안 생각에 잠겨있던 나는 양손 엄지로 관자놀이를 문지르며 겨우 입을 열었다.

"그럼 제가 기른 고양이들도 제가 선택한 게 아니라 그 녀석들이 저를 선택했단 말입니까?"

"그렇습니다."

"무지개다리를 건넌 첫 아이. 그 아이가 떠난 시기도 녀석이 직접 고른 겁니까?"

"그건 아닙니다. 어떤 소개소도 운명에 함부로 관여할 수는 없습니다. 우리는 그저 고양이들이 희망하는 조건에 최대한 맞춰 그들이 평생을 함께할 집사들과 연결하려고 노력할 뿐. 운명을 미리 알 수도, 조정할 수도 없기에 인연의 마지막이 항상 해피엔딩일 거란 보장도 없습니다."

"도대체 뭐가 뭔지 알 수가 없네요. 그럼 고양이들이 여기 직접 찾아와서 나 호강시켜줄 주인 좀 소개시켜주시오~ 한단 말입니까?"

"주인이라기보다는 동반자라는 표현이 맞겠죠. 그리고 고양이들이 직접 찾아오는 경우가 없는 것은 아닙니다만, 그보단 고양이의 염원이 전해진다고 하는 편이 맞을 겁니다. 세상에 이미 태어난 고양이든 아직 세상에 나올 날을 기다리는 고양이든 우리에게 염원을 보낸다면 그것은 전달됩니다. 물론 세상의 모든 고양이가 그런 염원을 가지고 있는 것은 아닙니다. 때로는 운명 가는 대로 순응하며 사는 속 편한 고양이들도 많이 있죠."

남자는 다시 차 한 모금을 마신 뒤 혀로 입술을 축이며 말을 이었다.

"사람 사는 세상과 똑같습니다. 결혼 배우자 소개소나 직업소개소도 서로 필요로 하는 조건을 맞추어 최선의 상대를 연결해주는 역할만 하지 그 이상의 관여는 어렵습니다. 저희도 다르지 않습니다. 그리고 세상의 모두가 그런 소개소를 이용하지는 않듯이 고양이들도 마찬가지입니다. 사실 저희 소개소를 이용하는 고양이들보다 그렇지 않은 쪽이 더 많다고 할 수 있지요.”

여전히 혼란스러워하는 내 앞에서 남자는 하나의 장부를 펼치며 내가 길렀던 고양이들이 어떻게 나를 선택하게 되었는지를 설명해주겠다고 했다. 본래는 금기시된 일이나 이곳에 고양이가 아닌 나 같은 인간이 들어오게 된 것도 상당히 드문 일이라면서.

난 여전히 이 남자가 나에게 무슨 사기를 치는 것은 아닐까 경계심을 느끼면서도 까짓것 한번 속아보자는 오기 역시 발동해 이야기를 들어보기로 했다. 어차피 지금의 내 머릿속도 이 남자의 이야기처럼 정상은 아닌 것 같으니까 말이다.

남자는 장부를 훑어 내려가며 물었다.

“선생님이 고양이와 처음 인연이 닿은 것은 대략 10년 정도 전이라고 하셨죠?”

나는 떠나간 첫아이의 추억에 잠기며 나지막이 대답했다.

“네. 제가 맞춤 고양이라는 별명을 붙여줄 정도로, 저를 위해 하늘에서 만들어준 것처럼 사랑스러운 아이였죠. 제가 싫어하는 행동은 전혀 하지 않고 제 눈빛만으로도 뭘 원하는지 아는 것 같았던. 아아, 정말 제 마음을 읽고 있다는 느낌이 드는 아이였습니다.”

남자는 장부에서 눈을 떼지 않은 채 턱 주변을 매만지며 말했다.

"선생님의 첫 고양이 인연은 그보다 좀 전인데요? 이 고양이는 저희 손님이었군요. 오래전이지만 조금 독특한 손님이었기에 기억이 납니다."

"뭐요?"

"이름이……, '콩이'라는 이름이었군요."

'콩이'라는 이름을 듣는 순간, 심장이 얼어붙어 버릴 것처럼 놀라서 하마터면 들고 있던 찻잔을 떨어트릴 뻔 했다.

세월 속에 까맣게 잊혀져가고 있던 이름, 콩이.

그래. 확실히 그 녀석은 내 인생에서 고양이와의 첫 인연이었다.

약 10년 전, 정확히는 11년 전, 그저 그런 대학을 갓 졸업한 나는 조그만 무역회사에 취직이 되어 일하고 있던 사회초년생이었다.

평상시와 다를 것이 하나도 없던 어느 무더운 여름날. 에어컨도 제대로 가동 안 되는 사무실이었기에 사무실의 문을 열어놓았던 게 원인이었는지 새끼 길고양이 한 마리가 먹을 것을 찾아 사무실로 들어왔다.

소리를 지르는 여직원들, 불결하다며 몽둥이를 찾는 남직원들 사이에서 갈 곳을 찾던 이 새끼 고양이는 내 쪽을 향해 달려왔고 나는 반사적으로 녀석을 잡아 안았다. 꼭 잡겠다는 생각보다는 자기방어의 본능이었을 게다. 내 품에 들어온 녀석은 할퀴거나 발버둥을 치지 않고 마치 도망칠 의사가 없다는 듯이 품속에서 희미하게 떨고만 있었다.

병을 옮길지도 모르니 당장 길에 버리라는 사장님, 책임지지 못할 거면 동물 학대가 될 수 있으니 모른 척 다시 내보내라고 조언하는 과장님, 이참에 고양이 한 마리 기르다 보면 여자들에게 없던 인기 좀 끌지 않겠냐고 낄낄대며 농담을 던지는 남자 동료들, 연신 귀엽다며 사진 찍기에 여념이 없는 여직원들. 물론 자기가 데려가 기르겠다는 사람은 없었다.

그런 혼란스러운 분위기 속에서 나는 내 의지와 별 상관없이 엉겁결에 그 녀석을 집으로 데려오고 말았다. 워낙 작은 녀석이라 이름은 '콩이'라고 지었다.

그 후로 갑작스레 시작된 고양이와의 동거. 애완동물을 길러본 경험이 없던 나에게는 실수 연발, 당혹스러움의 연속이었다.

내 손을 장난감처럼 여기며 자꾸 물려고 하는 콩이. 뿌리치려 하다가 할큄으로 상처를 입는 경우도 빈번했다.

내가 집을 비운 사이 전선을 물어뜯어 이빨 자국투성이로 만들어 놓기도 했고 내가 무척이나 애지중지하던 오디오 시스템의 한 쪽 스피커 커버를 물어뜯고 할퀴어 망가뜨려 놓기도 했다.

아끼는 물건을 망가뜨리는 것도 화가 났지만, 행여 전선을 물어뜯다가 감전 사고로 죽기라도 하면, 내가 집에 귀가했을 때 타죽은 고양이 시체와 맞닥뜨려야 한다는 것이 더 싫었다. 상상만 해도 끔찍한 일이었다.

놀아 달라 밥 달라 보채는 소리에 새벽에도 잠을 제대로 이룰 수 없었다. 그런가 하면 길냥이 습성이 그대로 남아있어서 좀처럼 내 곁에 와서 애교를 부리는 일도 없었다. 오히려 경계하는 눈빛으로 나를 피해 침대 밑으로 달아나는 경우가 더 많았다. 잠을 설쳐가며 놀아주고 밥을 주고, 아끼는 물건들을 망가뜨려도 내 손을 상처투성이로 만들어도 참고 내쫓지 않는데 애교 한 번 부릴 줄 모르는 고양이라는 동물이 배은망덕하게 느껴졌다. 콩이로 인한 스트레스로 집에 들어오기 싫어 일부러 술자리나 회식에 적극적으로 참석하기도 했었다.

결국, 난 콩이와의 동거 2주 만에 백기를 들고 말았다. 아무리 그래도 그냥 길거리에 버리는 행동은 양심이 허락하지 않기에 지역 정보지에 고양이 입양하실 분을 찾는다는 자그마한 광고를 냈다.

얼마 뒤 한 남자에게서 연락이 왔고 난 콩이를 데리고 그 남자를 만났다. 조용한 성격으로 보이는 그 남자는 얼마 전 사고로 다리를 다쳐 병원에 입원해 있던 상황에서 지인으로부터 고양이를 선물로 받게 되었고 그 고양이로 인해 마음의 치유를 받았단다. 그때 받은 고양이를 여전히 기르고 있던 이 남자는 자신의 고양이에게 친구를 만들어주고 싶다는 생각에 연락했다고 했다.

그래. 사람도 좋아 보이고 무엇보다 이미 고양이를 한 마리 기르는 사람이잖아? 이 정도 사람이면 콩이를 잘 길러줄 것 같았다. 솔직히 말하면, 어서 떨쳐내고 싶은 생각에 더 이상 묻지도 따지고 싶지도 않았다.

난 콩이에게 잘 살라며 가볍게 작별 인사만 하고 녀석을 놔둔 채 뒤돌아보지도 않고 그 자리를 떴다.

이후 모든 게 정상으로 돌아온 생활이었는데, 그래야 했는데, 이상하게 가슴 한구석이 뻥 뚫린 것 같았다. 며칠 지나면 괜찮겠지 생각했는데 날짜가 지날수록 마음속의 허전함은 더 커져만 갔다.

나는 어느새 콩이를 처분하기 위해 이용했던 지역 정보지의 광고란을 뒤적이며 역으로 고양이 입양 정보를 체크하고 있었고, 유명 펫샵의 고양이 분양 이벤트에 참석해 기웃거리기까지 했었다.

그러던 어느 추운 겨울날, 난 모 동물 보호 단체가 주최한 구조 동물

입양 이벤트의 한쪽 구석에서 내가 떠나보낸 녀석과 너무나도 닮은 아이를 발견했다. 참으로 멍청한 짓이라 생각하면서도, 이럴 거면 애초에 녀석을 떠나보내지 말았어야 했다고 스스로 자책하면서도 나는 결국 그곳에 있던 아이를 입양해 집으로 데리고 왔다. 콩이를 만났다가 떠나보낸 바로 이듬해 1월의 일이었다.

그 아이가 두부. 내가 오늘까지 나의 첫 고양이라 인식해왔던 아이다. 실은 두부의 이름도 콩이를 보낸 후 그 아쉬움이 데려오게 만든 고양이라는 의미에서 두부라고 붙여준 것이다. 콩으로 두부를 만드니까.

두부는 콩이와는 전혀 다르게, 마치 내가 뭘 좋아하고 뭘 싫어하는지 미리 아는 것처럼 행동했다.

내가 싫어하는 행동은 일절 하지도 않았을 뿐 아니라 물건을 망가트리는 일도 없었다. 손을 물거나 할퀴는 일은 결코 없었고 나를 경계하며 침대 밑에 숨기는커녕, 내가 출근할 때는 배웅을, 내가 퇴근할 땐 마중을 나왔다. 고양이에 익숙지 않은 나를 위해 하늘에서 보내준 듯한 맞춤형 고양이. 두부는 나에겐 그런 인상의 고양이었다.

두부는 내 곁에서 7년이라는 길지 않은 세월을 함께 보낸 뒤 안타깝게도 복막염으로 세상을 떠났다. 두부를 떠나보내고 가슴에 묻는 과정이 너무나 힘들었기에 다시는 반려동물을 기르지 않겠다고 다짐을 했다.

그 사이 나는 직장을 그만두고 학생 때부터 꿈꾸던 작가의 길을 걷기 시작했지만 작가의 길은 순탄치 않았다. 금전적으로나 정신적으로나 힘든 생활이 반복되다 보니 외로움이 더욱 커졌다.

결국 2년 전, 나는 다시 구조된 길고양이 한 마리를 입양했다. 왼쪽 앞다리에 나비 날개 모양의 점이 있기에 '나비'라는 이름을 붙였다.

　고양이에게 나비라는 이름이 왜 그렇게 상투적이고 흔하게 느껴지는지 알 수 없지만, 나비라는 이름이 이 녀석만큼 잘 어울리는 고양이도 흔치는 않을 것이다.

　나비는 두부만큼이나 말썽부리지 않는 고양이로 가난한 작가 집사가 돈이 없어서 늘 마트의 할인 코너에서 싸구려 사료만 골라 사다 준다는 사실을 아는지 모르는지, 언제나 가리지 않고 맛있게 식사해주는 속 깊고 먹성 좋은 고양이다.

　여기까지의 이야기를 들려주자 고양이 소개소의 남자는 마치 다 알고 있다는 듯 빙긋 웃으며 말했다.

　"보통 그렇게 스스로 경험한 부분만 알고 있어야 하는 것이 정석이죠. 하지만 선생님의 경우는 이곳에 찾아올 만큼 무언가 특별함이 있는 데다 선생님에게 찾아간 저희 의뢰묘, 콩이와 두부도 모두 조금 특별한 손님들이었기에 선생님이 모르셔도 되는 부분을 얘기해드리겠습니다."

　"두부도 여기 의뢰인, 아니 의뢰묘였다고요?"

　"그렇습니다. 그래서 선생님의 사연이 조금은 특별한 거죠."

　남자가 들려준 얘기는 이러했다.

　콩이는 애초부터 이 고양이 소개소에 의뢰한 것은 아니었다. 아기 길고양이였던 콩이는 그날, 그러니까 11년 전 운명의 그날에 그저 배가 고파서 사무실이 있던 건물로 들어왔다가 문이 열려있던 사무실 안쪽까지 우연히 들어오게 된 것이었다. 나의 품에 안겨 우리 집으로 오게 된 것도 역시 우연이었다.

인간의 영역에서 처음으로 살게 된 콩이는 모든 것이 신기했고 호기심에 물건을 건드린 일에 인간이 화를 내는 사실이 좀처럼 이해가 가질 않았다고. 반면 고생하며 돌아다니지 않아도 때가 되면 저절로 먹을 것을 가져다주는 인간이 너무 고맙기도 했단다.

영문도 모른 채 나에게 버림받고 다른 집으로 떠나가게 된 콩이. 콩이를 데려간 남자는 내가 생각한 만큼 좋은 사람은 아니었다.

그 남자는 곧 새로운 여자 친구를 사귀게 되었는데, 새 여자 친구는 고양이를 싫어하는 사람이었다. 고양이 문제로 자주 다투게 되자 고양이에 싫증을 느끼게 된 이 남자는 콩이는 물론이고 자신이 원래 기르던 고양이까지 떠나보내게 되는데, 그냥 입양 보낸 것도 아니고 돈 받고 팔았단다.

새로운 집으로 가게 된 콩이는 그곳에서 외출 고양이로 지내게 되었고, 조금은 무신경한 집사 덕에 집 밖에서 더 많은 시간을 보내게 되었다.

그렇게 수년이 흘렀다.

콩이는 어느 비 오던 날 골목 처마 밑에서 떨고 있던 새끼 길냥이를 만나게 되고 그 녀석에게 먹을 것을 가져다주게 된다. 먹을 것 때문인지 콩이를 잘 따르게 된 새끼 덕에 둘은 가끔 길에서 만나 친하게 지내며 우정을 쌓아갔다고 한다.

그러던 어느 날, 새끼 길냥이는 동네 개에게 습격을 받게 되었는데, 콩이는 습격하는 개에 맞서 전력으로 새끼 길냥이를 지켜내지만 큰 부상을 입게 된다. 움직이기 어려울 정도로 크게 다친 콩이는 자기 고양이가 돌아왔는지 안 돌아왔는지 무심한 집사 덕에 이틀이 되도록 골목 구석에 방치되었고 새끼 길냥이의 간호에도 불구하고 가쁜 숨을 몰아쉬다가 새끼 길냥이에게 염원을 전하고 사흘째 되던 날 아침, 숨을 거둔다.

콩이 덕분에 목숨을 건진 새끼 길냥이는 이후 늠름하게 자라서 동네를 누비며 싸우기도 하고, 놀기도 하고, 그리고 사랑도 하며 새끼를 갖게 된다. 이 녀석이 낳은 다섯 마리의 새끼 중에는 왼쪽 앞다리에 나비 모양의 점이 있는 귀여운 녀석도 있었다.

다섯 마리 새끼들이 엄마 젖을 뗄 무렵, 먹을 것을 구하러 나간 어미 녀석은 그만 과속으로 달리던 자동차에 치여 로드킬을 당하고 만다.

어미를 잃은 다섯 마리 형제들은 모두 뿔뿔이 흩어지게 되는데 왼쪽 앞다리에 나비 모양의 점이 있는 녀석은 다행히도 지역 고양이 구조 단체의 도움으로 시설로 보내진다.

나는 남자의 이야기를 듣고 당황하며 물었다.

"자, 잠깐. 그럼 우리 집 나비가 지금 그 아이란 말입니까?"

"그렇습니다."

"그럼, 콩이가 목숨 걸고 구해냈던 새끼 고양이가 또 우리 나비의 엄마란 얘긴데, 어떻게 이런 경우가……."

두 손으로 머리를 감싸고 있던 나는 마음을 가라앉히며 이마의 땀을 훔쳐내고는 다시 남자에게 물었다.

"그럼 콩이의 염원은 무엇이었습니까? 그리고 우리 두부가 여기의 의뢰인이었다는 이야기는 또 뭡니까? 또 우리 집에 오게 된 나비와의 인연은 우연입니까? 아니면 그것도 필연입니까?"

"묻고 싶은 것이 많아지는 것도 무리는 아닙니다. 하나씩 말씀드리죠. 콩이는 선생님을 선택하기 위해 저희에게 의뢰한 것이 아닙니다. 선생님에게 버림받고 나서 의뢰를 했죠."

"네?"

"콩이는 선생님 집에 있던 짧은 2주간, 처음으로 경험하는 인간 세상이 그저 신기했을 따름이었습니다. 선생님이 뭘 좋아하고 뭘 싫어하는지 파악하기는 어려웠죠. 선생님에게 버림받고 나서야 비로소 선생님이 뭘 좋아하고 싫어하는지 알게 된 거죠. 그런 사실들을 저희에게 전달하며 선생님에게 더욱 어울리는 고양이를 소개해달라는 특이한 의뢰를 하게 된 겁니다. 반면 두부는 선생님과 같은 집사를 만나기 위해 저희에게 처음부터 염원을 보내와 의뢰해왔습니다. 저희는 두부와 선생님의 인연을 염두에 두고 콩이의 염원을 두부에게 전달했습니다. 콩이와 두부, 두 고양이의 염원이 한데 어우러져 두부를 선생님에게로 인도하는 운명이 열리게 된 것입니다."

"세상에 그럴 수가……."

고개를 떨어뜨린 채 이야기를 듣고 있던 나는 신음처럼 말을 뱉으며 양손으로 얼굴을 문질렀다. 남자는 그런 내 모습을 보고 잠시 이야기를 멈췄다가 말을 이었다.

"선생님을 동반자로서 사랑했던 두부는 선생님에게 많은 사랑과 관심을 받길 원했기에, 콩이의 염원이 전해준 선생님의 취향을 최대한 숙지하며 선생님을 배려했습니다. 그래서 마치 두부가 선생님이 뭘 좋아하고 뭘 싫어하는지 미리 알고 있던 것처럼 그렇게나 맞춤형 고양이일 수 있었던 겁니다."

"그랬군요. 그래서 두부가 그렇게까지⋯⋯. 그런데 콩이는 왜 자신이 어떤 집사에게 가고 싶다는 의뢰를 하지 않고 이미 자신을 버린 나에 대한 의뢰를 했을까요? 도무지 이해가 안 되는데요."

남자는 숨을 한 번 고르더니 이야기를 이어갔다.

"어떤 고양이는 만남 그 자체의 인연보다 만남을 연결해주는 인연의 고리를 더 중시하는 고양이가 있습니다. 콩이는 선생님으로 인해 인간 세상에 처음 발을 디디게 되었고 인간과 처음으로 생활을 공유했습니다. 콩이 입장에선 자신이 앞으로 만나게 될 만남보다 선생님이 만나게 될 만남을 더 걱정하고 더 관심을 가졌다고 할까요? 그래서 자신이 그 인연의 연결 고리가 되는 역할을 마다하지 않은 것이죠. 선생님은 그렇지 않았는지 몰라도 콩이는 선생님을 많이 사랑했던 것 같습니다."

그럼 결과적으로 콩이와의 만남은 나와 두부를 연결해주는 인연의 고리 역할을 수행하기 위해 이루어졌던 거란 말인가? 두부를 나에게 오도록 만들기 위해서?

"콩이는, 그런 삶이어도 행복했을까요?"

남자는 조용히 대답했다.

"틀림없이 그랬을 겁니다. 인연의 고리가 된 것은 본인의 선택이니까요."

나는 눈물이 복받쳐 올라오는 것을 가까스로 억누르며 말했다.

"그럼, 나비와의 인연은 어떻게 된 겁니까?"

남자는 잠시 침묵을 지키더니 이미 식어버린 찻잔을 천천히 치우며 말했다.

"콩이는 두부가 떠난 이후의 당신마저도 걱정한 것 아닐까요?

솔직히 콩이가 죽어가며 새끼 고양이에게 전달한 염원, 그리고 그 고양이가 어미가 되어 나비를 포함한 다섯 마리 새끼들에게 젖을 먹이며 전달한 염원이 무엇인지 저도 자세히는 모릅니다. 어디까지나 저희는 나비에게서 선생님을 집사로 찾는다는 의뢰를 받은 것뿐이니까요."

남자는 찻잔을 들고 일어나며 다시 말했다.

"그 인연의 이유는 이제부터 선생님 스스로 찾아보는 게 어떻겠습니까? 콩이와 두부, 나비의 엄마는 모두 무지개다리를 건넜지만 마지막 의뢰인인 나비는 아직 선생님 곁에 있지 않습니까?"

나는 이 믿을 수 없는 이야기의 비현실성보다는, 주체할 수 없이 흐르는 눈물과 회한에 현기증을 느껴 비틀대며 일어섰다.

"갑자기 들어와 시간을 많이 뺏었군요. 실례했습니다."

출입구 쪽으로 걸어가다 돌아보니 이번엔 실내가 여러 가지 오래된 책들이 빼곡히 꽂혀있는 고풍스러운 도서관 같은 모습으로 변해있었고 남자의 옷차림도 어느새 수수하지만 세련된 네이비 톤의 카디건으로 바뀌어 있었다. 음악 소리는 멈춘 지 오래인 듯했다. 아니, 가만. 애초에 음악이 나오기는 했었던가? 분명히 에릭 사티(Erik Satie)의 쥬 뜨 브(Je Te

Veux: 난 당신을 원해요)*를 얼핏 들은 기억이 있긴 한데……. 남자는 마지막으로 뭐라고 덧붙여 인사를 건넨 것 같지만, 지독한 현기증 탓인지 무슨 소리였는지 알아들을 수가 없었다.

건물을 나와 큰길가로 향하며 생각했다. 익숙한 큰길로 나서고 나면 아마 지금 내가 걸어가고 있는 이 골목은 다시는 찾을 수 없을 거라고.

집에 돌아오니 언제나처럼 나비가 반겼다. 변함없이 마트의 할인 코너에서 산, 제일 싼 보잘것없는 사료지만 나비는 여전히 맛있게 먹어준다.

처음엔 먹성 좋은 녀석이라 그러려니 생각했지만 어쩐지 내가 주는 것이라 맛있게 먹어주고 있다는 생각이 들었다. 내가 주는 거라면 뭐든 맛있다는 마음으로. 설령 입맛에 맞지 않거나 배가 고프지 않더라도.

오늘 본 것은 뭐였을까? 그 기묘한 장소에서 만난 남자의 얼굴도 이상하게 기억이 나지 않는다. 하지만 그 남자의 이야기를 들으며 가슴이 찢어지는 듯 복받치던 감정은 지금도 나의 세포 하나하나가 기억하고 있다.

컴퓨터를 켰다. 나는 오늘 있었던 이야기를 글로 남기기로 했다.

작가로서의 욕심 때문만은 아니다. 콩이가 나에게로 왔다가 떠났고, 그로 인해 두부가 나와 함께 했고, 콩이가 목숨을 걸고 어미를 지키지

---

* 프랑스의 작곡가 에릭 사티(1866-1925)가 앙리 파코리의 시를 가사로 바꿔 작곡한 왈츠풍의 곡으로 1903년에 처음 발표되었습니다. 처음엔 피아노 반주에 맞춰 보컬이 노래하는 가곡 형태의 버전으로 발표되었지만 이후 사티는 이 곡을 피아노 솔로 버전과 오케스트라 버전 등 다양한 형태로 편곡했습니다.

않았더라면 이 세상에 나올 수 없었던 나비가 나를 택해 지금 내 곁에 있다. 어쩌면 이 인연의 고리들은 나로 하여금 그 이야기를 글로 남기게 하기 위해 존재한단 생각이 들었기 때문이다.

서랍을 뒤져 오래된 콩이의 사진을 찾았다. 콩이를 떠나보내기 전날 찍은 사진. 햇빛이 쏟아져 내리는 창가를 바라보며 상념에 잠긴 듯한 어린 콩이의 표정에는, 그 이후의 인연의 고리를 만들어내기 위한 각오가 이미 서려 있었는지도 모르겠다.

나는 그 사진을 나비에게 보여주며 말했다.

"나비야 보렴? 콩이야. 넌 직접 만나본 적이 없겠지만 콩이는 너희 엄마를 통해 너에게 무엇을 전한 거야?"

나비는 마치 사진을 자세히 보려는 듯 까치발을 하고 앞발로 책상에 기대며 '냐앙~'하는 소리를 냈다.

"그래. 우리 같이 그 인연의 고리를 찾아보자."

나는 워드 프로그램을 열고 이제부터 쓰게 될 놀라운 이야기의 제목을 적어 넣었다.

'고양이 소개소.'

제2화
기다림의 행복

고양이는
한 사람을 감당하기 힘들 정도로
사랑한다.
하지만,
그들은 너무나 지혜롭기 때문에
그것을 밖으로 완전히
드러내지 않는다.

- 메리 E. 윌킨스 프리맨

밥은 잘 챙겨 먹나요? 일이 힘들진 않은가요?

짓궂게 괴롭히는 사람은 없나요?

오늘도 스트레스 없는 하루 보내고 있나요?

오늘 저녁 당신의 하루를 들려주세요.

내가 여기, 변함없이 이 자리에서 당신을,

당신만을 기다리고 있을 테니까요.

　

"그럼 다녀올게, 비앙카. 물하고 맘마 그릇에 채워놨으니 잘 챙겨 먹고, 편히 쉬고 있어. 저녁때 퇴근해서 돌아오면 오늘은 많이 놀아줄게?"

　나를 비앙카라 부르는 나의 동반자인 이 남자. 회사원. 나이 38세. 아직 싱글.

　많이 놀아줄 거란 이 남자의 말은 믿지 않습니다. 언제나 저렇게 말하고는 퇴근해서 돌아오면 지치고 무거운 몸을 침대에 누이고 그대로 잠들어 버리는 경우가 허다하기 때문이죠. 하지만 지키지 못할 약속이라도 거짓의 뜻은 없다는 걸 알기에 그 말이 기쁩니다. 믿지 않는다고 생각하면서도 어딘가 마음 한구석에서 살짝 기대를 하게 되는 그 두근두근한 기분이 좋거든요. 아주 가끔, 정말 가끔이지만, 약속을 지켜준 때도 있으니까요.

이 남자가 인간 사회에서 얼마나 능력 있는지 저로서는 알 수 없습니다.

하지만 집에 돌아와 외간 여자와 통화를 하거나 집에 데려오는 일이 없는 거로 봐서, 이성에게 딱히 인기 있는 타입은 아닌 것 같습니다.

술 마시고 늦게 오는 일도 드물고, 달리 찾아오는 사람도 없고, 주말에도 주로 집에만 있고. 친구도 별로 없는 모양이에요? 뭐 그편이 저도 귀찮은 일이 없으니 좋습니다. 사교성이라곤 눈곱만큼도 없어서 접대묘 기질과는 거리가 먼 저 같은 도도한 고양이에겐 딱 적당한 동반자라고 할 수 있으니까요.

그날도 이 남자는 변함없이 똑같은 대사를 날리고는 문을 나섰습니다.

매일 똑같은 대사라 무성의하게 느껴질 수도 있지만 저는 오히려 익숙해서 좋습니다. 항상 같은 대사이기에 그 미묘한 억양과 악센트의 변화에 따라 이 남자의 현재 몸 상태가 어떤지, 심리 상태는 어떤지를 짐작할 수 있거든요.

그날은 목소리도 우렁차고 말꼬리가 밝게 올라가는 거로 봐서 컨디션은 Good에서 Very Good 사이였습니다. Great 레벨까지는 아닙니다. 이 남자는 기분이 Great 레벨일 때는 콧노래까지 살짝 부르니까요.

저는 평상시와 다름없이 현관문 앞 복도가 내다보이는 창가로 달려가 이 남자를 배웅했습니다. 남자는 발걸음을 옮기다 말고 뒤를 돌아보며 나를 확인하고는 힘차게 손을 흔듭니다. 언제나 똑같은 위치에서 똑같이 돌아보며 똑같은 자세로 손을 흔듭니다. 습관적인 행동인지는 몰라도 그 반복적인 행동이 무척이나 귀엽습니다. 저의 시야에서 남자가 사라진 후에도 늘 저는 일정 시간 창가에 그대로 앉아있습니다.

오전에 창가로 쏟아지는 햇살에 몸을 맡기는 것은 무척이나 기분 좋은 일이지요. 뿐만 아니라, 저는 남자가 무언가를 잊고 갔기에 잠시 집으로 다시 돌아올 경우, 창가에서 저의 모습을 발견할 수 있도록 일부러 그대로 있어 줍니다. 처음부터 의식적으로 그렇게 한 것은 아니에요.

어느 날이던가, 정말 그 남자가 잊고 간 서류가 있어서 몇 분 만에 후다닥 되돌아왔을 때, 창가에 그대로 머물고 있던 저를 발견하고는 눈물까지 글썽이며 기뻐하던 모습이 얼마나 안쓰럽던지. 그때는 순전히 쏟아지는 햇살을 만끽하고 있었을 따름이었지만 그 후부터 절반쯤은 다시 돌아올지 모를 그 남자를 위해서 머물러 준다는 생각을 의식적으로 가지고 있답니다. 그렇게 햇살이 가져다주는 따스함에 취해 깜빡 잠이 들었다가 배가 고파 깨어났습니다.

평상시와 조금도 다를 것이 없는 하루. 남자가 채워주고 간 사료는 썩 맛있지는 않지만, 그럭저럭 먹을 만합니다. 세상엔 분명히 더 맛있는 것들도 많을 텐데, 우직하고 융통성 없는 이 남자는 이 상표의 제품을 제가 잘 먹어준다는 이유만으로 항상 똑같은 상표만 사 옵니다. 설마 귀찮아서 그러는 건 아니겠지요? 뭐, 불만이라면 불만이고 아니라면 아닐 수 있는 문제죠. 맛없고 싫어하는 상표만 계속 사다 주는 무신경한 인간들보단 훨씬 나으니까요.

배가 불러오면 이번엔 침실 쪽 창가로 가서 밖을 내다봅니다. 그날도 변함없이 인간들은 안 그래도 복잡한 세상을 요란스럽게 살아내고 있었습니다. 저는 그 모습이 매우 흥미롭기 때문에 어떤 날은 몇 시간이고 관찰할 때가 있답니다.

하지만 그날은 달랐습니다. 어느 정도 인간들의 모습을 관찰하고 있는데 길 건너편 전봇대 위에 새 한 마리가 날아와 앉았습니다. 고양이들은 높은 곳에 오르는 걸 좋아하죠. 왜 그런지 아세요? 높은 곳에서 다른 동물들을 내려다보는 걸 좋아하기 때문이랍니다. 어머, 모르셨어요? 당신 같은 분이 의외네요. 그런데 그런 고양이를 새는 건방지게도 고양이보다 높은 곳에서 내려다보죠. 고양이가 새를 좋아하지 않는 이유랍니다.

그날 전봇대 위에 앉아서 저와 눈이 마주친 새는 무척이나 도도한 모습으로 저를 깔보듯 내려다봤습니다. 불쾌해진 저는 새에게 제가 아는 욕을 몽땅 바가지로 쏟아부어 줬죠. 아마도 그 새는 저같이 고상하고 아름답게 생긴 하얀 고양이가 그렇게 심한 욕을 하는 걸 보고 적잖이 당황했을 거예요.

한바탕 욕을 퍼붓고 나서도 분이 풀리지 않아서 저는 창가 밑에 동글게 말려 벗겨져 있던 고린내 나는 남자의 양말에 실컷 화풀이했습니다. 남자에게 불만이 있어서 그런 행동을 한 게 아니라, 남자가 이 장소에 없는데 내 허락도 없이 남자의 고린내를 머금고 있는 양말이 괜스레 괘씸하게 느껴져서 말이죠. 한참을 화풀이하고 났더니 다시 배가 고파오더군요.

저는 얼마 남지 않은 음식을 마저 먹었습니다. 내 동반자 남자는 배식을 할 때 양에 있어서는 조금 센스가 부족합니다. 항상 집에 돌아와서 그릇이 깨끗하게 비어있다면 '혹시 양이 부족한가?'라고 생각할 법도 한데, 이 남자는 그저 '오늘도 맛있게 먹었구나!'라고 감탄하며 그걸로 끝입니다. 둔한 남자.

그래도 저는 이 남자가 식사 그릇 근처가 어지럽혀져 있으면 혹시라도 힘들어할까 봐 한 알 한 알 깨끗하게, 어지르지 않고 꼼꼼히 챙겨 먹습니다.

밥을 먹고 나니 또 식곤증이 밀려옵니다. 남자의 침대로 뛰어올라 잠시 잠을 청합니다. 익숙한 향취와 익숙한 매트리스의 포근함. 이곳에선 너무나 쉽게 잠에 빠져 버립니다.

얼마나 잠들었을까? 눈을 떠보니 어느새 석양이 기울고 있었습니다. 석양은 자연이 만들어낸 두 번째로 아름다운 광경입니다. 첫 번째요? 그거야 당연히 저를 그윽하게 바라보는 동반자의 눈망울에 비친 제 모습이죠. 기지개를 켠 후, 석양에 잠시 취해있다 보니 어느새 어둠이 깔립니다. 남자가 돌아올 시간이 되어갑니다.

저는 다시 현관문 앞 복도가 내다보이는 창가로 올라가 남자를 기다립니다.

일과를 길게 설명 드린 것 같지만 실은 그 남자가 집을 나서는 순간부터 모든 일과는 그 남자를 기다리는 과정이랍니다. 그 남자가 돌아오면 함께 보낼 시간들을 상상하며 어서 그 시간이 되기만을 기다리는 인고의 과정이죠. 막상 돌아왔을 때 그 기쁨을 좀처럼 표현하지 않는다고요? 별로 상관하지 않는 것 같다고요?

글쎄요. 다른 고양이는 몰라도 저는 그러지 않은 척할 뿐이에요. 너무 반가워하고 기뻐하면, 이 남자가 다른 약속이 있어도 일찍 들어와야 한다는 부담을 가질 수 있잖아요. 제가 기다리고 있다는 사실이 그 사람에게 중압감으로 작용해선 안 되는 거라 생각했어요. 그래서 일부러 태연한 척, 아무 상관도 없는 척하는 것뿐이랍니다. 사실은 하루 종일 그 남자를 생각하고 걱정하며 기다리고 있어요.

'밥은 잘 챙겨 먹나요? 일이 힘들진 않나요? 짓궂게 괴롭히는 사람은 없나요? 오늘도 스트레스 없는 하루 보내고 있나요?'

그날도 창밖을 내다보며 그 남자가 복도를 돌아 나타나길 기다리고, 기다리고, 기다리고, 또 기다렸습니다. 평상시와 조금도 다를 것이 없던 날이었지만 이상하게 남자는 나타나지 않았습니다. 어둠이 더 짙어지고 배가 더욱 고파져도 남자는 나타나지 않았습니다. 그답지 않게 동료들과 어울려 술이라도 한잔하는 걸까요? 회사 일이 바빠서 야근이라도 하고 있는 걸까요?

이런저런 생각을 하다 창가에 턱을 고인 채 잠이 들었던 저는 저녁 식사 시간이 훨씬 지났음을 깨닫고 눈을 떴습니다. 남자가 곧 돌아올 것이란 생각에 식사를 남겨두지 않았기에 그릇은 비어있습니다. 물을 조금 마신 후, 빈 그릇을 핥아보았지만, 그릇에 남아있는 음식 냄새만으로 허기가 채워질 리 만무합니다.

시장기를 억누르며 다시 창가로 돌아가 기다릴까 하다가 아무래도 오늘은 많이 늦겠다는 생각에 남자의 침대로 올라갔습니다. 돌아오면 좀 짜증을 내줘야지. 밤새 귓가에 칭얼대며 마음껏 괴롭혀 주겠다는 생각을 하며 잠이 들었습니다.

눈을 떠보니 어느새 아침이었습니다. 남자는 아직도 돌아오지 않은 것 같습니다. 허기가 많이 졌지만 아직 물은 남아있고, 음식이 없어도 하루 이틀은 더 버틸 수 있습니다.

그런데 이 남자, 외박이라니! 이 무슨 무례한 행동일까요. 화가 나면서도 걱정 또한 됐습니다. 침실 창가에 올라가 봅니다.

변함없이 복잡한 세상을 요란스럽게도 살고 있는 인간들, 달라진 게 없는 하루의 시간이 더디게 흘러갑니다.

'무슨 일일까. 밥은 잘 챙겨 먹나. 힘든 일이 생긴 건 아닐까.'

솔직히 중간중간 졸기도 했지만, 하루의 대부분을 남자의 걱정으로 보내며 기다렸습니다. 적어도 오늘 저녁에는 익숙한 목소리로 "다녀왔습니다."라고 말하며 저 현관문을 열고 들어올 거라 믿으면서요.

하지만 나의 믿음에도 불구하고 석양이 지고 어둠이 내리고 다시 아침이 찾아와도 남자는 돌아오지 않았습니다.

아침이 지나고 해가 하늘 중천에 걸렸을 때 즈음, 현관문 쪽으로 누군가 다가오는 소리가 들렸습니다. 처음엔 남자가 돌아오는 줄 알고 문 쪽으로 달려가려 했지만, 발걸음 소리가 그 남자의 것이 아니었습니다. 여자의 구두 소리. 그것도 두 명의 발걸음이었습니다. 저는 본능적으로 위험을 느껴 가구 밑으로 황급히 숨었습니다.

이윽고 현관문이 열리고 본 적 없는 여자 두 명이 집안으로 들어섰습니다.

"아우~ 홀아비 냄새! 오빠는 이러니까 장가를 못 가지."

"하나밖에 없는 오빤데, 네가 좀 들여다보면 안 되니? 만날 바쁘다고 핑계나 대고, 미용실 가서 머리에 힘주고 다닐 시간은 있지?"

"엄마, 오빠가 사고 난 게 꼭 내 탓인 것처럼 말하네? 내가 왜 다 큰 어른인 오빠를 들여다보며 살아야 해? 장가 못 간 노총각 자식 챙기는 건 부모가 해야 할 일 아니에요? 그리고 미리 말해두는데, 오빠 못 깨어나면 나는 오빠 돌 볼 수 없으니 그리 아세요. 우리 준형이도 내년이면 중학생인데, 앞으로 신경 쓸 일이 한두 가지가 아니라고요."

"넌 지금 이 상황에서 꼭 그런 얘기해야겠니? 입 다물고, 얼른 옷가지나 조금 챙겨 가자. 근데 이 큰 봉지는 뭐야? 고양이 사료? 얘 고양이 키우니?"

"그걸 내가 어떻게 알아!"

인간들이 어지럽게 떠드는 대화를 전부 알아들을 수는 없었지만 무언가 심상치 않은 분위기라는 건 금방 알 수 있었습니다.

문득 그 자리에 계속 있으면 안 된다는 생각이 드는 순간, 현관문이 살짝 열려있는 것이 눈에 들어왔습니다. 저는 열린 현관문으로 있는 힘껏 달려 나왔습니다. 어떻게 길가로 나오게 되었는지는 기억도 나지 않을 정도로 정신없이 달렸습니다.

한동안 달리다 보니 그 와중에 험상궂게 생긴 길고양이가 치근대며 시비를 걸어왔습니다. 정말이지 예의범절은 어디다 내다 버린 걸까요? 고양이과의 동물 중 정점에 서 있는 고양이라면 갖추어야 할 미덕에 대해 설교를 잔뜩 늘어놓고 싶었지만 그렇게 한가한 때가 아니었습니다. 그런가 하면, 이 근처에선 벙거지 모자를 눌러쓴 이상한 인간 남자가 기분 나쁜 눈으로 계속 나를 쫓아오기도 했답니다. 하여간 미녀를 만나면 수컷들이 보이는 행동은 동물이나 인간이나 매한가지에요. 할 수 없죠. 그들의 본능인걸요. 제 미모를 탓해야지 누굴 탓하겠어요. 버릇없는 인간을 꾸짖을 시간은 없었습니다. 제 머릿속엔 동반자 남자에 대한 걱정으로만 가득 차 있었으니까요. 그렇게 온갖 당혹스러운 만남들을 피하면서 무언지 모를 힘에 이끌리듯 오다 보니, 여기 고양이 소개소까지 오게 되었네요.

그 남자에게, 또 저에게 도대체 무슨 일이 일어나고 있는 거죠?

"비앙카 씨. 매우 안타까운 일이지만 당신의 동반자는 마지막으로 집을 나서던 그 날 아침, 큰길의 횡단보도에서 뺑소니 차량에 사고를 당했습니다. 다행히 고비는 넘겨서 목숨은 건졌지만, 여전히 혼수상태에서 깨어나지 못하고 있습니다. 언제 깨어날지 알 수도 없고. 최악의 경우 식물인간으로 살아가게 될 가능성도 있다고 합니다. 가족들은 갑작스러운 비보에 당황해서 서로 책임지지 않으려 회피하기에만 급급해하고 있고요. 가족들은 당신의 존재를 몰랐던 상황이기 때문에 당신이 집으로 돌아가 가족들 눈에 뜨인다면……."

버려지겠군요. 애초에 존재하지 않았던 것처럼. 그들에겐 제가 그런 의미 이상은 이닐 테니.

"시설에 넘겨질 수도 있습니다. 시간이 촉박하기는 합니다만, 비앙카 씨가 시설에 머무는 사이, 저희가 새로운 인연을 수소문할 수도 있습니다. 비앙카 씨는 이미 성인이고, 시간도 없어서 가능성이 높지는 않지만 불가능한 것도 아닙니다. 하지만 시간 내에 저희가 새로운 인연을 찾아내지 못한다면 죄송한 말씀이지만 아마 안락사 대상이 될 겁니다."

안락사. 죽임을 당한다는 말이군요. 하아…….

저는, 그 남자를 그렇게 두고 다른 인연을 찾아갈 수는 없습니다. 그렇다고 그 남자가 아직 살아있는 걸 뻔히 알면서 허무하게 먼저 죽임을 당하는 것도 억울합니다.

저는 그 남자가 깨어날 때까지 병원 근처의 길에서 살아가겠습니다. 언제가 될지는 모르지만, 그 남자가 돌아오기를 근처에서 기다리겠습니다.

"무모한 생각입니다. 비앙카 씨는 평생을 대부분 집 안에서만 살았습니다. 길거리 생활은 생각보다 거칠고 혹독합니다. 비앙카 씨가 쉽게 견뎌낼 만큼 만만한 것이 아닙니다. 그리고 무엇보다 그 남자는 언제 깨어날지 모릅니다. 깨어난다는 보장도 없습니다. 어쩌면 비앙카 씨의 수명이 다할 때까지 깨어나지 못한 채 식물인간으로 살아갈 수도 있습니다. 가족들의 결정에 따라서는 더 일찍 생을 마감할 수도 있습니다."

걱정 감사합니다.

하지만 제 하루의 대부분은 그 남자를 기다리는 것이었습니다. 앞으로 저에게 얼마나 더 많은 나날이 주어져 있는지는 모르겠지만 남은 하루하루의 일과가 다시 그 남자를 기다리는 일이 된다 해도 제가 손해 볼 것은 아무것도 없는 셈이죠. 여태 그 남자를 기다리던 하루하루의 시간들이 그리 나쁘지 않았듯이 앞으로의 기다림도 그리 나쁜 일은 아닐 것입니다.

기다림이라는 건 누군가 와줄 거란 믿음이 있기 때문에 기다릴 수 있는 것이잖아요. 누군가 와줄 걸 알면서 기다리는 시간은 행복 아닐까요? 조금 늦더라도 꼭 와주기만 한다면, 나의 바람과 기대를 저버리지 않고 꼭 온다는 확신만 있다면 기다림은 행복일 거예요.

"저희는 고양이 소개소일 뿐입니다. 그 남자가 깨어나도록 도와줄 수도 없고 비앙카 씨의 수명을 연장할 수도 없습니다. 그뿐만 아니라, 비앙카 씨가 길거리 생활을 안전하게 할 수 있도록 편의를 제공하는 것도 사실상 어렵습니다. 그런데도 정말 괜찮으시겠습니까?"

길거리 생활이 쉽지 않을 것은 압니다. 제가 생각해도 저는 그리 강한 고양이는 아니니까요. 하지만 기다림의 행복이 있다면 어느 정도의 고난은 헤쳐갈 수 있지 않을까요? 전 강하진 않지만 그럴 각오는 있습니다.

그리고 그 남자, 둔하고 센스 없고 발 냄새도 심한 사람이지만, 약속에는 거짓의 뜻이 없는 사람이에요. 다녀오겠다고 했으니, 돌아오겠다고 했으니 꼭 돌아올 겁니다. 내가 너무 늙어버려 힘들어하기 전에 돌아와주길 바랄 뿐이죠.

다른 건 바라는 게 없지만, 떠나기 전에 한 가지 부탁을 드려도 될까요?

그 남자와 제가 아직 세상에서의 인연이 끝나지 않아서, 저의 수명이 다하기 전에 그 남자가 깨어난다면, 얼마의 세월이 흘렀든 간에 서로가 아직 세상에 존재하고 있다면, 우리가 서로 알아볼 수 있도록, 그래서 우리의 인연이 다시 연결될 수 있도록 도와주실 수 있을까요?

"그런 문제라면 최선을 다해보겠습니다. 저희는 어디까지나 인연을 연결하는 '고양이 소개소'이니까요."

'어둠 속에서 혼자 힘들진 않나요? 나와 함께 했던 시간이 그립지 않나요? 다시 빛을 느낄 때, 나를 떠올려 줄 건가요? 비앙카!라며 내 이름을 다시 불러줄 건가요? 좌절하지 말아요. 포기하지 말아요. 빛이 보이는 방향으로 달려와요. 와서 그동안의 당신 이야기를 들려주세요. 내가 여기, 변함없이 이 자리에서 당신을, 당신만을 기다리고 있을 테니까요.'

제3화

고양이 무시

개는 부르면 바로 온다.
고양이는
요구 사항이나 전달 사항이
있을 때나 온다.

- 메리 블라이

"고양이 무시한다"라는 말, 들어본 적 있으십니까?

별로 없다고요? 그럼, "개 무시한다"라는 말은 들어본 적 있으시죠?

아, 오늘도 한 번 들으셨다고요. 그것참. 안타까운 일이군요.

'개 무시하다'라는 말의 사전적 의미를 찾아보니, 상대방을 아주 모른 척하거나 업신여긴다는 뜻의 동사 "무시하다"에 고유명사 "개"를 접두어로 사용해 만든 신조어라고 나와 있군요. 보통 '개'자가 붙으면 좋은 뜻으로 사용되진 않죠. 이 단어처럼 "개"를 접두어로 사용하는 단어들은 주로 인터넷을 사용하는 세대가 많이 쓰는 언어라는 설명도 붙어 있습니다.

명사형으로 찾아보면, "개를 무시하다", 또는 "개처럼 무시하다"의 줄임말로 상대를 복종시키기 위한 사전 행위를 말한다고 하네요.

실제 개를 훈련시킬 때에 사용하는 방법으로, 훈련 전에 상당 기간 개를 방치해 개 스스로 주인에게 순종하게 만든다면서, 개에게 이 과정을 거치지 않으면 정상적인 훈련이 어렵다고 나오는데, 이거 정말인가요?

저는 고양이 소개소에 속한 자이기에 이 말의 진위 여부는 확인해 드릴 수가 없습니다만, 세간에 '개 무시'라는 말이 '고양이 무시'라는 단어보다는 훨씬 더 보편적으로 사용되고 있다는 사실은 쉽게 알 수 있군요.

그런데 좀 이상하다고 생각지 않으십니까?

사람이 개를 무시하는 경우는 종종 있습니다만, 정작 개가 사람을 무시하는 경우는 드물지 않나요? 그것이 친근감이든, 적대감이든 말이죠.

그럼 고양이는 어떻습니까. 역시 사람이 고양이를 무시하는 경우는 종종 있습니다만, 고양이가 사람을 무시하는 경우는요? 아마 매일 있는 일상적인 일이라고 해도 좋을 겁니다.

고양이에게 한 번이라도 무시당해본 사람 손들어보라면 전 세계 인구의 8할은 손을 들어야 하지 않을까요? 고양이는 스스로의 의지로 당신을 필요로 하는 경우가 아니라면 여지없이 당신을 무시할 겁니다.

제아무리 맛있는 사료라 해도, 당신이 감춰둔 비장의 간식이라 해도, 그 어떤 흥미로운 장난감이라 해도 고양이의 무시를 100% 방지할 수 있는 비책은 되지 못합니다. 고양이는 인간인 집사뿐만 아니라 자신을 제외한 세상의 모든 피조물, 심지어는 같은 종족인 고양이까지도 예외 없이 싸늘한 무시를 날려줍니다.

고양이는 그야말로 무시의 달인, 무시의 지존이라고 부를만한 존재입니다.

그런데 왜 '고양이 무시'라는 말은 일반화되어 있지 않은 걸까요?

사실 고양이가 인간의 관점으로 볼 때 무시의 챔피언으로 비춰지는 데는 그럴만한 이유가 있습니다. 몇 가지 살펴보기로 하죠.

　먼저 고양이의 눈.

　고양이의 눈은 가시거리가 인간의 5분의 1밖에 되지 않고 원추 세포가 없기 때문에 단조로운 색깔만 감지하는 절반의 색맹입니다. 하지만 고양이의 눈에는 인간에게는 없는 휘판이 있어서 희미한 빛을 증폭시킬 수 있습니다. 그래서 어둠 속에서의 시력은 인간의 6배에 달하고 인간이 보지 못하는 자외선도 감지합니다.

　여기까지는 잘 알려진 사실입니다만, 고양이 눈의 능력은 단순히 그런 데서 그치지 않습니다. 고양이는 인간이 볼 수 없는 영적인 존재, 즉 이 세상의 것이 아닌 존재도 볼 수 있습니다. 이를테면 당신의 집 옷장 안에 늘 있는 하얀 소복을 입은 산발머리 여인. 가끔 당신이 잠들어 있을 때 옷장 안에서 나와 잠들어 있는 당신의 얼굴을 빤히 내려 보기도 하죠.

　또 당신이 샤워할 때 샤워 꼭지 위에서 항상 당신을 노려보고 있는 목만 있는 도깨비. 그리고 지금 바로 당신 뒤에서 어깨너머로 함께 이 글을 읽고 있는 입이 없는 귀신.

　아, 아뇨. 그것들은 당신을 해치려는 의도는 없습니다. 그저 당신이 발산하는 생체 에너지(ATP)에 반응해 모여들 뿐입니다. 살아있는 당신이 지닌 그 생명의 따스함을 부러워하고 있다고 하면 얘기가 쉬울까요?

　이런 존재가 꼭 해로운 것은 아니지만 그 음기의 영향 때문에 당신은 원치 않는 악몽을 꿀 때가 생기게 되죠.

　고양이들은 이런 존재를 볼 수도 있지만, 이들이 당신의 정신 파장에 영향을 끼치는 것을 막아내는 능력도 있습니다. 아무리 고양이라도 이 세상의 것이 아닌 존재를 직접 공격하고 싸울 수 있는 것은 아닙니다. 다만 이들의 음기가 뿜어내는 파장을 차단하는 능력이 있는 것이죠. 따라서 고양이가 곁에 있다면 무서운 악몽을 꾸게 될 확률이 비약적으로 낮아집니다.

　네? 고양이가 늘 옆에 있는데도 악몽을 수시로 꾸는 사람이 있다고요?

　저런. 그 사람은 고양이에게 그다지 신뢰받지 못하고 있는 집사군요. 고양이가 자기 집사를 위해 해줄 수 있는 소임을 안 해주고 있으니까요. 그분에게 좀 더 고양이를 진심으로 사랑하라고 조언해주시기 바랍니다.

　아무튼, 이런 존재들을 당신은 알지도 못한 채 매일 같이 지내고 있지만, 고양이들은 이 존재들을 다 보고 인지하고 있다는 얘깁니다. 보인다고 해서 일일이 놀라거나 일일이 대꾸를 해주고 반응한다면 어떻게 되겠습니까? 고양이가 사는 집은 하루도 소동이 그칠 날이 없겠죠. 고양이 입장에선 현실의 존재들과 다른 차원에 있는 존재들을 일일이 구분 지어 반응해주기도 귀찮은 일이니, 그저 다 무시할 수밖에요. 무시하는 고양이 입장도 여간 고달픈 게 아닙니다. 뻔히 다 보이는데 무시하는 것도 쉬운 일이 아니니까요.

　다음은 고양이의 귀.

고양이는 55Hz에서 7만9천Hz에 달하는 주파수 영역의 소리를 감지할 수 있습니다. 이것은 사람의 5배, 청력 좋기로 소문난 개보다도 1.5배나 뛰어난 수치로 인간은 들을 수 없는 초음파까지 감지할 수 있는 능력입니다. 더구나 고양이는 소리의 시차와 강도를 통해 위치를 구별할 수 있는 능력도 있습니다. 즉, 소리를 통해 거리도 파악할 수 있다는 이야기죠.

이렇게 소리를 잘 듣는 고양이가 모든 소리에 반응 한다면 어떻게 되겠습니까? 고양이는 아마 평생 한숨도 잘 수 없을 겁니다.

온갖 소리가 시끄럽게 들려오고 그 거리와 위치까지 하나하나 파악이 되니 어떻게 잠을 잘 수 있겠어요. 다행히 고양이는 이 소리를 무시할 수 있는 능력이 있습니다. 자신에게 위협이 될 수 있는 소리만 감지하고 나머지 소리는 마치 스위치를 꺼두듯 무시하는 거죠.

즉, 당신이 부르는 소리를 듣지 못한다기보다는 '난 지금 취침 중이거나 명상 중이거나 식사 중이거나 아무튼 개인 볼일로 무척 바쁘니 위험 요소로 분류되지 않는 당신의 목소리는 청취 Off 상태로 해두었소~'라는 의미가 된다는 겁니다. 당신이 목 놓아 불러도 대꾸도 없는 이유, 이제 이해가 가시나요?

미국의 작가 스티븐 베이커는 고양이의 청각기관이 인간의 목소리를 한쪽 귀로 듣고 다른 한쪽으로 빠져나가도록 만들어져 있다고 했는데 논리적으로 아주 틀린 말은 아니지만, 생물학적으로 실제 청각기관이 그렇게 구성되어 있지는 않습니다. 오히려 남의 말 한쪽으로 듣고 다른 한쪽 귀로 흘려버리는 테크닉은 인간들만이 지닌 발군의 재주 아닌가요?

고양이의 목소리에 대해서도 알아보죠.

고양이는 인간이나 다른 동물들에게 야옹~소리를 내며 의사를 표시합니다.

하지만 같은 종족인 고양이들과의 대화에서는 소리를 내지 않는 경우가 많습니다. 고양이의 귀에 대한 설명을 드릴 때 언급한 부분입니다만, 인간이 들을 수 없는 영역의 주파수로 대화를 나눈다고 보면 되겠죠?

한밤의 동네 고양이 집회를 목격하신 분들은 그 기묘한 침묵 속에 긴 대화를 나누는 고양이 집회의 신비스러움을 아실 겁니다.

고양이는 사실 친절한 동물이기에 인간이 부르면 인간이 들을 수 있는 주파수 영역으로 야옹~하며 대답을 해줍니다. 그게 조금 귀찮을 땐 꼬리만 움직여 대답하는 경우도 있죠. 하지만 가끔은 인간의 귀가 매우 한정된 주파수만 들을 수 있다는 사실을 잊은 채, 고양이들만 들을 수 있는 주파수로 대답하는 경우도 있어요. 항상 당신의 부름을 청취 Off로 해두고 무시하고 있는 것만은 아니라는 말입니다. 안타깝게도 인간의 진화가 아직 고양이들이 주로 소통하는 주파수대를 들을 수 있을 정도에는 미치지 못하고 있으니 할 수 없는 일이죠.

딱히 인간들의 잘못은 아닙니다. 그렇다고 고양이들의 잘못도 아니죠.

혹시 고양이들이 인간 세계에서 초능력으로 일컫는 텔레파시로 대화하는 건 아니냐고요? 글쎄요. 대답해드리는 거야 간단한 일이지만 인간의 과학적 연구 성취를 위해 지금은 숙제로 남겨두도록 하죠.

마지막으로 고양이의 리액션.

사람들은 개에 비해 고양이가 인간에게 보여주는 애정의 표현이나 반응, 즉 리액션이 많이 약하다고 불평합니다. 과연 그럴까요?

개들은 기분이 좋으면 꼬리를 흔든다거나 가볍게 짖는다거나 앞발을 들고 깡충깡충 뛴다거나 하며 물리적인 표현을 사용합니다. 반면 고양이는 흔히 '골골송'으로 알려진 고르릉 소리로 인간에게 화답하죠.

인간들은 아직 이 소리의 원인이나 기전도 밝혀내지 못하고 있습니다.

일각에선 고양이가 기분이 좋아지면 후두덮개를 여닫는 후두 근육들이 활발히 움직이며 후두덮개와 성대가 진동하게 만들어 소리를 낸다는 제법 귀여운 의견들을 내고 있는데, 다 부질없는 얘깁니다.

고양이의 골골송은 영혼의 울림입니다. 고양이가 자신의 영혼을 울려서 소리를 내고 있는 거란 말이죠. 그래서 골밀도를 높이는 등의 치유 효과가 있는 겁니다. 고양이가 자신의 영혼을 울려 골골송을 부르기까지 얼마나 많은 정신적, 물리적 에너지와 칼로리가 소모되는지 당신은 상상도 하기 어려울 겁니다. 요점은, 고양이는 당신이 해주는 작은 일에 감동과 감사를 표현하기 위해 영혼을 울려대는 엄청난 반응을 해준다는 사실입니다.

지금까지의 이야기를 종합해보면 이해가 가시겠죠? 사실은 고양이가 인간이나 다른 존재를 무시하고 있다기보다는 그들만의 방식으로 반응을 하거나 그들만의 사정으로 알고도 모른 체해준다는 겁니다. 그리고 그렇게 하는 이유는 고양이 자신들을 위해서이기도 하지만 당신과 당신이 살고 있는 가정의 평화, 나아가서는 세계 평화를 위해서이기도 하다는 거죠.

'고양이 무시'라는 말이 일반적으로 잘 쓰이지 않는 이유가 사실은 이런 데 있는 것 아닐까요? 고양이가 의미 없이 무시만 하는 것은 아니기 때문에요.

그러니 고양이가 당신을 철저히 개 무시, 아니 고양이 무시하고 있다고 느낄 때도 한 번 더 고양이에게 관심을 가져주고 사랑해주세요. 아무리 불러도 오지 않으면, 고양이의 이름을 한 번 더 불러주고 눈을 마주쳐 주세요. 고양이는 이해받기 위해서가 아니라 사랑받기 위해 태어난 존재들이니까요.

네? 아직 고양이를 길러본 적이 없어서 잘 모르겠다고요? 이런, 이런. 이거 실례했습니다. 제가 주의력이 짧았습니다. 운이 무척이나 좋으시군요. 고양이 소개소에 잘 오셨습니다.

저희 고양이 소개소에서 고양이와의 아름다운 인연을 연결해드리겠습니다.

고양이가 당신의 마음에 들어오는 순간, 당신의 인생이 바뀌는 기적이 일어난다고 감히 말씀드리고 싶군요. 네? 어떤 종류의 고양이를 좋아하는지 알려주신다고요? 죄송합니다. 그런 질문은 받지 않습니다. 늘 하는 얘기지만 선택은 고양이가 하는 거니까요.

당신은 어떤 종류의 인간입니까? 어떤 집사가 될 각오입니까?

지금부터 들려주시죠. 선택은 고양이가 합니다.

제4화

권태

고양이의 감정은 철저히 정직하다.
인간은 어떤 이유에서
감정을 숨기기도 하고 변해가기도 하지만
고양이는 그렇지 않다.

- 헤밍웨이

깜찍하고 생기발랄한 아기 고양이가

당신의 늙은 고양이보다 시선을 사로잡나요?

당신의 늙은 고양이는 늘 잠만 자서 권태롭게 느껴지나요?

그럼 고양이도 매일 보는 당신을 권태롭게 느낄까요?

민지의 이야기

크리스마스 선물로 아빠가 고양이를 데리고 왔다. 탐스러운 은회색 빛 털에 눈매가 그윽한 고양이다. 잘 모르지만 아빠 말씀이 러시안 블루라는 귀한 품종이란다.

아빠와 난 러시안 블루라는 품종 이름에 착안해서 이 고양이의 이름을 '보리스'라는 러시아식 이름으로 지었다.

"보리스. 오늘부터 네 이름은 보리스야. 맘에 들어?"

보리스는 자신의 이름이 마음에 든다는 듯 앞발을 들고 깡충깡충 뛰며 좋아했다. 그런 보리스를 꼬옥 안아보았다. 회색빛 털이 미끄러질 듯 부드러웠다. 그 부드러운 털끝 너머에서 전해져오는 따뜻한 체온. 보리스는 고릉고릉 울리는 신기한 소리를 내며 떨고 있었다.

"아빠, 엄마, 보리스가 떨어. 무서운기 봐."

아빠는 웃는 얼굴로 내 머리를 쓰다듬으며 말했다.

"민지야. 고양이는 기분이 좋으면 그렇게 고릉고릉 소리를 내면서 가볍게 떤단다. 보리스는 민지가 안아주는 게 좋아서 그러는 거야."

난 보리스가 날 무서워해서 그러는 게 아니라 좋아서 그런다는 아빠의 말에 기분이 너무 좋아졌다.

"보리스, 넌 동생이니까 오늘부터 내가 널 돌봐줄게."

* * *

보리스는 내가 장난감으로 놀아주는 걸 무척이나 좋아한다. 철사 끝에 잠자리가 달려있는 것은 보리스가 특히 좋아하는 장난감. 이걸 요리조리 붕붕 흔들어주면 보리스는 천정까지 뛰어오를 기세로 달려든다. 요즘은 학교 끝나고 와서 숙제 마치고 나면 보리스와 놀아주는 게 일과가 됐다. 보리스도 내가 놀아주는 시간을 기억하는지 그때가 되면 장난감이 들어있는 서랍 앞에 앉아서 나를 빤히 바라본다. 그 모습이 어찌나 귀여운지 학교 끝나는 시간만 기다리게 된다.

* * *

중학생이 된 이후로는 친구들과 보내는 시간이 더 많아졌다.

오늘은 친구들이 우리 집에 놀러 왔다. 친구들에게 보리스를 자랑하고 싶은 마음에 보리스를 방으로 안고 왔다. 친구들이 모처럼 왔으니 애교도 부리고 귀여움도 받으면 좋으련만, 보리스는 그런 내 마음을 모르는지 계속 버둥거리며 나를 뿌리치다 바닥에 내려놓기가 무섭게 문밖으로 달아나버렸다.

친구들은 강아지라면 꼬리를 흔들며 달려올 텐데 고양이는 붙임성이 없다면서 깔깔거렸다. 그중 한 명은 고양이는 주인도 못 알아본다는 근거 없는 얘기까지 늘어놓으며 고양이를 왜 기르냐고 물었다. 어쩐지 화가 나고 속상했다. 친구들이 돌아가고 난 후 보리스가 내 방에 들어오지 못하게 문을 닫아버렸다.

고양이 대신 강아지가 좋다고 할 걸 그랬나 생각했다가

"미쳤어! 그런 생각을 하면 보리스가 슬퍼할 거야!"라며 얼른 머릿속을 비웠다.

스스로도 그런 생각을 했다는 자체가 보리스에게 미안한 마음이 들었다. 하지만 난 그 후 며칠간이나 보리스를 외면했다.

* * *

내가 고등학생이 된 다음부터이던가? 사실 언제부터인지 잘 기억은 나지 않지만, 보리스는 더 이상 활발하게 놀지 않는다. 아무리 장난감을 열심히 흔들어도 그냥 노리듯 보고만 있다. 예전 같이 달려들고 뛰어오르며 놀지 않는다.

처음엔 장난감이 질려서 그런가 하고, 새로운 장난감으로 바꿔보기도 했지만 어떤 장난감을 사와도 처음에만 잠깐 흥미를 보일 뿐 그 후론 계속 별다른 반응을 보이지 않는다.

엄마는 보리스가 장난감을 가지고 놀기에는 너무 어른이 되어버린 거라 했다. 내게는 아직도 보리스가 아기 같기만 한데. 동물은 사람보다 나이를 빨리 먹는다더니, 이젠 보리스의 나이가 나보다 더 많은 걸까?

* * *

집, 학교, 학원, 집, 학교, 학원. 나의 생활은 언젠가부터 이렇게 다람쥐 쳇바퀴 돌듯이 같은 패턴의 반복이다. 수능을 앞두고 누구나 겪는 일이고 경쟁에서 이기려면 한자라도 더 많이 머릿속에 넣어 두어야 이길 수 있다는 건 알고 있다. 하지만 나의 그 잘난 승리를 위해 함께 공부하는 친구 중 누군가는 반드시 패배자가 되어 울어야 한다. 무엇을 위한 승리란 말인가. 단순히 내가 패배자가 되지 않기 위해?

어느 작가가 "노"라고 말할 수 있는 한은 아직 젊은 것이고 최초의 "예스"는 최초의 주름살*이라고 했다던데, 공부하란 말에 자신 있게 "노"라고 해봐야 돌아오는 것은 야단맞을 일밖에 없겠지. 난 아직 젊은데 "노"란 말도 맘대로 할 수 없구나.

---

* 프랑스의 극작가이자 저널리스트였던 앙리 장송(Henry Jeanson:1900 - 1970)이 남긴 말

쌓여만 가는 고민 속에 역시 도움이 되는 건 친구밖에 없다.

학원에서 은희라는 예쁘게 생긴 친구를 새로 사귀게 되었다. 학교는 다르지만 이야기를 나누다 보니 장래 희망도 비슷하고, 무엇보다 고양이를 기른다는 공통분모가 있어서 금방 친해졌다. 고양이를 기른 지가 얼마 안 된다는 은희네 고양이는 아직도 장난기가 넘쳐나는 꼬마 고양이였다. 난 우리 보리스가 이제 나이가 많아져서 좀처럼 놀지도 않는다고 푸념했다. 그러자 은희가 보리스의 나이를 물었다.

가만……, 보리스가 몇 살이더라? 난 순간 보리스의 나이를 기억하지 못해 얼굴이 홍당무가 되었다. 은희는 깔깔 웃으며 그것도 입시생 증후군이라고 했다. 실은 자기도 엄마 아빠 나이를 잘 모른다면서. 은희는 웃어넘겼지만 난 보리스에게 미안한 마음이 들었다.

미안해, 보리스. 나도 이런 생활이 지겹고 힘들어. 하지만 이렇게라도 하지 않으면 난 살아남을 수 없어. 난 이기고 싶어. 넌 나를 이해해줄 거지? 보리스.

* * *

드디어 대학에 입학했다. 처음 합격자 명단에서 내 이름을 발견했을 때 심장이 멎어버리는 줄 알았다. 힘들었던 입시생 시절을 생각하니 얼마나 눈물이 흐르던지, 학원에서 친해졌던 은희는 안타깝게 불합격하고 말았다.

은희는 재수생이 되었고 나와는 자연스레 연락이 뜸해지며 사이가 멀어져갔다. 입시생 시절엔 공부하느라 집에 있을 시간이 없었다면, 대학에 들어가니 새롭게 적응해야 할 것들과 새로이 익혀야 할 것들이 너무 많아 집에 붙어있을 시간이 없었다.

새로 공부해야 할 것도 많았고 새로 읽어야 할 책도 많았고 새로 익숙해셔야 할 문화도 많있고 새로 친헤져야 할 친구도 많았으며 새로 배워야 할 것들도 많았다.

그리고 나에게…… 좋아하는 사람이 생겼다.

* * *

나보다 일 년 선배인 남자친구는 나와는 여러 가지 면에서 취향이 조금씩 다르다. 하지만 그런 것은 문제가 되지 않는다고 생각한다. 그 사람은 그 정도로 나를 있는 그대로 존중하고 배려해주는 자상한 사람이니까. 문제라면 나에게는 너무 과분한 사람이라는 생각이 들어 자꾸 불안하다는 것이다. 마치 자존감 결핍증에라도 걸린 것처럼. 그래도 함께 있는 시간은 늘 즐겁고 함께 있지 않은 시간에도 온통 그 사람 생각으로 가득하다.

* * *

남자친구와 헤어졌다. 그에게 새로 좋아하는 사람이 생겼단다.
같은 과에 들어온 여자 후배라는데, 알고 보니 공교롭게도 연락이 끊

겼던 은희였다. 재수 끝에 그와 같은 학교 같은 과에 들어가서 하필 그를 한눈에 반하게 만들다니, 뭐 이런 삼류 드라마 같은 운명의 장난이 있단 말인가. 이왕 이렇게 된 거, 두 사람 모두 내 인생에서 철저히 지워주겠다고 생각했는데 그날 은희가 나를 찾아왔다.

방금 내 인생에서 지워진 사람이지만 무슨 소리 하는지 들어나 보려고 집 근처 카페에서 만났다. 은희는 자신도 몰랐던 일이라며 미안해한다. 내 소식을 궁금해했고 굉장히 보고 싶었다고 하면서도 이미 그를 사랑하게 되어서 포기할 수는 없단다. 그러면서 서럽게 운다. 은희는 얼굴도 예쁘고 똑똑한 데다 착하기까지 하다. 은희의 그런 면을 이미 예전부터 알고 있었다. 그에 비하면 난, 난……. 그냥 돌아서서 집으로 왔다. 돌아오는 길에 드라마처럼 비라도 막 쏟아지면 마음이라도 시원하련만, 날씨도 얄밉도록 맑다. 슬프다. 내 인생은 끝났다.

* * *

죽고 싶다. 그냥 죽고만 싶다.

나 죽으면 누가 슬퍼라도 해줄까? 엄마? 아빠? 보리스? 가만, 그러고 보니 보리스 본 지가 오래됐네. 아, 어제 아침 복도에서 보긴 봤다. 요즘은 외출이 더 잦아진 듯하다. 하지만 보리스에게 신경 쓸 마음의 여유 따윈 없다. 난 죽고 싶으니까. 아니, 죽어야 하는 존재니까. 엄마 아빠 친구들 안녕! 보리스도 안녕! 세상아 안녕!

* * *

이별의 아픔을 뒤로하고 정신을 차려보니 새로운 사랑이 찾아오는 게 아니라 취업 전선의 냉혹한 현실이 기다리고 있었다.

영어공부와 스펙 쌓기로 생기는 스트레스에 비하면 남자친구와 헤어진 일쯤은 아무것도 아니었다. 그땐 정말 죽고 싶다는 생각이었지만 사실 난 죽을 용기도 없는 겁쟁이였다. 그런데 지금 돌이켜보면 내가 왜 그런 자식 때문에 죽는단 말인가? 어이없고 비생산적인 네거티브 에너지였다. 정신 차리자. 이 험진 세상에서 잘 먹고 잘 살려면 나 스스로가 준비되는 수밖에 없다. 언제까지 엄마 아빠에게 기댈 수는 없다. 내가 무슨 보리스도 아니고.

보리스? 그러고 보니 보리스 녀석 요즘 너무 안 보이는데? 나이 들더니 동네 마실만 너무 다니는 거 아냐? 바깥에 애인이라도 생겼나? 사료가 없어지는 걸 보면 분명히 집에는 들어오는데, 보리스하고 같이 잠들었던 게 언제였는지 기억도 안 난다. 아무튼, 귀염성이라곤 없는 녀석이라니까?

* * *

영국에서 어학연수를 하겠다는 갑작스러운 나의 결정은 엄마 아빠에게도 커다란 충격이었나 보다. 한 달이 넘도록 반대의 언쟁과 고민을 반복하시더니 마침내 허락해줬다. 나의 미래를 위해 선택한 일이지만 막상 결정되고 나니 너무 떨린다. 준비할 것과 챙겨야 할 것이 너무 많다. 엄마 아빠와 떨어져 살아야 하는 것도 서운하면서 걱정되는 일이다. 내가 혼자 잘해나갈 수 있을까? 보리스는 누가 챙겨주지?

보리스는 요즘 거의 보이지 않는다. 없어진 거 아니냐고, 실종 전단지라도 붙여야 하는 거 아니냐고 엄마에게 말했지만, 엄마는 사료가 계속 없어지는 거로 봐서 그냥 왔다 갔다 하는 것 같다고 한다. 그리고 나에게 중요한 시기니 쓸데없는데 정신 뺏기지 말고 준비에나 전념하란다.

엄마는 참 천하태평이다. 사료 먹는 게 보리스라는 보장이 어디 있담? 건넛집 고양이일 수도 있고, 쥐새끼들이……. 생각이 그쪽으로 향하자 머릿속이 복잡해졌다.

안 돼. 안 돼. 엄마 말대로 난 지금 쓸데없는데 신경 쓸 겨를이 없다. 정신 차리자. 이민지, 정신 차려!

* * *

낯선 영국에서의 타국 생활. 기대감, 불안감, 신선함, 외로움, 그리고 약간의 흥분, 꽤 많은 양의 그리움이 공존하는 감정의 롤러코스터가 매일 계속되고 있다. 내가 공부하는 곳은 런던에서 약간 남쪽에 위치한 윔블던이라는 도시의 윔블던 스쿨 오브 잉글리시라는 곳이다.

며칠 전 엄마와 통화를 하면서 모처럼 보리스의 안부를 물었다.

엄마는 보리스가 집에 들어오지 않은 지 꽤 되었다고 한다. 이제 사료도 없어지지 않는 거로 봐서 보리스가 아예 집을 나간 것 같다고.

엄마는 나이 든 고양이가 자신이 죽을 자리를 찾아 집을 떠난다는 얘기 꺼내며 보리스도 그런 거 아닐까, 하고 조심스레 말했다. 난 엄마에게 보리스가 어딜 봐서 죽을 나이냐며 화를 냈다. 하지만 엄마와 전화를 끊은 후 나 역시 불안한 마음이 들었다. 보리스는 정말 자신의 죽을 자리를 찾아 우리 곁을 영영 떠난 걸까?

내가 보리스에게 제대로 신경 써주지 못해서 그래. 새삼 미안한 마음이 들었다. 보리스에 대한 미안한 마음과 집에 대한 그리움이 겹쳐버린 탓에 그날은 거의 밤새도록 울었다. 미안해 보리스. 미안. 엄마 아빠 보고 싶어. 집에 가고 싶어.

* * *

영국으로 온 지도 석 달이 넘었다. 이제 조금씩 이곳에서의 생활도 익숙해지고 있다. 보리스는 여전히 소식이 없는 모양이다. 엄마는 이제 포기해야 하지 않겠냐고 말한다. 좋은 곳으로 갔을 거라고. 길에서 흉한 꼴 당한 게 아니라 정말 좋은 곳으로 간 거였으면 좋겠다.

친구도 생겼다. 스페인에서 온 '콘치타(Conchita)'라는 여학생이다.

둘 다 영어가 서툴기에 말은 잘 안 통해도 어쩐지 마음은 잘 통하는 느낌이다. 그리고 이 친구는 유학생이면서도 고양이를 기르고 있다. 영국에 뿌리를 둔 브리티시 숏헤어 품종이다. 이름은 '고르다'.

무슨 뜻이냐고 물었더니 '뚱보 여자아이'란다. 풉!

아기 고양이인데도 우리 보리스에 비해 배가 볼록 나온 통통한 고르다.

여자아이였구나. 나는 콘치타에게 보리스 이야기를 해주었다. 자신의 죽을 자리를 찾아 떠나서 돌아오지 않는다고.

콘치타는 내 손을 꼭 잡고 같이 눈물지어줬다. 역시 마음이 따뜻한 아이이다.

콘치타의 고양이 '고르다'는 애교도 많고 활발하며 무척이나 귀엽다.

나도 연수를 마치고 돌아가면 다시 고양이를 길러볼까? 고르다 같은 브리티시 숏헤어 품종도 좋을 것 같다는 생각이 들었다.

오늘은 도서관에 앉아 공부하다가 피곤했는지 깜빡 잠이 들고 말았다. 꿈결이었는지 모르지만 내가 앉아 있던 자리 옆 커다란 창으로 쏟아져 들어오는 햇살 속에 문득 고양이의 기척을 느꼈다. 응? 보리스?

정신을 차려보니 책상 맞은편의 다른 학생이 나를 보고 킥킥 웃고 있었다.

얼굴이 화끈 달아올랐다. 동양 여자애가 멀리 영국까지 공부하러 와서 도서관에서 졸고 있다니. 창피해서인지 슬퍼서인지 눈물이 살짝 글썽였다.

보리스라니, 그럴 리가 없잖아. 여긴 영국이고. 아마 나는 보리스가 많이 그리운 것 같다. 그렇게 오랜 세월 동안 많은 추억을 나눴는데 마지막 순간을 같이 있어 주지 못했다. 그 미안함은 아마 평생 마음에 묻고 살아야겠지.

자, 힘내자! 보리스에게 더 미안해지지 않도록. 내 삶의 주인공은 바로 나잖아. 이제 나의 미래는 나 스스로 열어가는 거야!

보리스의 이야기

내 이름은 블라디미르 블라디미로비치 스트로가노프 3세.

러시안 블루 가운데서도 혈통 있고 유서 깊은 가문이다.

오늘 나는 인간 가정으로 모셔져 왔다. 이 누추한 집이 앞으로 내가 기거하게 될 집이고 나를 둘러싸고 있는 인간 부부와 그 여식으로 보이는 여자애가 나를 모시게 될 하인들인 모양이다.

"아빠, 이 아이 이름은 뭐야?"

"음……, 러시안 블루니까 러시아식으로 '보리스'라고 부를까?"

"보리스. 오늘부터 네 이름은 보리스야. 맘에 들어?"

'보, 보리스? 맘에 들 리가 있나, 그런 촌스러운 이름이. 실례잖아. 남의 고귀한 이름을 맘대로 바꾸지 말라고.'

토라지려는 순간 인간 여자애의 머리에 묶여 있는 빨간 리본이 눈에 들어왔다. 공중에서 나풀거리며 움직이는 리본. 난 그 리본의 기묘한 움직임이 신경 쓰였다. 앞발을 뻗어 녀석을 잡아보려 했지만, 아뿔싸! 발이 닿지 않는다.

"보리스도 자기 이름이 마음에 드나 봐, 아빠! 깡충깡충 뛰며 좋아하네?"

뭐라는 거냐? 시끄럽다. 머리 좀 낮춰봐. 내가 그 리본을 잡을 수 있게, 그래 좀 더 가까이.

인간 여자애는 머리를 낮추며 나의 지시에 따르는가 싶더니만 이내 나를 안아서 품에 끌어안고는 볼을 부벼댔다.

이봐, 이봐. 그런 싸구려 로션 냄새를 이 몸의 우아한 은빛 털에 묻히

지 말라고. 하지만, 이 따뜻한 느낌. 나쁘지 않아, 나쁘지 않아.

"아빠, 엄마, 보리스가 떨어. 무서운가 봐."

"민지야. 고양이는 기분이 좋으면 그렇게 고릉고릉 소리를 내면서 가볍게 떤단다. 보리스는 민지가 안아주는 게 좋아서 그러는 거야."

아빠라고 불리는 남자가 말하며 부드럽게 내 등을 쓸어내리자 여자애는 더욱 나를 꼬옥 끌어안았다.

"보리스, 넌 동생이니까 오늘부터 내가 널 돌봐줄게."

하인들아, 시끄럽구나. 조용히 해라.

시끄러운 하인들에게서 밤이 깊은 후에야 해방될 수 있었다.

이 몸도 살짝 긴장했는지 잠을 설쳐서, 늦게 잠들었음에도 불구하고 이른 새벽에 눈이 떠졌다. 인간 여자아이는 내 옆에 잠들어 있었다.

나는 몸을 일으켜 책상 위로 올라가 창밖을 내다보았다. 아침 햇살이 어둠을 반으로 가르듯 걷어내며 기지개를 켜고 있었다. 지평선을 붉게 물들이며 수줍은 노란빛으로 고개를 내미는 태양. 난 창문으로 스며드는 그 빛을 마음으로 느끼며 생각했다.

빛깔이 참 곱다.

* * *

많은 경우에서 하인들은 나의 뜻에 어긋나는 행동을 하기 일쑤지만 그래도 나는 이 가족이 좋다. 민지라는 작은 여자 하인은 손재주가 있다.

민지는 막대기에 달린 작은 물체로 오묘한 움직임을 만들어내는데, 그 작은 물체가 나의 세포 하나하나에 깃들어있는 사냥 본능을 모두 일깨우는 느낌이다.

예전엔 나의 사냥 기술의 50%만 사용해도 됐었는데, 민지의 기술도 점점 늘어가서 지금은 거의 80%는 사용하는 것 같다. 어쩌면 100%를 써야 할 날이 올지도 모르겠다. 나는 민지와 함께 있는 시간이 매우 즐겁다.

내가 즐거운 만큼 너도 즐거웠으면.

* * *

민지는 비슷한 체구의 동료들과 어울리는 일이 더 많아졌다.

예전엔 그런 동료들을 집으로 많이 데려와서 나를 귀찮게 하더니만 요즘은 동료들이 오면 다 같이 방문을 닫고 들어가 버린다. 나야 귀찮은 일이 없으니 딱히 불만은 없지만, 그래도 어쩐지 허전하다. 다른 인간들은 귀찮지만 민지가 귀찮은 건 아닌데.

* * *

나는 민지와 노는 시간이 즐겁다. 오늘도 민지는 장난감을 꺼내 이리저리 흔들어본다.

"보리스 보리스, 이거 봐. 너 이거 좋아했잖아. 응?"

응. 보고 있어, 민지야.

오랜 세월 함께 놀면서 나는 이제 민지가 조종하는 장난감의 움직임을 완벽하게 숙지하고 있다. 내가 진심으로 노리고 덤벼들면 이제 이 놀이는 채 몇 초를 넘기지 못하고 끝나버릴 것이다. 나는 민지와 모처럼 만에 갖는 놀이 시간을 그렇게 간단히 끝내버리고 싶지 않다. 그래서 나는 그 움직임을 만끽하며 그저 주시하고 있다. 머릿속으로는 민지가 만들어내는 움직임과 그에 따른 나의 반응, 그리고 미처 내가 예상치 못한 방향으로 민지가 유니크한 움직임을 만들어내어 나를 당황하게 하는 것도 상상해 본다. 안타깝게도 민지의 능력은 그 정도 수준에 미치지 못해 늘 예상된 움직임만을 선보일 뿐이다.

그래서 나는 눈으로, 또 상상으로 즐긴다. 실제로 사냥 기술을 발휘해 놀이를 단숨에 끝내버리는 것보다는 이렇게 상상으로 노는 편이 더욱 즐겁고 오래 놀 수 있기 때문이다.

그런데 오늘 민지는 갑자기 화를 내며 장난감을 집어 던지고는 나가버렸다.

왜지? 난 민지와 노는 것이 여전히 즐거운데. 난 민지와의 놀이가 싫증 난 게 아냐. 그저 놀이가 너무 빨리 끝나지 않길 바랐을 뿐이지. 민지야 돌아와. 나랑 조금만 더, 조금만 더 놀아줘.

* * *

민지가 고등학생이 된 이후부터는 집에 있는 시간이 현저하게 줄었다.

'입시생'이라 불리게 된 뒤로는 집에서는 잠만 자는 듯했다. 민지는 말이 없어지고 어두운 표정으로 잘 웃지도 않게 됐다. 그렇게 수다쟁이에 웃음이 많은 아이였는데. 어쩌다 드물게 나와 마주쳐도 나를 쓰다듬어 주는 일은 드물었다. 그저 무거운 표정으로 나를 지나쳐 자기 방안으로 사라지거나 무거운 가방을 메고 밖으로 나갈 뿐이었다. 덩치 큰 어른 하인들도 민지의 눈치를 심하게 살피는 듯했다.

집안 전체에 무거운 공기가 흐른다. 집안 분위기가 그렇다 보니 나는 좀 더 외출 나가는 일이 많아졌다. 그런 연유로 대각선 길 건넛집에 사는 브리티시 숏헤어 품종의 왓슨 녀석과 얘기를 나눌 기회가 많아졌다.

왓슨의 하인들도 '꿀떡이'란 꼭 녀석 생긴 것 같은 이름으로 부르는 모양이었지만 내가 블라디미르라는 우아한 본명으로 불리길 원하는 것처럼 감히 녀석도 왓슨이란 건방진 이름으로 불리길 원한다. 마음 착한 나는 항상 선의에서 녀석이 원하는 대로 그렇게 불러주고 있다.

이 모태 거만 체질인 녀석은 늘 자기 집 담벼락 위에 게으른 자세로 꿀떡이 늘어져 붙은 것처럼 버티고 앉아 지나가는 다른 고양이들을 깔보듯 내려다보며 말했다. 내키지는 않았지만 난 집안의 어둡고 무거운 분위기가 신경이 쓰여 왓슨에게 물어보았다.

왓슨은 하품을 한 번 늘어지게 하더니 별일 아니라는 표정으로 말했다.

"인간은 말이야, 누구나가 '입시생'이란 과정을 거치지. '입시생'이란 건 '대학생'이 되거나 '직장인'이 되기 위한 준비 과정인데 마치 애벌레가 나비가 되기 위해 번데기라는 과정을 거치는 것과 비슷한 것이라고 생각하면 돼. '입시생'을 탈피해서 '대학생'이나 '직장인'으로 거듭나면 집안 분위기는 곧 좋아져.”

“뭐? 나비가 되기 위한 번데기? 그럼 민지가 날개가 생겨서 날 수 있게 되나?”

내 이야기에 왓슨 녀석은 눈을 세모나게 만들어가며 깔깔대고 웃었다.

“이봐, 블라디미르군. 인간에게 날개가 돋아날 리가 없잖나. 자네 생각보다 무지 순진하군. 정말 번데기에서 나비가 되듯 변신을 한다는 게 아니고, 뭐랄까, 인간의 분위기가 바뀐다는 말이지. 본인은 물론이고 그 주변의 분위기마저도. 웃긴 건 '대학생'이 되어도 '직장인'이 되고 싶어서 다시 '입시생'으로 돌아가기도 하고, 애써 '직장인'이 되었는데 다시 '대학생'이 되고 싶어서 '입시생' 신분으로 돌아가 버리는 인간도 있다는 거야. 너와 사는 인간이 무슨 목적으로 '입시생'이 된 건지 모르지만 그 순간도 언젠가 지나갈 것이고, 지나갔다 하더라도 언젠가 또 돌아올지도 모른다는 말일세. 인간이란 그런 덧없는 짓을 반복하는 생물들이니…….”

주저리주저리 계속 떠벌이는 왓슨을 뒤로 하고 집으로 돌아왔다. 재수 없는 자식. 끝까지 잘난 척이네. 꼭 꿀떡이 같이 생겨가지고. 하지만 왓슨의 말대로 민지의 '입시생' 시기가 어서 지나가고 예전의 밝고 웃음이 많은 민지로 돌아왔으면 좋겠다는 생각이 들었다.

* * *

민지가 드디어 '대학생'이 되었을 때, 난 뛸 듯이 기뻤다.

나야 민지가 다시 예전의 모습으로 돌아올 것이 기쁜 것이었지만 나이 든 하인들도 그런 나의 마음을 아는지 덩달아 기뻐해 줬다. 집안이 마치 잔치라도 난 분위기여서 오랜만에 화기가 돌았다.

하지만 나의 흐뭇함도 잠시, '대학생'이 된 민지는 여전히 집에 붙어있질 않았디. 확실히 웃음도 다시 많아지고 이전의 어두운 그늘은 걷혔지만 거의 얼굴을 보기 힘든 것은 마찬가지이지 않은가. 역시 저 거드름 피우는 왓슨 녀석의 말이 다 맞을 리가 없지.

그래도 민지의 얼굴에 예전처럼 웃음이 돌아온 것만으로도 기뻤다. '대학생'이 된 민지는 '남자친구'라는 직속 하인을 새로 두게 될 정도로 신분이 상승했다. 축하할 일이다. 그러나 나에게로 관심이 돌아오지 않는 것은 조금 섭섭한 일이다.

* * *

민지가 '남자친구'라는 하인과 헤어진 모양이었다. 민지는 그날 이후 방안에만 틀어박혀 많이 울었다. 다시 '입시생'으로 돌아간 게 아닌가, 의심될 정도로 어두워졌다. 하인과 헤어진 정도로 그토록 슬퍼하다니. 하긴, 나도 민지와 헤어진다면 슬플 것 같다. 위로를 해줘야겠다는 생각에 책상에 엎드려 울고 있는 민지의 다리에 얼굴과 몸을 부벼댔다. 민지야. 날 봐. 이렇게 우아하고 기품 있는 이 몸, 블라디미르 블라디미로비치 스트로가노프 3세께서 곁에 계시잖니. 남자친구가 이 몸처럼 결이 곱고 부드러운 털을 가지고 있어? 아니면 남자친구가 이 몸처럼 우아한 곡선을 자랑하는 꼬리를 가지고 있어? 나를 봐봐. 나를.

민지는 내 마음과 달리 나에게 눈길 한 번 주지 않고 계속 울기만 한다.

민지를 달래줄 방법을 찾기 위해 동네 마실을 나섰다.

역시나 재수 없는 왓슨 녀석이 담벼락이 무슨 전용 캣타워라도 되는 양 늘어진 꿀떡같이 붙어 앉아서 말을 걸어온다.

"블라디미르. 너 몸이 투명해지고 있잖아. 어떻게 된 거야?"

나는 코웃음을 치며 대답했다.

"그건 네놈한테 노안이 왔다는 증거다. 나 지금 저기압이니까 꺼져!"

평상시 같으면 가소롭다는 표정으로 게으르게 귀나 긁었을 왓슨 녀석이 계속 진지함을 유지하며 아니, 오히려 심각한 표정으로 다시 물었다.

"바보야. 네 앞발을 들어서 나를 가려봐. 내가 보이나 안 보이나."

"멍청한 녀석! 발로 너를 가렸는데 네가 보일 리가……."

어라? 앞발을 들고 분명히 왓슨 녀석을 가렸는데, 보인다. 희미하긴 하지만 분명히 왓슨 녀석의 그림자가 내 앞발을 통과해 눈에 보인다. 마치 내 몸이 정말 투명해지기라도 한 것처럼.

당황해하는 나를 보며 왓슨 녀석이 평소의 거만한 모습과는 달리 침착한 표정으로 말했다.

"잘 들어, 블라디미르. 우리 집고양이들은 집사들의 사랑을 먹고 사는 존재야. 집사들의 사랑과 관심이 위험 레벨 이상으로 멀어지게 되면 우리 몸은 조금씩 투명해져 간다고. 그런 상황이 지속되면서 계속 집사의 사랑과 관심을 회복하지 못하면 점점 더 투명해지지. 고양이 몸이 투명해지니까 집사들은 자기 고양이를 더욱 보지 못하게 되고, 고양이에게 관심을 줄 기회는 상대적으로 더 줄어드는 위험한 상황이 반복되는 거야. 그러다 결국은…….”

“겨, 결국은?”

“집사가 사라져버렸다고 생각한 고양이에 대해 완전히 포기하는 순간, 그 고양이도 이 세상에서 완전히 소멸하게 되지.”

완전히, 소멸? 그럴 리가. 민지가 나를 완전히 포기할 리가 없잖아. 역시 이 허풍쟁이 왓슨 녀석이 하는 소리는 죄다 헛소리라니까?

남자다운 하악질 한 번 거칠게 날려주고 돌아서는 내 등 뒤에 왓슨 녀석이 소리쳤다.

“블라디미르. 어떻게 해서든 집사에게 너의 존재감을 들이대야 해. 관심을 끌라고. 안되면 그릇을 깨든, 휴지를 찢어발겨 놓든, 가구를 긁어놓든, 사고를 쳐. 알았지?”

* * *

민지는 아직도 기운을 못 차린 것 같다. 계속 울다가 지금은 이불 뒤집어쓰고 잠이 들었다. 앞발로 잠든 민지의 얼굴을 가려 보았다. 안 보인다. 지금은 확실히 투명한 상태가 아니다. 내 몸은 현재 투명해졌다가 괜찮아졌다가, 오락가락하는 모양이다. 왓슨의 말은 확실히 당혹스럽고 충격적인 얘기였다.

그러고 보니 민지는 내가 옆에 있는데도 나를 인식하지 못하는 듯 행동할 때가 많았다. 내가 바로 옆에 있는데 나를 두리번거리며 찾을 때도 있었다. 민지야, 이젠 나에게서 관심이 멀어지고 있는 거야? 이젠 더 이상 내가 흥미롭거나 궁금하지 않은 거야? 난 여전히 그대로인데.

* * *

내 몸은 점점 더 투명해져 가고 있다. 이젠 투명할 때가 그렇지 않은 때보다 훨씬 더 많은 듯하다.

민지는 거의 나를 못 보는 것 같다. 가끔씩 걱정스러운 표정을 한 채 주변을 두리번거리며 나를 찾지만, 내가 자신 바로 곁에 앉아 있다는 사실은 전혀 눈치채지 못한다. 내가 투명해져 있는 동안 민지나 나이 든 하인들은 나의 목소리는 물론이고 나의 기척조차 듣지 못하는 것 같다.

민지는 어딘가로 떠날 준비를 하는지, 가방을 싸며 온갖 물건을 몇 번씩 반복해서 점검하고 챙긴다. 민지의 표정은 늘 긴장한 듯 상기되어 있고 나이든 하인들의 표정엔 약간의 쓸쓸함이 깃들어있다.

민지가 여러 가지 물건들을 챙겨 넣고 있는 여행 트렁크 위에 올라앉아 행패를 부려보려 해도, 이미 몸이 투명해질 정도로 투명해진 상황에서 그런 나의 행동은 아무런 소용이 없는 듯하다. 민지는 내가 올라앉아 있는데도 아무 거리낌 없이 가방을 휙 열어젖힌다. 투명해진 상태에서 나의 몸은 내가 느끼기에도 터무니없이 가볍다.

민지야. 어디 가는데? 응? 어디 가는데? 나 이렇게 몸이 자꾸 투명해져 가고 있어. 나를 좀 봐줘. 이렇게 되어가는 나를 두고 어디 가는 건데?

며칠 전 민지가 집을 떠났다. 이전에도 민지가 집을 떠났던 적이 없던 건 아니었지만 이번엔 어딘가 아주 먼 곳으로 간 듯하다. 몇 밤이 흘러야 돌아올까? 살아있는 동안 민지를 또 만날 수 있을까? 나의 몸은 거의 윤곽만 간신히 보일 뿐 완전히 투명해졌다. 투명하지 않은 정상의 몸으로 돌아가는 일도 없어졌다. 사료를 먹지 않아도 배고프지 않다. 내 몸은 마치 공기처럼 가벼워진 듯하다. 이젠 집 밖으로 나가도 다른 고양이들조차 나를 보지 못한다.

늘 담벼락 위에서 거만한 표정으로 나를 깔아보듯 내려 보던 왓슨 녀석도 나를 인식하지 못한다. 난 더 이상 집 밖으로 나가지 않게 됐다. 고양이들이 나를 알아보지 못하기 때문만은 아니다. 집 밖에 나가 있노라면 내 가벼워진 몸이 어지럽고 복잡한 세상 속으로 빨려 들어가 사라져 버릴 것 같은 무서운 느낌이 들어서이다. 난 주인도 없는 민지 방에만 틀어박혀 있게 되었다.

이 방엔 가끔 나이 든 여자 하인이 들어와 가볍게 청소를 하고 나서 민지의 물건을 이것저것 만져보다 한숨 한 번 쉰 후 방을 나가곤 한다. 그걸 제외하고는 이 방엔 아무도 오지 않는다. 방주인조차.

나는 차츰차츰 이 방의 적막함을 좋아하게 되었다. 이 고요함 속에 머무는 것이 좋다. 방 바깥의 세상은 나에게 너무 소란스럽고…… 두렵다.

＊　＊　＊

　민지의 책상 위에 웅크리고 앉아 아무도 없는 침대를 응시했다. 여기서 민지가 자는 모습을 참 무던히도 많이 봤었는데, 민지의 잠든 모습을 한 번 더 볼 수 없는 것은 많이 아쉽다. 이젠 나 스스로에게도 내 모습이 보이지 않는다.

　왓슨 녀석 말대로 사라져 버리는 건가? 시간이 얼마 안 남은 듯하다.

　이대로 사라져도 민지나 나이든 하인들을 원망하는 마음은 없다. 나는 나름 즐겁고 편안하게 살았다. 밖에 나가 다른 고양이 녀석들을 만났을 때도 창피한 일보다 자랑할 일이 더 많았다. 그리고 민지의 냄새가 아직 남아있는 이곳에서, 우리의 추억이 많이도 묻어있는 이곳에서 마지막까지 있을 수 있어 다행이었다.

　민지는 내가 소멸해 버리면 나를 잊고 다른 고양이를 데려올까? 그럴지도 모르지. 하지만 민지야. 브리티시 숏헤어만은 참아줘. 그 녀석들은 태생적으로 거만하다고. 늙었나 보다. 별의별 생각을 다 하네.

　창문 너머로 아침 햇살이 어둠을 깨뜨리며 비쳐왔다. 난 힘들게 고개를 들어 그 빛을 바라봤다. 푸르스름하던 지평선 위를 붉게 물들이며 서서히 수줍은 노란빛으로 떠오르는 태양. 아주 오랜 기억 속에서 꺼내 보는 것처럼 그리운 풍경이다. 창안으로 스며드는 빛 속으로 내 몸이 스러지듯 녹아드는 것 같았다.

　나는 마음으로 그 빛을 느끼며 생각했다. 빛깔이…… 참 곱다.

* * * * * *

당신의 고양이가 투명해지고 있지는 않습니까?

그렇지 않다고요. 그저 외출이 잦을 뿐이라고요. 정말 그렇게 확신하십니까? 단지 당신의 고양이가 투명해지고 있다는 사실을 당신이 눈치채지 못하고 있는 건 아닐까요? 혹시 당신의 고양이가 예전처럼 활발히 놀지 않는다고 해서, 예전처럼 폭풍 애교를 부리지 않는다고 해서, 예전 보다 잠들어 있거나 어디론가 가 있는 시간이 더 길어졌다고 해서 권태를 느낀 건 아닙니까? 당신의 고양이가 늙고 지쳐있다 해서, 다시 새롭고 어린 고양이에게로 눈을 돌린 건 아닙니까?

인간 사회에선 배우자가 늙고 싫증 났다고 해서 젊은 사람에게 눈을 돌리면 불륜이라고 부르고 부모가 늙고 병들었다고 해서 그들을 버리면 패륜이라고 부릅니다. 그럼 고양이에겐?

주변을 돌아보십시오. 당신의 발걸음 사이로 발에 챌 듯이 바쁘게 돌아다니던 고양이가 어느 순간부터 안 보이기 시작했다면 당신의 고양이가 관심과 사랑에 목마른 상태라는 증거일 수 있습니다.

어떤 관계든지 처음 시작할 때의 두근거리는 설렘과 신선함이 마지막 순간까지 유지되기는 쉽지 않습니다. 하지만 당신의 고양이가 눈에 띄지 않기 시작했다면, 조금만 더, 아주 조금만 더 신경과 주의를 기울여주세요. 당신이 한때 너무나 사랑했던 고양이가 당신의 무신경과 무관심 속에 조금씩 투명해지다가 결국 당신이 그들을 포기한 순간, 완전히 소멸할지도 모르니까요.

고양이는 인간과 달리 그리 많은 걸 바라지는 않습니다. 그들이 당신에게 바라는 것은 꾸준한 관심과 사랑입니다.

제5화

두 계절의 일기

아기 고양이만큼 겁 없는 탐험가는
이 세상에 없다.

- 샹플뢰리

꼬마의 눈이 떠집니다. 태어나서 처음 접하는 빛에 눈이 따갑습니다.

커다란 엄마의 얼굴이 눈에 들어옵니다. 사랑스러운 눈으로 꼬마를 핥아줍니다.

옆에 있던 형아가 꼬마의 얼굴을 밀며 장난을 칩니다. 언제나 엄마 젖을 먹으려 하면 자신을 밀쳐내던 형아의 얼굴을 처음 봅니다. 상상했던 것보다 더 짓궂게 생겼습니다. 그런데 하나라 생각했던 형아가 둘이나 더 있습니다. 어쩐지 하나치고는 지나치게 귀찮더라니. 웃긴 건 형아들도 형제들의 숫자에 다들 놀라는 눈치입니다. 아마 모두 비슷한 시기에 눈을 뜬 것 같습니다.

꼬마는 엄마의 품이 좋습니다. 포근한 엄마의 감촉과 냄새가 좋습니다. 세상이 어둠뿐일 때도 좋았지만 이렇게 엄마의 모습을 직접 보며 안길 수 있어서 이젠 더할 나위 없이 세상에서 제일 좋습니다. 꼬마는 행복합니다.

형아들은 장난이 심합니다. 때로는 형아들의 장난 때문에 아플 때도 있습니다. 형아들은 꼬마보다 기운이 더 좋은 것 같습니다.

　꼬마는 형아들에 밀려서 쓰러지고 뒹굴고 깔리기 일쑤지만, 지지 않고 장난에 반응합니다. 조금 아파도 조금 힘들어도 꼬마는 형아들과 노는 것이 즐겁습니다. 좀 살살하라고 말해주고 싶긴 하지만 그럼 더는 놀아주지 않을까 봐 열심히 반격합니다. 꼬마는 짓궂은 형아들도 좋습니다. 엄마가 가져다준 맛난 음식을 먹을 땐 좀 욕심부리는 형들이지만 함께여서 즐겁습니다. 꼬마는 행복합니다.

　오늘은 엄마를 따라 형아들과 함께 산책을 나섭니다.

　모처럼 어두운 건물 모퉁이를 빠져나와 큰길로 나서니 산뜻한 봄바람에 꽃내음이 실려 옵니다. 무슨 냄새인지 궁금해 바람결에 코를 벌름거려 봅니다. 형아들도 처음 맡는 꽃 냄새가 신기하긴 매한가지인지 연신 코를 벌름거립니다.

　모퉁이를 돌아 벚꽃 나무가 있는 거리로 들어서자 벚꽃 잎이 춤을 추듯 꼬마의 머리 위로 날립니다. 꼬마는 넋을 잃은 듯 꽃잎을 바라보다 떨어지는 꽃잎을 잡아보려고 앞발을 뻗어봅니다. 제일 덩치가 좋은 큰 형아는 벌써 어른이라도 된 것처럼 엄마 바로 뒤에서 주변을 살피며 동생들을 챙깁니다.

　큰 형아가 벚꽃 잎 춤사위에 정신 팔려있는 꼬마에게 다가와 엄마를 놓치지 말라는 듯 엉덩이를 떠밉니다.

　꼬마는 다시 형아들 발걸음에 뒤처지지 않도록 열심히 보조를 맞춰 갑니다.

그런 꼬마의 옆으로 이번엔 나비가 한 마리 날아갑니다. 호랑 무늬 날
개의 황홀한 움직임이 꼬마의 눈길을 끕니다. 꼬마는 나비를 쫓아갑니
다. 위로 아래로 옆으로 다시 원을 그리며 위로.

나비는 신비로운 곡선을 그리며 잡힐 듯 안 잡힐 듯 꽃밭 위로 계속 날
아갑니다. 꼬마는 꽃밭 사이를 깡충깡충 뛰며 나비를 쫓습니다. 서툴게
넘어지고 곤두박질 쳐도 꾸준히 나비를 쫓아갑니다. 얼마나 쫓아왔을까.
나비는 꼬마가 닿을 수 없을 정도로 높은 하늘로 날아가 버립니다. 이제
돌아가야지 생각한 순간, 꼬마는 엄마와 형아들이 눈에 띄지 않는다는
사실을 깨달았습니다.

괜찮아. 엄마와 형아들의 냄새는 너무 잘 알고 있어. 특히 엄마 냄새를
찾아내는 일은 식은 죽 먹기야. 형아들보다 더 잘할 자신 있다고 생각하
는 꼬마입니다. 가슴은 불안감에 쿵쾅쿵쾅 뛰지만 스스로를 위로하며
열심히 바람결에 희미하게 남아있을 엄마의 냄새를 추적합니다.

그러나 꼬마는 나비를 쫓는 동안 꽃밭에서 너무 꽃가루를 많이 날린
모양입니다. 엄마와 형아들의 냄새를 맡을 수가 없습니다. 꼬마의 몸에
도 꽃가루가 잔뜩 묻어있습니다. 엄마와 형아들도 꼬마의 냄새를 찾아내
기 어려워 보입니다.

언제나 옆에서 맡을 수 있었던 엄마의 냄새가, 이제 공기 중에 없습니
다. 꼬마의 기억 속에만 있습니다. 그 냄새가 갑자기 그리워집니다. 다시
는 맡을 수 없을까 봐 더럭 겁이 납니다.

"냐아~~~" 혼자 남겨진 꼬마가 구슬픈 목소리로 울었습니다.

낮과 밤이 두 번 바뀌도록 엄마와 형아들을 찾아다녔지만 꼬마는 점점 더 어딘지 모를 곳을 헤매게 될 뿐이었습니다. 엄마와 형아들의 냄새는 어디에도 없습니다. 엄마도 너무 보고 싶지만 배도 너무 고픕니다. 지쳐서 이제는 걸을 힘도 남아 있지 않습니다. 당장이라도 쓰러질 것 같은 꼬마의 코끝에 뭔가 맛있는 냄새가 느껴집니다. 골목 한 귀퉁이에 놓인 작은 접시 위에 고양이 사료가 담겨있습니다. 아마 동네 캣맘이 이곳의 길고양이들을 위해 놓아준 사료 같습니다.

꼬마는 맛난 냄새에 이끌려 접시 위의 사료를 허겁지겁 먹습니다. 너무도 배가 고팠기에 뒤에서 다가오는 수상한 그림자를 눈치채지 못했습니다. 검은 털 고양이와 이마에 큰 흉터 있는 고양이가 꼬마를 양옆에서 둘러싸고 적대감에 이빨을 드러내고 있다는 걸 깨달았을 땐, 이미 도망가기엔 늦은 상황이었습니다.

이마에 흉터 있는 인상 험악한 고양이가 꼬마를 향해 하악질을 합니다. 아마 이 구역 터줏대감으로 캣맘이 공급해주는 사료는 이 녀석들의 차지인 것 같습니다. 겁에 질린 꼬마가 잔뜩 몸을 움츠리고 있었을 때, 뒤에서 훨씬 덩치가 큰 고양이가 한 마리 더 나타납니다. 어린 꼬마가 보기에도 이 구역의 두목 고양이라는 걸 한눈에 알 수 있을 정도로 엄청난 위압감과 존재감을 뿜어냅니다.

두목 고양이는 꼬마를 잠시 쳐다보더니 검은 털 고양이와 흉터 고양이를 무서운 눈으로 노려봅니다. 검은 털 고양이와 흉터 고양이는 아무런 대꾸도 못 한 채 뒤로 물러납니다. 두목 고양이는 이윽고 꼬마에게 계속 식사를 하라는 듯 사료가 담긴 접시를 턱 끝으로 가리킵니다.

배고픔이 두려움보다 더 컸던 꼬마는 잠시 머뭇거리다가 다시 사료를 허겁지겁 먹습니다. 두목 고양이는 그런 꼬마를 내려다보며 표정도 없이 그저 자리를 지키고 앉아있습니다. 배가 불러진 꼬마가 사료가 담긴 접시에서 한 발자국 물러나자, 그제야 두목 고양이는 몸을 일으켜 가던 길을 갑니다. 꼬마를 위협하던 검은 털 고양이와 흉터 고양이도 조금 못마땅한 표정이긴 하지만 별다른 행동 없이 두목 고양이의 뒤를 따라갑니다.

꼬마는 아마도 이 구역에 머물며 함께 식사를 나눠 먹도록 허락을 받은 것 같습니다. 꼬마는 일단 이곳에서 엄마를 기다려 보기로 했습니다.

꼬마의 머리 위로 늦은 봄비가 내립니다. 꼬마가 비를 맞아 본 것은 이번이 두 번째입니다. 비를 처음 맞았을 때는 엄마, 그리고 형아들과 함께였습니다. 그 차가움이 신기하고 재미있어 꼬마는 장난을 치다가 흠뻑 젖어 버렸더랬죠. 그런 꼬마를 엄마는 뒷덜미를 물고 비가 들이치지 않는 처마 밑으로 옮겨줬습니다. 꼬마의 몸은 잔뜩 젖어있었지만, 곁에 앉은 엄마의 체온 덕에 감기에 걸리지 않을 수 있었습니다.

하지만 오늘의 비는 혼자 맞는 비. 물은 싫지만 엄마와의 추억을 생각나게 하는 이 비가 꼬마는 반갑습니다. 어쩐지 빗속으로 나가 장난을 치고 있으면 예전처럼 엄마가 나타나 줄 것 같은 기분도 들어 처마 바깥쪽으로 한쪽 발을 슬쩍 내밀어봅니다.

장화를 신은 인간 아이들이 까르르르 소리와 함께 물을 텀벙텀벙 튀기며 지나갑니다. 놀란 꼬마는 처마 밑 구석으로 얼른 숨습니다. 혹시나

하는 마음에 한참 동안 빗줄기 너머로 시선을 걸어두던 꼬마는 어느새 잠이 듭니다.

이 비가 그치면 이제 더워지겠죠.

여름이 왔습니다. 휴식 시간도 없이 울어대는 매미 소리는 시끄럽기도 하지만 신기하기도 합니다. 꼬마는 강가에 자주 나가봅니다. 강가에는 여러 가지 냄새가 바람에 실려 흘러옵니다. 혹시나 엄마와 형아들의 냄새가 실려 오지 않을까 하는 생각에 꼬마는 하루에 한 번은 꼭 강가 언덕 위에 나가봅니다. 여기서 냄새를 맡는다면 그 냄새를 따라가 엄마와 형아들을 찾을 수 있을 거라 꼬마는 믿고 있습니다.

꼬마는 지금처럼 석양이 비끼기 시작할 무렵, 강물에 햇빛이 황금색으로 부서지며 하늘과 강물이 하나의 빛으로 물드는 모습이 좋습니다. 어쩐지 그 빛깔은 엄마의 품속처럼 포근한 느낌을 전해주기 때문입니다.

꼬마의 눈에 언덕 밑 강가 바로 옆 갈대밭을 지나는 어미 고양이와 그 뒤를 따르는 두어 마리 어린 고양이들의 그림자가 들어왔습니다. 순간 숨이 멎을 것처럼 놀라 벌떡 일어난 꼬마였지만 이내 실망하고 말았습니다. 그들에게서 나는 냄새는 절대 엄마의 냄새가 아니었기 때문입니다. 다시 주저앉던 꼬마는 생각을 바꿔 언덕 밑으로 달려갑니다.

그동안 비슷한 또래의 어린 고양이들을 만나지 못했던 꼬마는 저들이라면 친구가 될 수도 있을 거란 기대가 생겼기 때문입니다.

꼬마에게 갈대의 키는 너무 큽니다. 갈대에 가려 그들이 보이지 않습니다.

행여 그들을 놓칠세라 갈대 줄기가 뺨을 때려도 부지런히 제치며 달려 갑니다.

그러나 갈대밭 속에서 꼬마의 눈에 들어온 광경은 꼬마가 생각했던 것과 많이 다른 것이었습니다. 친구가 되어 줄 것 같던 작은 새끼 고양이는 가쁜 숨을 몰아쉬며 쓰러져 있었습니다. 꼬마와 비슷한 체구의 작은 몸을 꿰뚫은 거대한 화살. 양궁에 쓰이는 화살입니다. 도대체 누가 이런 끔찍한 짓을 저질렀을까요.

꼬마는 이 기다란 막대가 왜 작은 고양이에 꽂혀있는지를 이해 못 합니다.

그저 영문도 모르고 고개만 갸우뚱거릴 뿐입니다. 엉덩이 부분부터 가슴팍에 이르기까지 몸을 완전히 관통당한 새끼 고양이는 파르르 경련을 일으키더니 더 이상 움직이지 않습니다. 꼬마는 처음으로 죽음과 마주합니다. 어미 고양이와 다른 새끼 고양이들은 모두 도망친 걸까요? 꼬마는 알 수 없습니다. 그저 얼어붙은 것처럼 거대한 화살에 꿰뚫린 작은 아이의 주검을 바라보고만 있습니다. 순간, 뒤에서 바스락 기척이 들립니다. 꼬마는 본능적으로 이 기척이 고양이의 것이 아님을 깨달았습니다. 꼬마는 달립니다. 무작정 달립니다. 머릿속이 온통 하얗게 되어 버린 듯 아무 생각도 나지 않습니다. 공포입니다. 꼬마가 이날 처음으로 느끼는 감정은 죽음에 대한 공포입니다.

정신없이 달리던 꼬마는 또다시 가 본 적 없는 골목길에 와 있었습니다. 어디가 어딘지 방향을 알 수 없고 주변의 모든 냄새도 낯설기만 합니다. 겁에 질린 꼬마는 우선 쓰레기통 구석으로 숨어듭니다. 어디로 가야 할지 뭘 해야 좋을지 도무지 생각이 나지 않던 꼬마 앞에 익숙한 얼굴이 눈에 들어옵니다. 흉터 아저씨입니다.

흉터 아저씨도 꼬마를 본 것 같습니다. 그냥 지나쳐서 가던 길 가나 했더니만 무슨 생각에서인지 갑자기 꼬마 쪽으로 다가옵니다. 안 그래도 겁에 질린 꼬마는 디욱 움츠러듭니다. 흉터 아저씨는 꼬마를 내려 보며 따라오라는 몸짓을 합니다. 꼬마는 구석에 웅크리고 미동도 하지 않습니다.

발걸음을 옮기던 흉터 아저씨는 꼬마가 꼼짝하지 않자 돌아와서 따라오라는 몸짓을 한 번 더 합니다. 흉터 아저씨는 다시 발걸음을 떼지만 꼬마는 여전히 미동도 없습니다. 흉터 아저씨는 꼬마를 한참 노려보더니만 꼬마 앞에 와서 앉습니다. 따라올 때까지 자신도 움직이지 않겠다는 듯이 말입니다.

꼬마는 흉터 아저씨의 얼굴을 올려다봅니다. 흉터 아저씨는 여전히 좋지 못한 인상으로 꼬마를 노려봅니다. 꼬마는 천천히 몸을 일으킵니다. 그러자 흉터 아저씨도 일어나 앞장서서 걷기 시작합니다.

얼마나 흉터 아저씨를 따라 걸었을까, 점점 익숙한 풍경이 나오기 시작합니다. 흉터 아저씨는 꼬마를 원래 머물던 거처로 데려다주려 하는 것 같습니다. 겁에 질린 꼬마의 눈빛에서 뭔가 심상치 않은 기운을 느꼈나 봅니다.

눈에 익은 풍경이 나오기 시작하자 꼬마는 긴장이 풀렸는지 그만 털썩 주저앉고 맙니다. 흉터 아저씨는 다른 곳을 보는척하며 꼬마를 기다려줍니다. 꼬마는 다시 몸을 일으켜 흉터 아저씨를 따라갑니다. 흉터 아저씨는 생각보다 무서운 아저씨는 아니라는 생각이 들었습니다. 당연한 일입니다. 세상에 나쁜 고양이는 없으니까요. 있던 자리로 돌아가는 두 고양이의 그림자 위로 어둠이 내리기 시작했습니다.

밤새 잠을 설치다 동틀 무렵에 간신히 잠들었던 꼬마는 악몽을 꾼 모양인지 무언가에 소스라치게 놀라 깨어납니다. 악몽 때문인지 몸에 열이 심하게 납니다. 그 때문에 어지러워져 잠에서 깨고도 한참을 누워있던 꼬마는 시장기를 느끼고 무거운 몸을 일으켜 먹을 것을 찾아 나섭니다. 하지만 고마운 캣맘들이 놓아주는 사료들은 부지런한 고양이들의 몫입니다. 꼬마처럼 늦게 행차한 고양이를 위해 따로 아껴두었다 양보해줄 고양이는 없습니다. 꼬마는 배가 고프긴 하지만 어쩐지 식욕이 생기지 않습니다. 그리고 왜 그런지 기운도 없고 무력감이 생겨서 요기할 거리를 찾으러 돌아다닐 기분도 들지 않습니다. 오히려 속이 메슥거려서 식사는 그냥 거르기로 하고 거처로 돌아갑니다. 열이 좀처럼 가라앉지 않아 어지러운 증세가 계속 이어집니다. 그 어지러움 때문에 먹은 것도 없는데 구토를 하고 맙니다. 사실 꼬마의 몸 상태가 이상해지기 시작한 것은 조금 된 이야기입니다. 다만 어제 일의 충격으로 증세가 더욱 악화된 것 같네요. 안타까운 일이지만 꼬마는 범백* 증세를 보이는 듯합니다.

---

* 범백혈구 감소증으로 혈구계열 병이 아니라 바이러스성 장염이지만 감염된 동물에게서 백혈구가 현저하게 감소하는 증상 때문에 범백혈구 병으로 이름이 붙여졌습니다. 외국에서 백신이 수입되기 전에는 우리나라 길고양이 사망 원인의 절반 이상이 이 병이었다고 합니다. 지금은 백신으로 예방이 가능하지만 일단 발병하면 치사율이 90%를 육박하는 무서운 병입니다.

이렇다 할 음식을 섭취하지 못한 채 구토만 계속한 꼬마는 탈수 증세까지 보이고 있었습니다. 목이 타는 듯이 말랐지만, 물을 찾아 나설 기운도 없습니다. 그날 밤엔 여름 소나기가 쏟아졌습니다. 천둥과 번개를 동반한 비는 꼬마에겐 두렵고도 신기한 경험입니다. 섬광처럼 번쩍이는 번개에 눈이 휘둥그레지는가 싶으면 뒤이어 하늘이 찢어지는 듯한 굉음이 천지를 울립니다. 평소 같으면 온몸의 털이 곤두설 만큼, 꼬리가 두 배로 커질 만큼 놀랐겠지만, 기운이 없는 꼬마는 그저 심장으로만 놀라고 있습니다.

거세게 쏟아붓는 비는 꼬마의 거처 안까지 빗방울을 흘려보냅니다.

마침 목이 타던 꼬마에게는 고마운 빗줄기입니다. 꼬마는 흘러드는 빗물을 간간이 혀로 핥으며 목을 축입니다. 번개에 놀라 두리번거리다가 천둥에 놀라 앞발 사이에 고개를 묻고, 그러다 흘러드는 빗물에 목을 축이고, 까만 밤을 하얗게 지새우며 꼬마가 반복한 일이었습니다.

밤새 쏟아진 비는 다음날 오전이 되어서야 그쳤습니다.

성난 듯이 퍼붓던 비는 거리뿐만 아니라 하늘까지 깨끗하게 닦아낸 모양입니다. 더없이 파란 하늘 위로 일곱 빛깔 무지개가 걸립니다. 꼬마는 무지개를 처음 봅니다. 그동안 내렸던 비의 뒤안길에는 무지개가 없었던 걸까요? 그렇지는 않았겠지요. 꼬마는 그동안 너무 땅 위의 세상만 보고 있느라 하늘을 볼 여유가 없었던 건지도 모릅니다. 오늘은 몸이 아파 누워있기에 우연히 하늘이 눈에 들어온 건지도 모릅니다.

꼬마는 하늘이 저 무지개로 자신이 여기 있다는 표시를 해주는 거란 생각이 들었습니다. 멀리서도 엄마와 형아들이 자신이 여기 있다는 걸 알 수 있도록 보여주는 거라고요. 그동안 힘들고 외롭고 아팠던 걸 견뎌 낸 상으로 하늘이 주는 선물이라고. 잘 참아냈다고. 착한 아이라고. 이 제 곧 엄마가 올 거라고.

심적으로나 육체적으로나 며칠 동안 무척 고통스러웠던 꼬마는 맑게 갠 날씨만큼이나 기분이 좋아졌습니다. 어젯밤 제대로 잠을 못 잔 꼬마 는 밀려드는 졸음에 눈꺼풀이 무거워지는 것을 느낍니다. 예쁜 무지개를 좀 더 보고 싶지만, 눈이 저절로 감겨버립니다.

눈을 감은 꼬마는 지금 마주하는 어둠이 세상에 막 태어났을 때의 어 둠과 비슷하다는 느낌이 들었습니다. 그때처럼 오랜 어둠이 지나고 눈을 뜨면 눈이 아프도록 부신 빛줄기들과 함께 엄마의 모습이 시선에 들어올 거라고 꼬마는 믿습니다. 오랜만에 만난 형아들은 또 짓궂게 장난을 치 겠죠? 그렇게 한숨 자고 나면 엄마와 형아들을 다시 만나는 거라고 생각 하며 꼬마는 꿈꾸듯 깊은 잠에 빠집니다. 꼬마는 오랜만에 행복합니다.

꼬마는 범백에 걸려 한정된 시간만 이 세상에 머무를 운명이었습니다.

그럼에도 불구하고 꼬마는 불과 몇 개월 되지 않을 날들이었지만 이 세상에 오는 것을 선택했습니다.

드물기는 하지만 저희 고양이 소개소는 극히 짧은 시간만 허락된 고양 이들에게도 집사들과의 인연이 아닌, 이 세상과의 인연을 연결해주고 있 습니다.

혹시 자신에게 주어진 소중한 하루라는 시간을 헛되이 낭비하고 계십니까?

지는 해를 바라보며 내일 떠오를 해를 당연히 여기는 것이 얼마나 큰 축복인지 모른 채 살아가고 계십니까? 행여 인생을 살아내기가 조금 녹록지 않고 버겁다는 이유로 당신의 귀중한 나날들을 너무 쉽게 포기하려는 것은 아닌지요?

이 세상에 주어진 시간이 아무리 짧더라도 그 삶을 선택하는 이들이 있습니다.

자신을 낳아준 엄마의 얼굴과 형제들의 얼굴을 만나보기 위해서, 떠오르는 태양과 저무는 석양, 밤하늘의 별빛과 달빛을 만나기 위해서, 길모퉁이에 흩날리는 벚꽃 잎과 나비가 날아다니는 꽃밭, 그리고 갈대밭을 보기 위해서, 비 온 뒤 파랗게 개인 청명한 하늘과 그 위에 걸린 아름다운 무지개를 보기 위해서, 세상의 모든 계절들을 만나보기 위해서.

주어진 시간이 단 하루뿐일지라도 이 세상에서의 삶을 선택하는 이들이 있습니다. 그것이 아무리 덧없고 슬픈 일이라 하더라도 말이죠.

꼬마의 몸은 어느새 싸늘히 식어버렸습니다. 누군가 먼저 꼬마를 발견해 소문을 냈는지 두목 고양이가 꼬마의 거처를 찾아왔습니다. 꼬마의 몸에 코를 잠시 갔다 대었다 한참 고개를 숙인 채 꼬마에게 조의를 표하더니 휙 돌아서서 달려 나갑니다.

흉터 아저씨와 검은 털 아저씨도 조문을 왔습니다. 스치듯 짧은 인연이었지만 꼬마의 마지막을 기억에 담아 둡니다.

꼬마는 이 세상에서의 짧은 시간 동안 행복했을까요?

그것은 알 수 없지만, 이 세상에서 겪은 일들로 인해 다시 태어나서 더 많은 시간이 주어진다면 더욱 힘차게 세상을 살아낼 거란 자신감과 희망은 간직한 채 잠들었다고 믿습니다.

꼬마야 이번 생애에 허락된 것은 봄과 여름 두 계절뿐이었구나. 다음 생에는 꼭 가을과 겨울도 경험하렴. 가을과 겨울도 봄과 여름 못지않게 멋진 계절들이란다.

제6화

빛과 어둠

하나님께서 태초에 인간을 창조하셨으나
인간이 너무나 힘없이 있기에
그에게 고양이를 주셨다.

- 워렌 엑스타인

아아, 또 같은 꿈이다. 요즘 들어 계속 같은 꿈을 반복해서 꾸고 있다. 내가 졸업한 고등학교 교정. 같은 교복을 입은 친구들과 재잘대며 학교 건물 안으로 들어가고 있다. 수다를 떤다고는 하지만 정작 나는 한마디도 하지 않는다. 어디까지나 듣는 입장이다. 그럴 수밖에 없는 것이, 친구들은 도대체 알아들을 수 없는 소리를 늘어놓는다. 아니, 친구라는 표현도 어색하다. 나는 이 아이들의 얼굴을 기억하지 못하니까.

"빛과 어둠은 거울의 이면과 저면. 하나이면서 서로 다른 존재야."

"태초에 빛이 있으라는 건 어둠이 이미 그곳에 있었다는 뜻이지."

"그래. 어둠이 먼저야. 너의 빛보다 우리들의 어둠이 먼저 있었어."

아이들의 영문도 모를 대화를 들으며 나는 복도를 지나 교실 안으로 들어간다.

어쩐지 조금 어두운 텅 빈 교실. 누가 불을 껐나? 아이들은 신경도 쓰지 않고 교탁 주변에 모여 수다를 이어간다.

"태초부터 어둠은 빛과 늘 함께였어. 빛이 있다는 건 어둠이 있다는 것."

"빛이 있는 곳엔 늘 어둠이 있지. 도망칠 수 없어."

도대체 무슨 소리들을 하는 거야? 그보다 나는 왜 기억도 나지 않는 이 아이들의 괴상한 수다를 듣고 있는 기지? 이렇게 생각하며 자연스레 교실을 둘러보는 나의 시선에 뭔가 이상한 것이 눈에 들어온다.

교실 제일 뒤편 책상 아래에서 사람의 다리가 삐져나와 있다. 누가 교실 바닥 위에 누워있나? 아니면 혹시 누군가 쓰러졌나? 누구지? 어두워서 잘 보이질 않아.

만약 누군가 쓰러진 거라면 큰일이라는 생각에 다가가서 확인해보려는 순간, 고양이의 날카로운 울음소리가 귀를 찢을 듯 크게 들린다. 그리고는 그 소리에 놀라 나는 잠을 깬다.

항상 같은 꿈이다. 항상 같은 부분에서 고양이 울음소리가 들리고 항상 그 부분에서 잠에서 깨어난다. 오늘도 변함없이 같은 부분에서 고양이 울음에 깼다. 우리 집은 고양이도 기르지 않는데 고양이 울음소리라니.

며칠째 같은 꿈을 꾼다는 것은 누구에게나 기분 나쁜 일이지만 나에게는 이 꿈이 더욱 신경 쓰이는 이유가 있다. 그것은 어렸을 때 엄마에게 전해 들은 이야기와 관련이 있다.

때는 5.16 군사 정변으로 군부 정권이 들어선 지 1년이 조금 넘은 1962년의 가을. 엄마가 겨우 다섯 살 때의 일이다.

엄마의 집은 본래 시골이었다. 외할아버지와 외할머니는 작지만 자신만의 밭을 열심히 일구는 농민이었고, 어린 엄마와 함께 고양이 한 마리도 기르며 평범하지만 행복하게 살고 있었다.

외할머니의 고양이는 품종을 알 수 없는 잡종이었지만 덩치가 유난히 큰 삼색 고양이로, 동네 고양이들은 물론이고 어지간한 개들마저도 함부로 건드리지 못할 만큼 힘이 장사였단다. 그래서 할머니는 녀석에게 '장군'이란 귀엽지 않은 이름을 붙여주었지만, 이름과 달리 애교가 워낙 많은데다 수컷은 극히 드물다는 삼색 고양이여서 마을 모두에게 행운의 상징처럼 여겨지며 사랑받는 고양이였다고 한다.

그러던 어느 날, 이웃의 한 여자와 외할머니가 갈등이 생기며 사이가 나빠지게 되었는데, 시작은 사소하게 각자가 소유한 밭의 경계면을 두고 갈등을 빚었단다.

서로가 생각하는 경계면의 차이가 그리 크지 않았기에 별것 아닌 일로 덮어둘 수도 있는 문제였지만, 땅에 대한 애착이 뼛속까지 단단히 배어 있던 농민들이라 그 작은 크기의 농지 문제도 절대 양보할 수 없는 일이었나 보다.

외할머니와 이웃집 여자는 서로 자신의 땅을 침범했다며 관할 경찰서에 몇 번이나 신고했었는데, 새로 들어선 군사정권의 눈치 보기 급급했던 당시의 경찰들은 빨갱이 잡아 공 세울 생각 이외엔 작은 시골 마을의 민생 따위 관심도 없었단다.

결국 오해였던 것이 밝혀지긴 했지만, 이웃 여자가 자신이 수확한 농작물을 외할머니가 훔쳐 갔다며 마을 사람들에게 모함한 적도 있었단다.

공무원들의 무관심 속에 외할머니와 이웃 여자의 감정 골은 더욱 깊어져 갔다.

그러던 어느 날, 누군가 외할머니의 곳간 창고에 기름을 붓고 불을 질렀다. 외할머니가 어렵게 수확해 쟁여놓은 곡식들은 모두 불에 타버렸고 키우던 고양이 장군이도 큰 화상을 입어 한쪽 다리를 절게 되었다.

인명 피해는 없었지만 방화 사건이 발생한 만큼 그동안 무관심으로 일관하던 경찰에서도 수사에 나섰는데, 평소 외할머니와 사이가 안 좋았던 이웃 여자도 용의 선상에 올라 수사를 받게 되었다.

그 와중 이웃 여자의 팔뚝에 고양이가 할퀸 상처가 발견됐고, 이를 수상히 여긴 경찰이 집안을 뒤진 결과, 쓰레기통에서는 고양이가 할퀸 자국대로 팔목 부분이 찢겨나간 그을린 옷이, 창고에서는 반쯤 쓴 기름통이 발견됐단다.

이웃 여자는 밤에 몰래 할머니 곳간에 기름을 붓고 불을 지르다 고양이 장군이에게 공격을 당하게 됐고, 상처를 입은 여자는 장군이를 활활 타오르는 불구덩이 속으로 던져버린 모양이었다. 곳간을 다 태워버릴 정도로 불길이 거셌던 점을 생각하면 장군이가 그 불길 속에서 살아나온 것은 기적이라고 마을 사람들은 입을 모았다.

이웃 여자는 경찰에 체포되어 갈 때 마을 사람들 틈 속에서 그 모습을 지켜보던 외할머니에게 끔찍한 저주를 퍼부었다.

"내가 풀려나오면 무당이든 귀신이든 누구에게라도 부탁해서 널 죽여달라고 부탁할 거야. 네년뿐만이 아니야. 네년의 딸과 그 딸의 자식까지 삼대를 모두 멸하게 해달라고 저주할 거야. 두고 봐! 네년과 네년의 후손

108

이 죽어 나가는 꼴을 내가 지옥에서라도 지켜봐 줄 테니."

워낙 여장부 스타일인 데다 여자의 험한 말투에 이미 익숙했던 외할머니는 그 저주를 귓등으로도 듣지 않았다.

외할머니와의 갈등을 강 건너 불구경하듯이 방관만 해오던 이웃집 여자의 남편은 사건 직후 도망치듯 밭을 정리해서 마을을 떠나버렸고 그 후에는 이웃 여자의 소식은 들을 수가 없었다고 한다.

한쪽다리를 절게 되어서 더 이상 동네 왕초 노릇은 할 수 없었지만, 변함없이 애교 많은 성격으로 마을 사람들의 사랑을 독차지하던 장군이는 그로부터 몇 년 뒤에 세상을 떠났다. 화상으로 입은 상처들이 아니었다면 몇 년은 더 살 수 있었을 거라며 외할머니는 많이 우셨단다.

이웃 여자의 저주를 신경도 안 쓰던 외할머니는 장군이가 떠나자 마음이 약해지셨는지, 하얀 실로 작은 고양이 봉제 인형을 만들어 그 속에 장군이의 털을 넣은 후 엄마에게 부적으로 주셨단다. 어디를 가서 살게 되더라도 꼭 엄마가 자는 방 머리맡에 두라는 말과 함께.

밝고 낙천적인 성격의 엄마는 부적 같은 건 애초에 믿지도 않았지만, 외할머니가 하도 신신당부하셔서 할머니 말씀대로 늘 침실 머리맡에 인형을 두었다. 그리고 그 인형은 내가 태어나자 내 머리맡으로 옮겨왔고 이제는 낡아서 원래의 하얀색이 누런 회색빛으로 변해버렸지만, 여전히 내 침실 머리맡에 자리 잡고 있다.

나는 낡고 작은 그 고양이 인형을 모처럼 품에 안아봤다. 나는 이 고양이 인형이 지저분한 데다 퀴퀴한 냄새도 살짝 나서 싫어했었다. 어릴 땐 엄마 몰래 버릴까 하는 생각도 한 적이 있다.

하지만 계속 반복되는 기분 나쁜 꿈속에서 고양이 울음과 함께 깨어나는 건 혹시 이 녀석이 나를 지켜주기 때문 아닐까 하는 생각을 지울 수 없다.

물론 할머니의 옛날이야기와 내 꿈의 연관성은 별로 없다. 꿈도 기분 나쁘긴 하지만 그기야 계속 반복되고 있는 탓이지 꿈 내용이 딱히 악몽이라 부를만한 것은 아니다.

엄마가 들려준 그 이야기도 외할머니로부터 엄마가 전해 들은 이야기일 뿐, 다섯 살 꼬마였던 엄마가 직접 보고 들은 사실을 정확히 기억한 것은 아니다. 하지만 과거에 누군가 우리 집안 전체에 저주를 퍼부었다는 얘기는 사실 여부를 떠나서 확실히 유쾌한 일은 아니다. 게다가 계속 반복되는 꿈을 매번 같은 장면에서 고양이 울음소리와 함께 깬다는 사실이 이 고양이 부적과의 연관성을 아주 배제하기 어렵게 만든다.

그렇다 해도, 이런 이야기를 누구에게 하겠는가. 친구들에게 해봤자

"직장에서 스트레스를 많이 받는구나. 적당히 좀 쉬어가면서 일해."

이런 걱정스러운 말투로 위로를 해주는 척할 게다. 실제 속마음으로는

"2년 전 결혼 직전에 파혼하고 여태 만나는 사람도 없으니 악몽에 시달리면서 미신에 매달릴 만도 하지. 불쌍하다." 이렇게 비웃음 섞인 동정이나 해대겠지.

엄마에게 말해볼까 하루에도 몇 번이나 생각하지만, 파혼한 서른세 살의 딸이 정신 상태마저 이상해진 거로 비칠까 봐 아직 얘기도 못 꺼냈다.

엄마에게 걱정 끼치기 싫은 이유도 있지만 밝고 유쾌한 성격의 엄마는 어쩌면 나의 이런 고민을 태연하게 비웃어버릴지도 모른다는 두려움도

있다. 엄마의 딸인데도 나는 왜 이렇게 소심한 성격일까. 나는 품에 안았던 고양이 인형을 내려놓으며 출근 준비를 서둘렀다.

어제와 다름없는 직장에서의 생활은 내 의지와 상관없이 제멋대로의 페이스로 시간이 흘러간다. 처음 입사했을 때의 의욕과는 달리, 끊임없는 반복 속에 손에 익어버린 업무들은 더 이상의 성취감을 안겨주지 못한다.

그에 반해 나보다 어리고 입사가 늦은데도 여러 스펙을 쌓고 입사했다는 점 때문에 나보다 많은 연봉을 받는 사원들은 점점 늘어가고 있다. 나는 서른을 넘겨 나이가 들어가는데 그들은 나보다 젊고 연봉도 더 많고 더 예쁘기까지 하다. 업무에서 더 이상 동기부여도 받지 못한 채 신참들에게조차 치이고 있는 상황에, 남자 상사들은 "인제 그만 시집이나 가면서 명예롭게 퇴장하는 게 좋을 텐데."라고 뒤에서 자기들끼리 수근거린다. 다 들리는 줄도 모르고.

분노와 좌절, 한탄과 회의 속에 하루가 흘러가고 나는 변함없이 퇴근 후 곧바로 집으로 왔다. 내일은 엄마와 아빠가 외할아버지와 외할머니 산소에 잔디를 깎고 정리를 하기 위해 시골에 내려가는 날이기에 좀 더 서둘러 일찍 돌아왔다. 오늘만큼은 준비로 바쁜 엄마를 대신해 저녁상을 내가 차리기 위해서다. 엄마는 오랜만에 만나게 될 시골 친지들에게 전해줄 선물들을 정리하고 계셨다. 나는 일단 편한 옷으로 갈아입으려 내 방으로 향했다.

처음 내방에 들어섰을 때 뭔가 허전한 느낌이 들었지만, 그땐 눈치채지 못했다. 저녁 식사 후 씻고 잠자리에 들기 직전에야 외할머니가 주신 고양이 인형이 없어진 걸 깨달았다. 나는 서둘러 안방으로 달려가 엄마에게 물었다.

"엄마, 내방 머리맡에 고양이 인형 엄마가 치웠어?"

"고양이 인형?"

"그 왜, 외할머니가 주셔서 엄마가 나에게 물려준 낡은 고양이 인형 있잖아."

"아, 그거? 그게 왜? 없어졌어?"

"엄마가 치운 거 아니에요?"

"그걸 내가 왜 애써 치우니? 내 물건 치우기도 귀찮은데."

"이상하네. 그럼 어디 갔지? 오늘 아침 출근할 때까지만 해도 있었는데."

"외출했나 보지."

"뭔 소리야?"

"그 인형에 할머니 고양이 털이 들어 있잖아. 장군이도 무지하게 빨빨거리며 돌아다니는 애였거든. 그 버릇이 여태 가나 보다. 외출이야, 외출."

"웬일이니, 아줌마! 하나도 안 웃기거든?"

"얼른 자라. 인형이 정말 발 달려서 어디 가는 것도 아니고, 나중에 어디서 나오겠지. 그 인형 너무 낡고 지저분해서 훔쳐 갈 사람도 없어요. 안심하고 푹 자. 엄마도 내일 아침 시골 내려가니 일찍 자야 하는 거 알지?"

엄마는 평생 저런 사람이었다. 어떤 일이 터져도 늘 태연하고 본인 속

편한 대로 생각한다. 하지만 엄마 말대로 인형이 발이 달린 것도 아니니 이 밤중에 어쩔 도리는 없다. 다만 요즘 반복되는 꿈을 생각하면 어딘지 찜찜한 기분이 든다.

쉽게 잠이 오지 않을 것 같다는 걱정과는 달리, 침대에 누워 조금 뒤척이긴 했지만 온종일 회사에서 시달린 탓에 곧 잠이 들고 말았다.

내가 졸업한 고등학교 교정. 나를 둘러싼 채 재잘거리는 우리 학교 교복을 입은 아이들. 다들 마치 슬로모션처럼 천천히 움직이지만 슬로모션은 아니다. 싫다. 또 같은 꿈이야.

"빛과 어둠은 거울의 이면과 저면. 하나이면서 서로 다른 존재야."

"태초에 빛이 있으라는 건 어둠이 이미 그곳에 있었다는 뜻이지."

"그래. 어둠이 먼저야. 너의 빛보다 우리들의 어둠이 먼저 있었어."

여전히 영문 모를 대화. 우리는 복도를 지나 3학년 6반 교실 안으로 들어간다. 역시나 조금 어두운 텅 빈 교실.

아이들은 마치 각본에 의해 움직이듯 똑같이 교탁 주변에 모여 수다를 이어간다.

"태초부터 어둠은 빛과 늘 함께였어. 빛이 있다는 건 어둠이 있다는 것."

"빛이 있는 곳엔 늘 어둠이 있지. 도망칠 수 없어."

그래, 그래. 왜 아니겠니. 이제 교실을 둘러보면 교실 뒤편 책상 아래에 삐져나와 있는 다리가 눈에 들어오겠지. 거봐. 저기 누워있다. 도대체 누구지?

이제 내가 저 아이를 확인하려 교실 뒤로 발걸음을 옮기면 고양이의 울음소리가 들려오겠지. 그럼 나는 또 잠을 깨고…….

어? 고양이 울음소리가 들리지 않아? 내가 이렇게 가까이 다가가고 있는데도?

평상시와 달리 멈추지 않는 꿈속에 나는 교실 뒤편까지 거의 도달했다. 제일 마지막 책상 뒷바닥에 길게 누워있는 아이. 창백한 표정으로 천정을 바라보고 있다. 천천히 고개를 돌려 나를 본다.

나와 눈이 마주친 순간, 온몸에 소름이 쫙 끼쳤다. 그 아이가 무섭게 생겨서가 아니다. 다만 눈이 마주쳐서는 안 될 존재와 눈이 마주쳤다는 느낌이 들어서였다.

그 아이는 천천히 몸을 일켰다. 그리고는 나에게로 다가온다. 나는 뒤로 물러서려 했지만, 온몸이 얼어붙어 버린 듯 발이 움직이지 않는다. 그 아이는 내 앞까지 다가오더니 내 손목을 덥석 움켜잡았다.

굉장한 힘. 나는 손목에 통증을 느껴 뿌리쳐 보려고 했지만 꼼짝도 하지 않는다. 아이는 여전히 창백한 표정으로 나를 응시하더니 입도 열지 않고 말했다.

"찾았다."

순간 나는 익사 직전 물속에서 건져 올려진 사람처럼 숨을 몰아쉬며 꿈에서 깼다.

내 몸은 식은땀으로 흠뻑 젖어있었다. 그리고 손목에는…… 마치 실제 있었던 일처럼 그 아이가 내 손목을 잡았던 감촉, 그 강한 힘에 의한 통증이 여전히 남아있었다. 꿈속에서지만 너무 놀랐는지 두통으로 머리가 깨질 듯이 아팠다. 이 꿈은 뭐지? 당황스러운 동시에 두려웠다. 그 아이의 창백한 무표정 얼굴이 생생히 뇌리에 남아있다.

나는 모르는 아이다. 나와 동창은 아닌 것 같은데. 도대체 누구야? 서둘러 안방으로 가보았다. 엄마와 아빠는 이미 출발한 후였다. 식탁 위에는 엄마의 메모가 있었다.

'갔다 올게. 나이 찬 딸내미가 알아서 잘 챙겨 먹겠지만 혹시 몰라서 네가 좋아하는 코다리찜을 해 놓았다. 냄비에 있으니 저녁에 데워서 먹어. 시간 나면 네 방만이라도 청소 좀 해놓고. 그럼 문단속 잘하고 무슨 일 있으면 핸드폰으로 연락해.'

엄마와 아빠는 오늘 집에 없다. 어떡하지? 하필 이런 때 집에 아무도 없다니. 엄마에게 진작 꿈 이야기를 할 걸 그랬나, 하는 후회가 밀려왔다. 이제 와서 시골 내려가고 있을 엄마에게 전화를 걸어 설명해봐야 소용없겠지.

나는 일단 회사에 전화를 걸어 몸이 아프다는 핑계로 결근을 통보했다. 실제로 두통이 끊이지 않았고 손목 부위도 이상하게 계속 욱신거렸지만 어떤 종류의 약도 먹을 수는 없었다. 혹시라도 약 기운에 취해 잠이 들까 봐 두려웠기 때문이다.

온종일을 방구석에 앉아있던 나는 문득 이 집에서 혼자 밤을 지새울 수는 없다는 생각이 들어 스마트폰을 집어 들었다. 친구들에게라도 오늘 하루 놀러 와서 자고 갈 수 있냐는 부탁을 해보기 위해서였다. 저장된 전화번호들을 집게손가락으로 밀어 올리며 훑어가던 나는 이내 만지작거리던 전화기를 내려놓았다. 결혼했고 특히 아이가 있는 친구들은 어차피

올 수 없을 것이다. 싱글이라 해도 다음날 출근해야 하는 친구들이 갑작스레 전화한 친구와 밤을 지새우기 위해 무조건 달려오기는 부담스러울 것이다. 더구나 친구들에게 어떻게 이야기를 풀어놓아야 한단 말인가?

외할머니에 대한 저주로 생겨난 귀신 혹은 그런 이상한 존재로 사료되는 무언기가 날 잡아갈 것 같은데 그동안 날 지켜주었던 것 같던 고양이 부적은 온데간데없고 부모님도 하필 시골 내려가서 안 계시니 너라도 와서 나랑 같이 좀 자 달라는 식의 부탁은 나이 서른셋에 도저히 할 수 없는 노릇이었다.

설사 솔직히 털어놓은 얘기를 친구가 믿어준다 하더라도 어느 누가

'마침 잘됐네. 못 보고 지낸 사이에 나 사실 퇴마사 자격증 땄거든. 내가 다 싸잡아서 깔끔하게 성불시켜 줄게. 물론 절친 50% 할인 서비스로!'라고 할 리도 없고. 내 얘기를 믿는다면 오히려 더 안 오려 하겠지.

잠을 자기 두렵다면 밀린 일이라도 하면서 밤을 새우면 될 일이다. 학생 시절에는 공부한답시고 곧잘 밤을 새우지 않았던가. 내일이면 엄마와 아빠가 돌아온다. 꿈 이야기는 그때 엄마에게 상담하자.

나는 커다란 머그잔에 커피를 잔뜩 담은 뒤 책상 위의 컴퓨터를 켰다. 회사에서 오늘 처리했어야 할 일들을 손보다가 조금 지루해지면 인터넷에 접속해 자주 찾는 블로그들을 검색하기도 하고 온라인 쇼핑몰을 들여다보기도 했다.

허리도 뻐근하고 눈도 침침해 오는 것 같아서 다시 커피를 새로 끓여 가지고 왔다. 스트레칭을 좀 한 후 다시 책상 앞에 앉았다.

마우스로 손을 가져가려 할 때, 갑자기 컴퓨터 화면이 고등학교 교정의 모습으로 바뀌었다. '어?'하며 놀라는 순간, 나의 몸은 이미 교정 안에 있었다.

꿈이다. 어느새 꿈속이다. 그러나 이번엔 늘 꾸던 꿈과 달랐다. 이상한 소리들을 재잘대며 늘어놓는 아이들도 없었고 교정을 거쳐 건물 안으로 들어가는 과정도 모두 생략된 채, 나는 3학년 교실 복도에 서 있었다. 복도에는 아무도 없었다.

옆으로 시선을 돌려보았다. 3학년 3반. 3반 교실도 비어있다. 내가 졸업한 고등학교는 3학년 1반부터 6반까지가 한 층에 있고 각 복도 끝에 위치한 1반과 6반 옆으로 계단이 나 있었다. 각 교실은 앞문과 뒷문으로 출입구가 두 개 있는 전형적인 형태였다. 내 옆에 3반이 있으니 난 지금 복도 정 중앙에 서 있는 셈이다.

난 3학년 때 6반이었다. 그러고 보니 꿈속에서도 난 늘 6반 교실로 들어갔었지. 난 6반 쪽으로 시선을 돌렸다.

그때 6반 교실의 뒷문이 드르륵 열리더니 일전 내 손목을 움켜쥐었던 창백한 얼굴의 그 아이가 나왔다.

"찾았다."

그 아이는 표정도 없이 입도 뻥끗하지 않는데 목소리는 마치 온몸에 휘감겨 오듯 들려왔다.

난 용기를 내 그 아이에게 "너 누구야!"라고 소리 질렀다.

"한번찾은이상도망칠수없어."

다시 들려오는 소름 끼치는 목소리. 거리가 제법 떨어져 있는데도 귓

불에 기분 나쁜 숨결이 느껴지는 듯한 소리다. 그리고는 내 쪽을 향해 천천히 걸어오기 시작한다.

난 그 자리에 주저앉고 싶은 충동을 느꼈지만 그대로 뒤로 돌아 달렸다. 어떻게 해서든 여기서 빠져나가야 해. 난 1반 쪽 계단을 향해 있는 힘껏 달렸다. 3학년 2반을 지나 1반, 엣? 그런데 복도가 끝나지 않는다. 복도는 조금도 줄어들지 않고 계속 이어져 있다.

뭐야, 방금 1반을 지났는데? 3학년…… 0반? 그 앞의 이어진 교실에는 3학년 0반이라 붙어 있었다. 아무리 달려도 계단은 나오지 않고 교실이 계속 나온다. 3학년 0반만이 계속되고 있을 뿐이다.

숨이 턱에까지 차오르며 다리가 후들거리기 시작한다. 나는 달리고 있고 저 아이는 걸어오고 있는데도 오히려 거리는 점점 좁혀져 간다. 이러다 잡히겠어. 싫어. 누군가, 누군가 도와줘요! 제발!

그 아이가 내 등 뒤까지 거의 다다랐다고 느꼈을 때, 교실 문 하나가 갑자기 열리더니 얼굴에 화상이 있는 덩치 큰 남자가 나타나 외쳤다.

"거기 까지다!"

남자는 쫓아오던 아이에게 다리를 절며 다가가 그 아이를 부둥켜안으며 가로막았다. 남자는 덩치는 컸지만 불편한 다리 탓인지 그 아이를 잡고 있는 것만으로 버거워 보였다. 거기다 그 아이의 손이 무언가 날카로운 물체로 변하더니 남자의 몸을 완전히 관통해 꿰뚫었다. 남자는 괴로운 듯 등에 경련을 일으키며 말했다.

"세월이 흘렀건만 아직도 이렇게 강한 원념이 남아있다니, 참 지독스러운 주술이구나.”

그 아이는 여전히 입도 벌리지 않은 채 귓속으로만 들리는 목소리로 말했다.

“지금네힘으로는나를못막아. 빛은어둠에삼켜지기마련. 오랜세월성가셨던녀석. 조용히소멸해라.”

관통된 남자의 등에서는 피가 흥건하게 배어 나오기 시작했다. 남자는 당장이라도 쓰러질 것처럼 보였다. 꿈속에서 보았던 아이들이 재잘거리던 소리가 다시 머릿속에 메아리치듯 들려왔다.

‘빛이 있으면 반드시 어둠이 존재하지. 빛과 어둠은 거울의 이면과 저면. 어느 한쪽이 있는 한 다른 한쪽으로부터 도망칠 수 없어.’

나는 너무 무서운 나머지 결국 복도에 털썩 주저앉고 말았다. 이제 다 틀렸다고 생각했을 때, 남자는 그런 나를 의식한 듯 고개를 돌려 나를 한 번 쳐다보더니 의외로 침착한 목소리로 말했다.

“걱정하지 마. 빛은 어둠의 천적이 될 수 있어도 어둠은 빛의 천적이 될 수 없어. 빛은 자신의 힘으로 어둠을 걷어낼 수 있지만 어둠은 자신의 힘으로는 빛을 깨뜨릴 수 없거든. 빛이 스스로 소멸해버리기 전에는 말이지. 그리고 이 녀석은 나에게서 도망칠 능력은 있지만 내가 이렇게 붙잡은 이상 이 녀석이야말로 나에게서 도망칠 수 없어. 녀석의 천적은 바로 나다!”

남자는 이렇게 말하더니 엄청나게 빠른 동작으로 그 아이의 목덜미를 물었다. 아이의 앙칼진 비명이 들린다 싶더니 마치 유리창이 깨어지는 듯한 소리와 함께 꿈의 영상이 산산조각 깨어져 내렸다. 내가 주저앉아 있던 바닥도 무너져 내리는 느낌이었다. 나는 깜짝 놀라 두 손으로 머리를 감싸며 눈을 질끈 감았다.

이상하리만치 고요하다.

조심스레 다시 눈을 뜬 내 시선 끝에 들어온 것은 '요청하신 페이지를 찾을 수 없습니다.'라는 컴퓨터 모니터에 떠 있는 에러 메시지였다.

응? 컴퓨터 화면? 난 얼른 고개를 들어 주위를 둘러봤다. 내 방이다. 난 컴퓨터를 보다가 까무룩 잠이 들었었나 보다.

어느새 해는 중천에 떠서 창가에는 눈 부신 햇살이 쏟아져 들어오고 있었다. 책상 위에는 없어졌던 고양이 인형이 돌아와 있었다. 다만 인형의 몸통에는 흙이 묻은 새의 뼛조각 같은 것이 두 개나 박혀있었다.

평소 같으면 소스라치게 놀랐을 기분 나쁜 형태의 물건이 되어 있었지만, 이상하게도 나쁜 기운이라 할 만한 것은 느껴지지 않기에 조심스레 집어 들었다.

나는 고양이 인형을 유심히 바라보며 엄마에게 전해 들은 외할머니의 이야기가 모두 실제 있었던 일이고 이웃 여자의 저주도 농담이 아니라 실체였단 걸 깨달았다. 아마 여자의 부탁을 받은 주술사나 무당이 저주의 도구로 쓴 물건이 새의 뼈와 흙을 이용해 빚어 만든 물건이었나 보다.

그럼 정말 외할머니의 바람대로 외할머니의 고양이 장군이 나를 지켜 준 걸까? 믿기지 않지만 지금으로서는 그렇게밖에 생각할 수가 없었다.

그날 오후 부모님이 돌아오자 난 엄마에게 지난 꿈 이야기들을 모두 털어놓았다. 엄마는 흥미진진한 표정으로 듣더니 나보고 공포물 작가가 될 생각 없냐고 말한다. 역시 엄마는 진지하게 듣질 않아.

새의 뼛조각이 박힌 고양이 인형을 보여주자 엄마의 표정도 약간은 심각해졌다. 인형을 묻어줄까 물어보자 엄마는 아무래도 태우는 것이 더 낫겠다고 했다.

엄마와 나는 마당에서 외할머니의 고양이 장군이에게 감사를 표하며 인형을 태웠다. 하늘로 피어오르는 연기를 바라보며 내 마음속에도 여러 가지 복잡한 생각들이 피어올랐다.

외할머니는 그저 까닭 없이 증오를 키워간 이웃 여자가 저지른 악행의 피해자에 불과했을까? 아무리 마음이 증오로 물들었다 해도 단순한 이웃 간의 오해로 생긴 일에 사람이 그렇게까지 원한을 품고 저주를 퍼부을 수 있을까?

외할머니는 정말 이웃 여자에게 저지른 잘못이 없었던 걸까? 당시 다섯 살이었던 엄마가 기억할 수 있는 부분에는 한계가 있고 친지들의 증언 역시 팔이 안으로 굽는 방향에서 나온 말들이니 결국은 우리 쪽의 이야기일 뿐이다.

도대체 무엇이 그렇게 끔찍한 저주를 잉태하게 만들었을까. 꿈속에서 들은 말처럼 빛과 어둠은 거울의 이면과 저면이라 사람의 마음도 단 한 순간에 어둠으로 물들기 마련인지도 모르겠다.

만약 이웃 여자가 정말 주술사나 무당에게 부탁해서 외할머니의 딸과 그 자식에 이르기까지 저주를 걸었다면 왜 엄마에겐 나와 같은 일이 생기지 않았을까? 유달리 밝고 낙천적인 성격인 엄마는 외할머니의 의도대로 항상 빛 속에 감춰져 있어서 어둠의 눈에 띄지 않았던 걸까?

반면 나는 몇 년 전의 파혼과 직장에서의 딜레마로 마음속에 생겨난 어둠에 스스로 잠식당하고 만 걸까? 그런데 왜 하필 꿈속의 무대는 내가 졸업한 고등학교였을까? 그 지독스러운 저주와 내가 졸업한 학교와는 아무런 상관관계가 없을 텐데 말이다. 이 세상에는 다른 이계(異界)의 세상과 닿아있는 장소들이 있다고 하던데, 혹시 우리 학교가 그런 장소였을까? 지금으로서는 알 도리가 없다.

꿈속에서 봤던 그 아이가 혹시 정말 우리 학교 졸업생인지 찾아볼까 생각도 해봤지만 그럴 용기가 나지 않는다. 내가 아직 알지 못하는 더 무서운 이야기를 알게 될까 봐, 그런 사실들을 확인하게 될까 봐 두렵다. 하지만 언젠가 내가 직접 마주쳐야 할 진실들일지도 모른다.

꿈속에서 나를 지켜준 남자는 정말 외할머니의 고양이 장군이었을까? 장군이는 세월을 건너뛰어 외손녀인 나를 지켜주기 위해 외할머니에게로 온 걸까? 아니면 고양이와의 인연이라는 것이 이렇게 대를 물려 전해질 정도로 강한 것일까?

나는 장군이를 직접 본 적도 없다. 오래된 외할머니의 사진 속에서 흐릿한 모습을 본 것이 고작이다. 하지만 나는 나를 구해준 것이 장군이라고 굳게 믿고 있다. 설명할 수는 없지만 난 처음부터 나에게 무슨 일이 생긴다면 장군이가 구해줄 거란 막연한 느낌을 갖고 있었단 생각이 든다.

고양이와 인간의 인연은 단순히 반려동물과의 관계를 넘어서 시간을 초월할 수 있는 대단한 것인지도 모른다. 인간은 그런 굉장한 인연들을 너무 가벼이 여기며 살고 있는 건 아닌지.

하늘로 흩어져 가는 연기를 바라보며 나는 마음속으로 나지막이 장군이에게 마지막 인사를 건넨다.

"장군아. 너의 영혼은 여태 무지개다리도 건너지 못하고 이 세상에 남아 엄마와 나를 지켜주고 있던 거니? 외할머니 부탁만으로 그렇게 해준 거야? 이제 마음 놓고 좋은 곳으로 떠나가렴. 고마워, 정말 고마워."

빛 속에만 오래 있다 보면 빛의 존재 자체를 인식하지 못한다. 어둠 속에 있어 봐야 빛의 존재를 쉽게 인식한다. 그리고 그 고마움을 안다. 마찬가지로 빛 속에만 있다 보면 어둠의 존재도 눈치채지 못한다. 하지만 어둠은 항상 거기 있다. 빛 속에 몸을 숨기고 똬리를 뜬 채 빛이 사라지길 기다린다. 빛이 사라지는 순간 우리를 집어삼키기 위해.

살아있는 생명은 본능적으로 그런 어둠을 경계하기에 혼자 살아가기보다는 함께 살아가려 하는 것 아닐까? 인간이 작은 동물을 반려자로 곁에 두려는 이유도 그들이 가진 생명력의 빛과 따스함을 곁에 두려 하는 본능인지도 모른다.

이런 일을 겪고 나니 문득 나도 고양이를 기르고 싶다는 생각이 들었다. 하지만 서두르지는 않기로 했다. 인연을 강요할 생각은 없다. 인연이 있다면 그 인연은 나에게로 자연히 이어질 테니까.

守護

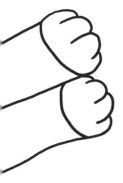

제7화

갈래길

인간보다 동물이
고통스러워하지 않는다고
생각하지 말라.
고통은 인간과 동물에게
동등하게 주어진다.
되려 그들은 스스로를 돕지 못하기에
더 고통스럽다는 걸 알라.

- 루이스 제이

미국 캘리포니아의 한 유기 동물 보호소. 이곳은 보호 중인 동물의 안락사율이 매우 높은 '하이 킬 쉘터(High Kill Shelter)'로 악명 높은 곳이다. 매일같이 구조되는 유기 동물의 숫자도 적지는 않지만, 이곳에 버려지는 동물의 숫자가 워낙 많기 때문에 보호소의 유지를 위해서는 어쩔 수 없이 동물들에게 많은 시간이 주어지기 어렵고, 그러다 보니 너무나 많은 동물들이 안타깝게도 이곳에서 목숨을 잃는다.

하지만 그와 반대로 이런 장소가 있기 때문에 버려진 동물들은 새로운 가족들과 만날 수 있는 기회를 부여받기도 한다. 결국, 이런 장소는 동물들에게 양날의 칼인 셈이다. 그래서 우리 고양이들은 이곳을 '갈래길'이라 부른다. 새로운 삶과 죽음이 공존하는 곳.

내 이름은 킷캣. 지금부터 하는 이야기는 2년 전, 내가 이 갈래길에서 겪은 이야기다.

* * * * *

거대한 철문이 삐걱 소리를 내며 열렸다가 철컹하며 닫힌다. 철문을 지나온 나는 다시 철망들로 둘러싸인 작은 케이지 안으로 옮겨졌다. 여긴 어니시? 습하면서도 무거운 공기. 불안감을 갖게 하는 기분 나쁜 냄새.

나를 데려온 인간이 철문 너머로 사라지자 꽤 넓어 보이는 철망 바깥에는 어둠이 짙게 드리워졌다. 그리 멀지 않은 곳에서 개 짖는 소리가 들려온다. 그중에는 덩치 큰 개의 소리도 섞여 있어 위협을 느낀 나는 몸을 움츠렸다. 그때, 바로 옆 케이지에서 목소리가 들려왔다.

"안심해. 저 녀석들은 이쪽으로 넘어오지 못하니까."

나는 놀라 소리가 나는 쪽으로 고개를 돌려 바라봤다.

옆 케이지 어둠 안쪽에서 고양이 한 마리가 내가 있는 쪽으로 다가왔다. 윤기 없이 부스스한 털에 조금 마른 체구, 하지만 멋들어지게 긴 꼬리에 어둠 속에서 또렷이 빛나는 강렬한 눈매가 인상적인 고양이였다.

"신참인가? 헬로우~ 반가워. 내 이름은 잭(Jack). 캘리포니아에서 가장 날렵하고 가장 유식한 고양이다. 세상의 고양이들은 나를 '바람의 잭'이라 부르지. 넌 그냥 편하게 잭이라고 불러도 좋아. 단, 존경심은 담아서. 저쪽 건너편에 뚱한 표정 짓고 있는 고양이는 피터(Peter) 영감이란다. 표정은 저렇게 심술궂어 보이지만 사실 속은 좋은 양반이야."

잭이 가리키는 건너편 방향으로 눈을 돌려보니 맞은편 케이지 안에서 나이 든 고양이가 관심 없다는 듯 몸을 둥글게 만 채 구석 쪽으로 고개를 돌리고 있었다.

나는 딱히 인사를 건넬 생각은 아니었지만 불안한 가운데 다른 고양이를 만났다는 안도감 때문인지 나도 모르게 인사가 입 밖으로 튀어나왔다.

"아, 안녕하세요."

자신을 잭이라 소개한 고양이가 내 얼굴을 빤히 쳐다보더니 물었다.

"생각보다 어린 녀석이었구나. 그래, 젊은이. 어쩌다 여기 오게 됐나? 아직 어리니 사연이 많진 않겠다만 사연 없는 고양이가 어디 있겠나. 이 바람의 잭에게 다 털어놔 봐."

나는 잠시 기억을 더듬다가 말했다.

"사실 저는 어디서 태어났는지, 어떻게 여기로 오게 됐는지 도통 기억이 나질 않아요."

"어린 녀석이 벌써 치매냐? 아니면 충격으로 인한 기억 상실증?"

"그게 아니라, 태어났을 땐 엄마와 형제들도 있었는데 우리 형제들만 엄마와 따로 떨어져 있게 되더니 그 후 하루하루 지날 때마다 형제가 하나 둘씩 곁에서 사라지는 거예요. 결국, 마지막엔 저만 남았어요. 그렇게 얼마간을 혼자만 지내다가 갑자기 이리로 오게 돼서, 무슨 일이 있었는지 저도 모르겠네요."

내가 여기까지 이야기를 하자 우리 쪽에 관심도 두지 않고 있던 건너편 나이 든 고양이가 여전히 뚱한 표정으로 고개를 들고 쉰 목소리로 말을 건넸다.

"네가 태어난 장소가 이곳처럼 고양이를 넣어두는 케이지가 여러 개 있는 곳이었냐?"

"이곳과는 분위기가 많이 다르지만 그랬던 것 같아요."

나이 든 고양이는 다시 구석 쪽으로 고개를 묻으며 나지막이 말했다.

"너, 공장 출신이구나? 안됐지만 공장 주인에게 버림받은 모양이구면. 넌 마지막까지 팔리지 않은 녀석이야. 더 이상 아기가 아니게 되어 상품성이 떨어진 너를, 그냥 먹여 살리려면 인간들이 중시하는 돈이라는 게 들어가니 여기에 버리고 간 게지."

잭은 내 얼굴을 더 자세히 보려는 듯 창살 쪽으로 거의 얼굴을 갖다 대며 말했다.

"피터 영감 말을 듣고 보니 넌 은근 품종묘인 듯하면서도 그 느낌이 희미한 데다 잡종묘의 유니크함도 그다지 없게 생겼다?"

"네?"

"못생겼단 얘기야. 그게 결국 네가 선택받지 못한 이유겠지. 크크크. 아, 미안. 항상 인간 사회는 그놈의 외모 지상주의가 문제야. 불쌍한 녀석. 쯧쯧. 네 얘기를 종합해보면 피터 영감 말이 맞는 것 같다."

"전 무슨 말인지 전혀 모르겠는데요?"

"좀 더 나이를 먹고 현명해지면 알게 될 거라네, 젊은이. 피터 영감 말대로 넌 소위 공장이라는 곳에서 태어났고 키튼 시절이 다 지나가도록 팔리지 않아서 버림받은 거야. 틀림없이 불법 번식업자 녀석이겠지."

여전히 이해를 못 했던 나는 잠시 골똘히 생각하다 물었다.

"그런데 피터 영감님은 제 얘기만 듣고 어떻게 그런 일을 다 아세요?"

피터 영감은 얼굴을 묻은 채 대답이 없었지만, 잭이 재빨리 속삭이듯 말했다.

"저 양반, 저래 봬도 아비시니안이거든. 저 양반도 번식업자에 의해 태어났기에 그 속사정을 알고 있는 거지."

"아비시니안?"

"이집트가 기원인데, 우리 고양이들 중에서 가장 오래된 혈통으로 알려져 있단다. 너도 고양이라면 그 정도는 알아두라고."

"아저씬 정말 유식하시네요. 아저씨는 무슨 혈통이신가요?"

잭은 어깨를 한 번 으쓱하더니 대답했다.

"난 바람 부는 길 위에서 태어나 바람 가는 대로 바람에 실려 떠도는 바람의 잭. 혈통 따위 알지도 못하고 알고 싶지도 않고 그런 의문은 다 바람 속에 흘려보낸 지 오래라네."

그냥 잡종이라는 얘기를 참 어렵게도 돌려 말한다고 생각하며 나는 그에게 다시 물었다.

"그럼 잭 아저씨는 누군가에게 버림받은 것도 아닌데 어쩌다 여기 오시게 된 거예요?"

잭은 한숨을 한 번 쉬더니 양미간을 찌푸리며 대답했다.

"아아, 그놈의 포획 틀에 당하고 말았지."

잠자코 있던 피터 영감이 잭 쪽으로 고개를 돌리며 물었다.

"캘리포니아에서 제일 빠르고 날렵하다는 바람의 잭이 포획 틀 따위에 당하다니, 좀 의외로구먼."

잭은 곁눈질로 피터 영감을 쏘아보며 말했다.

"놈들이 미끼로 쓴 건 '숭어 맛' 캔 사료였다고. 하얀 레이블에 커다란 물고기 로고가 박힌 그놈. 다들 알지?"

피터 영감은 고개를 다시 구석으로 묻으며 말했다.

"그걸 쓴 건가. 그거라면 유혹을 떨치기 어렵지."

그게 뭐지? 난 들어본 적도 없는데? 난 궁금증에 잭에게 다급하게 물었다.

"저, 저는 몰라요. 그게 그렇게 맛있는 거예요?"

그러자 잭은 능글맞게 웃으며 말했다.

"이런~ 아직 그걸 못 먹어 본 건가? 쓰레기통을 뒤지다가 건더기가 조금이라도 남아있는 그 캔을 발견하면 그야말로 횡재한 기분이었지. 그 사료는 워낙 고양이들이 깨끗하게 싹싹 핥아먹기 때문에 찌꺼기도 남기지 않는 경우가 대부분이거든."

"그렇게 맛있는 사료를 눈앞에 두고 잡혀 오셨으니 아까웠겠어요."

"무슨 소리! 서투른 고양이들은 포획 틀 문이 닫히면 깜짝 놀라 펄쩍 뛰다 불안에 떨면서 눈앞의 사료는 까맣게 잊어버리지. 어리석어. 그런다고 포획 틀 문이 열려주나? 잡힌 게 기정사실이 되어 버렸다면 배라도 든든히 채워둬야 기운도 나고 앞으로의 상황에 제대로 대처할 수 있지 않겠어?"

"그래서 정말 다 드셨어요? 포획 틀 안에서?"

잭은 자신의 앞발에 입맞춤하고 윙크까지 날리며 말했다.

"설거지가 필요 없을 정도로 깨끗하게."

이 잭이라는 고양이, 어딘지 징그러운 구석이 있는 고양이라 생각하며 나는 시선을 돌려 피터 영감에게 물었다.

"피터 영감님은 어떻게 여기 오시게 됐어요?"

피터 영감은 귀찮다는 듯 뒷발로 귀를 긁더니 천천히 말했다.

"나야 거동이 좀 불편하니까, 천천히 길을 걷고 있는데 가다 보니 앞에 인간이 서 있더라고. 누구길래 길을 막아서지? 혹시 아는 사람인가, 싶어서 고개를 들고 얼굴 좀 자세히 보려 했더니 나를 덥석 집어 들고 케이지에 넣어 버리더라고. 그래서 나는 혹시 다른 고양이와 착각한 거 아니냐고 물었는데 인간이 못 알아들어서……."

잭은 피터 영감의 말을 중간에 끊으며 나에게 말했다.

"그나저나, 자네 이름도 아직 못 들었구먼. 젊은이는 이름이 뭔가?"

"이름은 아직 없어요."

"엥? 어디서 태어났는지 도통 기억도 없고 이름도 아직 없어? 뭐야, 나츠메 소세키*냐?"

"나츠…… 뭐요?"

"그건 됐고. 아직 이름이 없다면……, 좋아. 이 몸께서 직접 이름을 지어주지. 넌 오늘부터 킷캣(Kit-Kat)이다."

"킷캣?"

"킷캣(Kit-Kat) 몰라? 킷캣 초콜릿. 비코즈 유 아…… 키티 캣?! 풉!"

"키티 캣?"

"오, 컴온! 이거 완전 웃긴 미국식 조크거든? 너 미국 고양이 아니냐?"

---

* 일본의 문호 나츠메 소세키의 소설 '나는 고양이로소이다'의 제일 첫 부분은 "나로 말하면 고양이다. 이름은 아직 없다. 나는 내가 어디서 태어났는지 도통 기억이 나질 않는다."라는 문장으로 시작합니다.

나는 여전히 무슨 소리인 줄 못 알아들었기에 멍한 표정을 짓고 있었지만, 건너편 피터 영감은 고개를 돌린 상태에서 피식하고 웃었다. 그러자 잭은 더욱 기세등등한 목소리로 말했다.

"거봐. 피터 영감도 너무 웃겨서 자지러지잖아. 이런 유머는 안 웃는 쪽이 나쁜 거라고."

"피터 영감님도 자지러지시지는 않은 것 같은데요. 오히려 비웃은 것 같은데요."

"늙어서 몸이 말을 안 들어 반응이 저렇지, 마음속으론 두 번쯤 자지러졌어. 암튼 네 이름은 킷캣이야. 다시 정식으로 인사하마. 만나서 반갑다, 킷캣!"

킷캣이라……. 딱히 마음에 드는 이름은 아니었지만, 어차피 그동안 이름도 없었는데 여기서 지금 막 만난 저 허세 가득한 고양이가 나를 뭐라고 부르던 크게 상관없다는 생각이 들었다. 그보다는 도대체 이 장소는 어디며 우리가 왜 이곳에 와 있는가를 묻고 싶어졌다.

그에게 막 질문을 하려는 찰나, 내가 갇혀있는 케이지 밑쪽에서 또 다른 고양이의 목소리가 들려왔다. 꽤나 험상궂은 목소리였다.

"이봐, 아미고! 이제 잠 좀 자자. 좀 조용히 하라고. 여기 너희들밖에 없냐?"

그러자 잭은 오히려 뒷발을 굴려 쿵쿵 소리를 내며 소리쳤다.

"닥쳐, 호세! 잠이라면 아까 낮에 코까지 골며 실컷 처 잤잖냐. 게다가 지금 이 바람의 잭 님께서 신참과 담소 중이시라고. 카야떼, 갸토 말로! (Call'ate, gâto malo! : '닥쳐, 못된 고양이!'라는 뜻의 스페니시)"

무슨 일인지 몰라 당황하고 있는 나에게 다시 잭이 말했다.

"이 케이지 밑에 또 다른 케이지가 있거든. 그 녀석들 얼굴은 안 보이지만 이 밑에도 엄연히 다른 고양이들이 있지. 밑에 녀석은 호세란 놈인데, 나도 얼굴은 본 적이 없어. 몇 번 말다툼한 게 고작이지. 여기 시설의 케이지는 층간 소음이 심해서 말이야. 하하. 호세 녀석 눈치를 보는 건 아니지만 너도 오늘 막 들어와서 피곤할 테니 오늘 밤은 이만 눈 좀 붙여 두라고. 그럼 굿 나잇, 킷캣!"

잭은 그렇게 말하고는 어두운 구석 쪽으로 바람처럼 사라졌다.

나는 더 물어보고 싶은 것이 많았지만 역시나 긴장을 많이 해서 피곤했던 탓인지, 몸을 누이자마자 잠이 들었다.

누가 업어 가도 모를 정도로 깊이 잠들어버렸던 나는 소란스레 짖어대는 개들의 소리에 흠칫 놀라 잠이 깼다. 어느새 날은 환하게 밝아있었다. 옆 케이지의 잭은 혀를 차며 말했다.

"개들이 오늘은 유난히도 입이 거칠구먼. 아마 오늘 아침 여러 마리가 단체로 무지개다리를 건넌 게지. 이곳 인간들은 개들이 저렇게 많은 욕설을 쏟아내고 있다는 걸 아는지 몰라? 어이쿠, 지금 들은 건 나도 평생 처음 들어보는 엄청 심한 욕일세. 휘유~ 아무리 그래도 어떻게 저런 말을? '개소리'라는 말이 왜 부정적인 뜻으로 쓰이는지 이제 알겠구먼. 역시 욕은 고양이들보다 개들이 걸쭉하게 잘해. 아주 타고들 났어요."

나는 일어나 기지개를 켠 후 잭 쪽으로 다가앉으며 말했다.

"잭 아저씨는 개들 말도 알아들으세요?"

잭은 거드름 피우는 표정으로 답했다.

"나 정도 산전수전 다 겪은 연륜 있는 길냥이라면 자연스레 고양이/개 이중 언어 구사자가 되기 마련이지. 게다가 난 약간의 새들 언어도 할 줄 안다네. 별로 자랑하는 건 아니지만."

나는 이 고양이의 말이 절반은 허풍일 거라 생각하면서도 절반은 진심 감탄하면서 말했다.

"와우, 진짜 대단하시네요! 근데 아까 한 말은 무슨 뜻이에요?"

"응? 무슨 말?"

"아까, 오늘 아침 개들 여러 마리가 단체로 무지개다리를 건넜다는……."

우쭐거리던 잭은 갑자기 표정이 굳어지며 대답 없이 먼 허공만 응시했다. 나는 어제 하려던 질문을 지금 해야겠다는 생각에 서둘러 말을 이었다.

"이곳은 도대체 무슨 장소인가요? 우린 여기서 앞으로 어떻게 되는 거죠?"

한동안 허공만 보고 있던 잭은 내 쪽으로 고개를 돌리며 대답했다.

"잘 들어, 킷캣. 여긴 갈래길이야. 우리 동물들은 모두 이곳을 그렇게 불러. 우리 같이 버려졌거나 길에서 살아가다 잡혀 온 동물들에겐 새로운 삶의 기회와 죽음의 공포가 공존하는 곳이지. 네가 어제 들어온 저 철문 보이지? 앞으로 저 철문을 나갈 기회는 단 한 번. 단 한 번밖에 없어. 저 문을 나서게 되면 새로운 가족을 만나 다시 한번 삶이 주어지던가, 아니면 그대로 죽임을 당하던가, 둘 중 하나야."

"주, 죽임을 당해요?"

아연실색하는 내 반응에도 아랑곳하지 않고 잭은 말을 이어갔다.

"응. 오늘은 상당히 많은 수의 개들이 한꺼번에 죽임을 당한 모양이야. 그러니 개들이 저렇게 난리지. 오늘 하루는 조용히 지내긴 글렀구먼."

죽임을 당한다니, 이게 무슨 날벼락 같은 소리야? 나는 조바심이 나서 계속 따지듯이 물었다.

"조용히 지내긴 글렀다니, 지금 그게 문제에요? 그럼 우리는 이렇게 그냥 멍하니 죽여주기만을 기다려야 한다는 말입니까? 언제 그들이 우릴 죽일지 모르는 상태에서 막연히 운 좋으면 살고 아님 말고 식으로 말이에요?"

내가 너무 공격적으로 따져 묻자 잭은 조금 당황한 기색을 보이며 말했다.

"워워, 진정하라고. 막연히 복권 당첨식으로 운에 맡기는 건 아냐. 이곳에도 룰이라는 게 있어. 규칙이 있단 말이지. 여기에 들어오면 일단 7일이라는 시간이 주어져. 그사이에 너를 원하는 인간이나 구조 단체가 나서지 않으면 7일을 꽉 채운 그날 널 기다리는 건 죽음뿐이야. 그 이상 너에게 무상으로 사료를 공급하고 네가 지금 차지하고 있는 케이지 공간을 할애할 수는 없는 노릇이니까. 요점은 그 7일 이내에 선택받아야 한단 말이지."

"겨우 7일이요? 그럼 아저씨와 피터 영감님은 여기 온 지 얼마나 되신 거예요?"

"피터 영감은 아마…… 오늘로 5일 됐나? 맞지, 영감?"

너무 조용해서 자는 줄 알았던 피터 영감은 쉰 목소리로 대답했다.

"으응."

피터 영감의 대답이 끝나자마자 잭이 곧바로 이어받듯 말했다.

"그리고 난 사흘째. 넌 어제 왔으니 이제 하루가 지났네. 여기 온 지 7일 안에 우리의 운명은 결정되는 거야. 저 철문을 나서서 왼쪽으로 돌면 인간의 집으로 보내져서 새로운 삶을 살게 되고, 오른쪽으로 꺾어 가면 이 세상과는 작별해야 되는 입장. 그래서 여기가 갈래길로 불리는 거야."

난 절망감에 고개를 떨구며 말했다.

"7일이면 일주일인데, 고작 일주일 안에 죽느냐 사느냐가 결정 난다니……. 너무해."

"그래도 너는 아직 젊으니 선택받을 찬스가 많아. 나처럼 나이 먹고 병든 고양이는 설 자리가 없단다."

"아저씬 별로 병들어 보이진 않는데요."

"그래. 뭐 딱히 병들거나 아픈 곳은 없지. 너 보기보다 토를 잘 다는구나? 아무튼, 나이 든 고양이보단 너처럼 젊은 고양이가 선택받기 쉽단 말이다. 예를 들면 피터 영감은 물론, 나 정도의 중년 고양이도 여기서 7일을 채우고 저 철문을 나서게 된다면 99% 죽은 목숨이지. 반면 너처럼 어린 고양이가 7일을 채우기 전에 저 철문을 나서는 일이 생긴다면, 그건 99% 새로운 삶의 기회가 주어졌다고 생각해도 좋아. 그렇게 계산하면 쉬워."

내가 다소 안도의 표정을 지어 보이자 잭은 장난기 넘치는 표정으로 말했다.

"하지만 이 사회에 찌들어있는 외모 지상주의는 여기서도 이어져서, 예쁘게 생기지 않은 고양이들은 선택받을 기회가 현저히 줄어드는 경향이 있어. 외모가 다소 딸리는 너 같은 고양이에겐 불리한 조건이란 말이니 참고하게. 흐흐흐."

나는 뾰로통해진 표정으로 잭을 째려보았다. 잭은 그런 나의 표정을 재미있어하며 너스레 떨 듯 이야기를 이어갔다.

"만약 너와 마음으로부터 연결될 수 있는 인간의 집으로 보내져서 새로운 가족들과 새로운 삶을 살아가고 싶다면, 너의 그 염원을 고양이 소개소에 보내봐."

"고양이 소개소? 그게 뭐예요?"

"이 세상에 고양이가 있는 곳이라면 어디에도 있고 반대로 어디에도 없는 신비로운 장소라고 하더군. 우리 고양이들과 연결되는 세상의 모든 인연을 관장하는 곳이라던데?"

"여기 이렇게 갇혀있는데 그런 장소를 어떻게 찾아가겠어요."

"그 장소는 일부러 찾아가는 장소는 아닐걸? 네가 너를 사랑해 줄 인간과의 인연을 진심으로 원한다면, 너의 그 염원은 그곳에 자동으로 전달된다던가? 아무튼 네가 할 일은 머릿속과 마음속으로 너의 그 염원을 계속 생각하는 일 뿐이라고 들었어. 나도 뭐, 해본 적은 없으니까. 그저 오래전에 우연히 만난 늙은 고양이에게 들은 이야기일 뿐이야. 근거는 없어."

고양이 소개소라. 처음 들은 얘기지만 어쩐지 무척 흥미롭게 느껴졌다. 그때 피터 영감이 여전히 고개는 구석 쪽으로 파묻은 채 말을 거들었다.

"고양이 소개소라면 나도 소문은 들은 적이 있지."

나는 눈을 반짝이며 피터 영감에게 물었다.

"영감님도 고양이 소개소에 부탁해서 인간과의 인연이 연결되신 건가요?"

"난 번식업자에 의해 태어나서 다섯 형제 중에도 두 번째로 팔려나갔어. 그땐 인연이란 걸 생각하긴 너무 어렸지. 인간들과의 생활도 나름 행복하긴 했지만 지금 갈래길에 와있는 걸 생각하면, 그게 좋은 인연이었다고 할 수 있으려나?"

피터 영감이 이야기를 멈추고 생각에 잠기자 잭은 내가 있는 케이지 쪽으로 최대한 다가와 낮은 목소리로 말했다.

"들어서 알겠지만, 피터 영감은 원래 인간 집사와 함께 살던 집고양이었어. 번식업자에 의해 태어난 아비시니안이니 비싼 가격에 팔려나가 새 가족의 품에 안겼겠지. 처음엔 인간들도 피터 영감을 무척이나 예뻐했데. 피터란 이름도 영원히 늙지 말고 언제나 귀엽고 예쁜 모습으로 남아 있으라고 피터 팬의 이름을 따서 집사가 지어준 거래. 그랬는데 세월의 흐름에 장사 있나? 피터 영감이 늙고 병들어서 귀여움은 사라졌는데 손만 많이 가는 존재가 되어버리자 버림을 받은 거지. 피터 영감은 원래 다른 주에 살고 있었는데 집사 인간들이 이곳 캘리포니아까지 일부러 여행 와서 여기에 버리고 간 거래. 혹시라도 집에 다시 돌아오지 못하게 하려고. 너무했지? 집고양이로만 살던 피터 영감이 갑자기 길에 버려졌으니 얼마나 고생이 심했겠어. 한 번은 코요테한테 습격을 당해서 심하게 다쳤는데, 바로 치료받질 못해서 그런지 지금도 거동이 조금 불편하다 나봐."

피터 영감은 짜증 섞인 목소리로 외쳤다.

"자랑스럽지도 않은 흉한 이야기를 왜 굳이 어린 친구에게 하고 그래!"

"나도 영감님 대변인 역할을 계속하긴 싫으니 앞으로 본인 이야기는 본인이 직접 이 호기심 많은 녀석에게 들려주쇼." 잭은 태연한 표정으로 받아쳤다.

나는 피터 영감의 과거사를 알게 되자 의문이 생겼다. 고양이 소개소가 고양이에게 인연을 연결해주는 곳이라면, 왜 피터 영감은 새로운 가족의 품에 안기고도 이렇게 버림을 받은 걸까? 그럼 고양이 소개소라는 장소가 정말 있다 해도 항상 올바른 인연으로 연결되는 것은 아니란 말인가?

머릿속이 혼란스러워진 나는 이런 의문점을 잭에게 물어보았다. 내 질문을 받자 잭 역시 이상하다는 듯 고개를 갸우뚱거리다가

"글쎄, 나도 들은 이야기라 정확히 답변해 줄 수는 없지만 고양이 소개소도 일단은 신이 아니니까. 제아무리 현세와 이계의 경계에서 고양이들의 인연을 관장하는 존재라 하지만 세상이 돌아가는 이치나 각자에 주어진 운명을 지나치게 거스를 수는 없는 것 아닐까? 신보다 하위인 존재가 신의 뜻에 역행할 수 없듯이 말이야. 어쩌면 피터 영감 같은 경우는 아직 진정한 인연은 못 만나고 있는 건지도? 그런데 저렇게 나이 지긋이 먹고서 갈래길까지 흘러들었다면 이번 생애에서는 진정한 인연 만나긴

틀렸는지도 모르지. 뭐, 이번에 안 되면 다음 생애를 기약하면 돼."라고 말하고는 한쪽 눈을 찡긋거리며 덧붙였다.

"난 윤회를 믿거든."

"잭 아저씨는 고양이 소개소를 찾아보신 적이 있나요? 염원을 보내신 적은요?"

"그런 생각은 해본 적도 없지. 난 바람 따라 살아가는 바람의 잭. 이 갈래길에서도 왼쪽이냐 오른쪽이냐 남이 정해주는 대로 선택되지는 않겠어. 내 길은 내가, 나의 의지로 선택한다. 난 여기서 탈출할 거야."

"탈추우우우울????"

잭의 이야기를 들은 고양이들은 모두 놀라 한목소리로 소리쳤다. 나의 목소리와 피터 영감의 쉰 목소리는 물론, 밑 칸 호세의 험상궂은 목소리도 섞여 있었다.

피터 영감은 어처구니없다는 얼굴을 하고 있다가 너털웃음을 웃으며 말했다.

"탈출이라니, 그게 가당키나 한 소린가? 자네가 갇혀있는 케이지를 봐. 빠져나갈 구멍이 없어. 설령 거기서 나온다 해도 저 굳게 닫힌 철문을 보라고. 고양이의 힘으로 어떻게 할 수 있는 게 아니야. 게다가 들어올 때 이미 봤겠지만, 저 철문 밖도 여전히 이 갈래길의 건물 안이지. 이 건물의 구조는 알고 있나? 모르지? 철문 밖으로 나간다 해도 산 넘어 산이야. 자네의 허풍이 그동안 나름 즐겁긴 했네만 그건 정말 말도 안 되는 소리야."

피터 영감이 현실을 정확히 지적했음에도 불구하고 잭은 여전히 자신만만한 표정으로 말했다.

"그런 것쯤 나도 알고 있소, 영감. 하지만 우리 고양이들과는 달리 인간에겐 언제나 허점이 있지. 인간이 허점을 보이는 그 순간을 파고들어 난 반드시 탈출에 성공해 보이겠어. 사실 말을 안 해서 그렇지 난 여기 도착한 순간부터 탈출 계획을 짜고 있었거든. 난 왼쪽도 오른쪽도 아니야. 난 직진이다. 새 삶의 왼쪽이냐, 죽음의 오른쪽이냐로 결정되는 이 갈래길의 운명의 틀을 내가 직진해서 깨뜨려 주겠어. 남자는 직진이지! 직진해서 인간의 손길도 죽음도 아닌 나 스스로의 자유를 찾겠어. 내가 태어난 바람 부는 저 길 위로 돌아갈 거야."

여기까지 말한 잭은 갑자기 밑의 칸을 향해 소리쳤다.

"호세, 함께 갈 텐가? 바모노스, 아미고!(Vamonos, Amigo!: '함께 가자, 친구!')"

밑 케이지 호세는 당황한 듯 말이 없다가 이내 피식 웃으며 중얼거렸다.

"무차초 로코.(Muchacho Loco: '미친 녀석')"

"그래, 어차피 너란 녀석은 내 발목만 잡을 테니까. 나 혼자가 백번 낫지. 자 그럼 이만 자볼까? 에브리바디 굿잠들 하쇼!"

갑작스레 파문을 던져놓았던 잭은 아무 일 없었다는 듯 구석으로 사라졌다. 잭의 허풍이 워낙 어이없다고 생각했는지 다른 고양이들도 말없이 각자의 자리에서 잠을 청하기 시작했다.

잭은 허풍이 센 고양이긴 하지만 나는 어쩐지 잭이라면 불가능해만 보이는 탈출마저도 가능하게 만들지 모르겠다는 생각이 잠시 들었다. 하지만 그 생각도 고양이 소개소 생각에 밀려 이내 잊히고 말았다. 허세와 허풍이 심한 고양이 잭이 한 말 가운데서도 거의 유일하게 자신 없이 말한 그 고양이 소개소 이야기가 오히려 내겐 제일 신빙성 있게 느껴졌다. 어쩌면 나 스스로 고양이 소개소의 존재를 간절히 믿고 싶어서 그랬는지도 모르겠다.

난 고양이 소개소라는 신비한 장소가 정말 있을까 하는 생각에서부터 시작해 내가 그런 염원을 마음속에 계속 그리면 정말로 이루어질까 하는 생각, 그리고 이젠 아예 내가 함께 살게 될 인간의 이미지마저 상상하고 있었다. 다정하고 배려심 깊고 품 안이 따뜻하고 목소리가 조용한 사람, 그리고 좋은 냄새가 나는 사람이었으면 좋겠다고 생각하고 있었다.

그날 갈래길에서의 까만 밤을 거의 뜬눈으로 지새우며 내 머릿속에는 온통 고양이 소개소 생각뿐이었다. 아니, 온통이라면 거짓말이고 3분의 2는 그랬다. 나머지 3분의 1은 그 맛이 궁금해 너무 먹어보고 싶은 '숭어 맛' 캔 사료 생각이었다. 하얀 레이블에 물고기 로고가 커다랗게 박힌.

밤새 고양이 소개소 생각에 잠겨 있다가 새벽녘에나 잠이 든 나는 해가 중천을 지날 때가 되어서야 무언가 소란스러운 소리에 잠이 깼다. 인간 둘이 철문을 열고 내가 있는 케이지 바로 앞까지 와 있었다. 인간들은 뭐라는지 알아들을 수 없는 말로 서로 이야기하고 있었다.

"데려가야 할 놈이 이 녀석 맞죠?"

"응. 우리 보호소에서 제일 나이 많은 녀석."

인간들은 갑자기 피터 영감을 케이지에서 꺼내 이동장으로 옮겼다. 잭은 깜짝 놀라 케이지 문 앞으로 뛰쳐나오며 외쳤다.

"뭐, 뭐야! 피터 영감은 아직 6일밖에 안 됐잖아. 하루가 더 남았다고! 왜 하루 먼저 데려가는 거야! 이건 뭔가 착오야!"

피터 영감은 이동장으로 옮겨지며 체념한 표정으로 말했다.

"괜찮네, 잭. 나같이 늙고 병든 고양이에게 7일의 기준을 모두 채워줄 필요는 없는 게지. 오늘이나 내일이나 마찬가지일 뿐이야. 그래도 이 갈래길에 와서 나에게 주어진 마지막 시간을 자네처럼 유쾌한 고양이와 함께 지내게 돼서 무척이나 즐거웠네. 그리고 고마우이. 탈출한다고 했던가? 솔직히 가능성은 높이 보지 않네만, 꼭 성공하길 무지개다리 저편에 가서 기원하겠네."

이동장으로 옮겨진 피터 영감은 들려 나가면서 나와도 눈이 마주쳤다.

"잘 있거라, 킷캣. 꼭 살아라."

"피터 영감님……."

"호세, 자네도 잘 있게나."

"아스탈라 비스타, 씨뇰"

밑의 케이지에 있는 호세도 침울한 목소리로 인사했다.

그렇게 피터 영감은 한 번 들어오면 삶과 죽음의 운명이 결정되어서야 나갈 수 있다는 철문 밖으로 실려 나갔다. 철컹~하고 닫히는 철문의 소리가 나의 심장을 쿠웅~하고 때리는 것 같았고 철문의 메아리가 사라진 보호소 안에는 무거운 정적만이 감돌았다. 잭은 바닥에 납작하게 엎드리고 앉아서 간신히 들릴 정도의 혼잣말처럼 말했다.

"피터 영감, 안녕히 잘 가시게."

그날은 수다쟁이 잭도 해가 저물도록 아무 말이 없었다. 다른 고양이 그 누구도 입을 여는 이가 없었다.

납덩이처럼 무거운 침묵의 시간이 밤까지 이어지며 죽음의 공포가 비로소 현실화되어 모두를 짓누르는 느낌이었다. 나는 그 무거운 침묵이 견딜 수 없었는지 아니면 정말로 궁금해서였는지, 무슨 생각이었는지 몰라도 아무튼 용기를 내어 잭에게 말을 걸었다.

"잭 아저씨. 자요?"

잭은 미동도 없이 대답했다.

"아니. 특급 탈출 계획 구상 중이시다."

"아저씨는 정말 고양이 소개소에 염원을 보내겠다는 생각을 한 적이 없어요? 그러니까 내 말은, 인간들의 새로운 가족이 되고 싶단 생각을 한 적이 없냐고요."

"난 바람의 잭. 바람은 어차피 한곳에 머물지 않아."

"인간이 다 고양이에게 우호적인 것은 아니지만 그래도 좋은 인간을 집사로 만나게 되면 먹을 것 걱정이나 위협받을 걱정 없이 사랑받으며 지낼 수 있잖아요. 아저씨가 좋아하는 그 '숭어 맛' 캔도 실컷 먹을 수 있고요. 하얀 레이블에 커다란 물고기 로고가 박힌 바로 그거."

잭은 콧방귀를 한 번 뀌더니 퉁명스럽게 대답했다.

"내 집사가 될 인간이 그 '숭어 맛' 캔을 늘 사다 줄 거라고 누가 그래? 인간이 고양이 취향을 알아서 간파해줄 정도로 똑똑할 거라 생각하나? 흥이다. 흥!"

"내 말은 꼭 그런 게 아니라……."

잭은 내 말을 끊으며 말했다.

"알아. 안다고, 킷캣. 나도 인간의 집에서 가족이 되면 좀 더 편안하게 지낼 수 있다는 것쯤은 알고 있어. 하지만 피터 영감을 봐. 인간의 집에서 걱정 없이 살다가도 한순간에 버림받는 경우도 있어. 그런 게 과연 올바른 인연이라 할 수 있을까? 병든 노년에 몸과 마음에 모두 상처받고도 그나마 젊은 시절에 호강했으니 행복한 삶이었다고 말할 수 있을까? 세상엔 말이야, 킷캣. 피터 영감처럼 그렇게 버림받아 몸과 마음에 모두 상처를 입고도 체념한 듯 남은 생애를 묵묵히 살아낼 수 있는 고양이가 있는 반면, 그 버림받는 고통을 이겨낼 수 없는 고양이도 있는 거야. 더는 살아갈 수 없을 정도로. 이겨낼 수 없는 고통이라면 처음부터 피해 가는 것이 현명한 법이지. 그만 자라. 잠을 자지 않아도 아침은 오지만 잠을 푹 자고 난 후에 맞이하는 아침은 공기의 맛부터 다르니까. 아무리 갈래길에서의 아침이라 해도 말이야."

잭은 그대로 등을 돌려 눕고는 더 이상 말이 없었다.

나는 잭이 겉으로는 강한 척 허세를 많이 부리고 있지만 실은 마음이 아주 여린 고양이라는 생각이 들었다. 잭은 버림받는 것이 두려워서, 그 아픔을 이겨낼 자신이 없어서 버림받을 일을 아예 만들지 않고 있는 거라고.

조금은 측은한 마음이 들어서 잭에게 다시 눈길을 준 순간, 잭은 코까지 드르렁 드르렁 골면서 이미 깊은 잠에 빠져 있었다. 저렇게 속 편한 고양이가 정말 상처를 받기나 하는 걸까? 그날 밤은 그렇게 깊어갔다.

다음날 날이 밝자 잭은 피터 영감의 일은 이미 과거로 던져두기라도 한 듯이 평상시와 조금도 변함없는 떠버리 고양이였다. 잭은 자신이 과거에 겪은 갖가지 무용담들을 쉴 새 없이 늘어놓았다.

대부분 어이가 없음을 넘어서 황당무계한 허풍들이었지만 그게 또 잭의 달변을 통해 전달되니 묘하게 듣는 이를 끌어당기는 맛이 있었다.

나는 물론이고, 피터 영감이 떠난 자리에 오늘 새로 들어온 신참까지, 모두 잭의 이야기에 집중하며 시간 가는 줄 몰랐다. 밑 칸의 호세와는 여전히 말다툼 일색이었지만 호세는 말싸움에서 잭의 적수가 되질 못 했다. 그런데 중요한 건 그 말다툼마저 옆에서 듣고 있으면 재미있게 느껴진다는 거였다. 그 말다툼은 길어진 잭의 허풍에 질려갈 즈음 절묘하게 화제를 전환해주는 양념이 되고 있었다.

갈래길의 고양이들은 어제 피터 영감의 일로 느꼈던 그 무거운 죽음의 공포는 모두 잊은 듯이 때로는 피식 웃고, 때로는 못 믿겠다며 야유를 보내고, 때로는 손뼉을 치며 잭의 이야기에 빠져들고 있었다.

잭의 이야기는 단순한 말재주를 넘어서 뭔가 특별한 힘을 가지고 있었다. 그래. 그의 이야기는 죽음의 공포를 잊게 만드는 힘이 있었다. 그러고 보면 여기 갈래길에 온 이후, 피터 영감이 떠나던 그때를 제외하곤 나는 잭의 허풍 덕에 웃기도 하고 궁금해하기도 하고 어이없어하면서 죽음에 대한 공포를 잊고 지냈다.

잭은 자신의 말대로, 갈래길의 운명이 전해오는 죽음의 공포에 휘둘리지 않고 직진하는 고양이였다. 어떤 상황에서도, 누가 뭐래도 그는 자신의 뜻대로 직진하며 살아가는 고양이였다. 피터 영감이 여길 떠나던 마지막 순간에 잭에게 '고맙다'라는 인사를 건넨 이유를 알 것만 같았다.

그렇게 생각하니 아주 약간, 정말 아주 약간이지만 징그러운 허풍쟁이라 여겼던 이 '바람의 잭'이라는 고양이를 존경하는 마음이 생겨났다. 바로 그때, 운명의 시간이 찾아왔다.

갑자기 철문이 덜컹하고 열리더니 인간 두 명이 이동장을 들고 들어왔다. 사료나 물 공급, 배변 처리와 예방 접종 등을 위해 인간이 자주 들어오긴 하지만 우리 고양이들을 긴장시키는 건 그들 손에 들린 이동장이다. 누군가가 또 갈래길의 운명으로 나설 시간이 된 것이다.

인간 두 명은 내가 있는 케이지 앞에 멈춰 서더니 내 쪽 케이지의 문을 열었다. 순간 나는 나도 모르게 몸을 경직시키고 발톱을 내밀며 소리쳤다.

"재, 잭 아저씨!"

잭도 조금 놀란 듯 다급하게, 하지만 또렷한 어조로 외쳤다.

"괜찮아, 킷캣. 넌 아직 어리고 여기 온 지 이제 사흘밖에 안 됐어. 틀림없이 넌 누군가에게 선택받은 거야. 저 철문을 나서면 인간의 집으로 보내져 새로운 삶을 살게 될 거야. 그러니 안심해."

"잭 아저씨는, 아저씨는 어떡해요?"

"내 걱정은 하지 마라. 난 바람의 잭 아니냐. 반드시 탈출에 성공한다. 여길 떠나면서 바람결에 너의 냄새를 많이 남겨두라고. 새들에게도 통하든 안 통하든 이야기를 남겨놓고. 내가 새들의 언어를 좀 한다고 말했지? 여길 탈출하면 언젠가 너에게 꼭 놀러 가마. 그땐 눈물 날만큼 엄청

난 무용담을 들려주지. 네가 이 몸을 더욱 존경하지 않고는 못 배길 정도로!"

"잭 아저씨……."

나는 이동장으로 옮겨지며 밑의 칸 케이지에 있는 호세의 얼굴을 처음으로 보았다. 우락부락하고 덩치가 클 것이란 나의 상상과는 달리, 오동통하지만 작은 체구에 다리도 짧은 먼치킨 계열의 아주 귀여운 외모였다. 상상과 너무 다른 외모였기 때문에 나는 이 상황에서 하마터면 웃음이 터질 뻔했다.

호세는 나를 보더니 아무 말 없이 눈을 한 번 깜빡거리는 것으로 인사를 대신했다. 나에게 보내는 굿 럭(Good Luck) 싸인으로 느껴졌다.

이동장을 든 인간들이 출구를 향해 걷기 시작하자 잭은 케이지 문에 얼굴을 바짝 붙인 채 말했다.

"잘 살아라, 킷캣! 바람이 부는 날이면 기억하라고. 이 바람의 잭이 이 세상 어딘가에서 아직 끝나지 않은 모험을 즐기고 있다는 사실을 말이야."

이동장에 담겨 나오면서 나도 잭을 향해 힘껏 소리쳤다.

"잭 아저씨! 바람은 불어왔다 흘러갈 뿐 죽지 않아요! 바람은 결코 죽지 않아요! 죽으면 안 돼요!"

밖으로 나온 후 나는 다시 뒤를 돌아보았다. 천천히 닫히는 철문 틈 사이로 잭의 모습이 조그맣게 보였다. 잭은 엄지손가락을 높이 치켜들고 있었다.

나도 잭을 향해 엄지를 들어 보였다. 우리 고양이들이 엄지를 든다는 행위는 인간의 그것과는 조금 다르기 때문에 아마 그때의 두 명의 인간들은 누구도 그걸 눈치채지 못했으리라.

철문은 엄지를 치켜든 잭의 모습을 뒤로 한 채 철컹 소리를 메아리로 남기며 굳게 닫혔다. 그것이 내가 본 '바람의 잭'의 마지막 모습이었다.

철문 밖으로 나온 나는 잭의 예상대로 왼쪽으로 꺾어져 인간들의 품에 안겼다. 나를 데려간 인간 여자는 목소리가 어딘지 우리 고양이의 소리를 닮은 여자였다. 난 이 여자가 새로운 내 반려자인 줄 착각했지만 알고 보니 구조팀의 일원이었다. 이 구조팀은 갈래길에서 어린 고양이들이 안락사되기 전에 어떻게든 구조에 나서서 그 고양이들을 데려갈 사람들에게 연결시켜주는 존재였다. 다른 의미에서 현실에 존재하는 고양이 소개소 같은 이들인 셈이다.

나는 곧 다른 인간들에게 보내졌는데 그들 역시 나의 새로운 반려인들이 아니고 임시로 나를 보호해주는 사람들이란다. 세상엔 우릴 위해 좋은 일을 하는 인간들도 꽤 많았다.

그리고 며칠 뒤 나는 마침내 새로운 가족을 만났고 그들의 집에 왔다. 이 모든 일이 잭이 이야기했던 고양이 소개소에 보내진 내 염원에 의한 것일까? 난 그렇게 믿는다. 아니, 확신한다.

임시 보호자의 집에 있을 때에는 고양이 소개소에 직접 가서 희망을 전달했다는 고양이를 만났다. 어떻게 그곳에 도달하게 되었는지는 제대로 설명하지 못했지만, 그의 이야기는 잭에게서 들은 그것과 상당 부분 일치했다. 잭에게선 듣지 못했던 그곳에서 만난 신비스러운 분위기의 남자 이야기도 흥미로웠다.

그리고 무엇보다 지금의 내 집사는 다정하고 배려심 깊고 품 안이 따뜻하고 목소리가 조용하며 항상 좋은 냄새가 나는 사람이다. 더 검증이 필요할까?

그렇게 갈래길을 떠나 이젠 너무 사랑하게 된 우리 집사의 집으로 온 지도 2년의 세월이 흘렀다. 궁금했던 하얀 레이블에 커다란 물고기 로고가 박힌 그 '숭어 맛' 캔 사료를 맛보는 것도 착한 집사 덕에 흔한 일상이 되었다.

바람의 잭은 탈출에 성공했을까? 알 수는 없다. 하지만 바람이 유난히도 싱그럽게 부는 날이면 난 이 세상 어딘가에서 바람의 잭이 아직 끝나지 않은 모험을 즐기고 있다는 생각을 여전히 떠올리곤 한다.

내 이름은 킷캣. 그 이름은 2년 전 갈래길에서 보낸 사흘이라는 짧은 시간 동안 그 공간에 함께 있던 고양이들만 아는 이름이다. 지금 이곳에선 다른 이름으로 불리고 있고 그 이름도 꽤나 마음에 든다.

하지만 오늘처럼 바람이 상쾌하게 부는 날에는 난 누군가 사흘만 존재했던 옛 이름을 한 번 더 불러주기를 창가에서 기다리게 된다. 이렇게 바람이 상쾌한 날에는 그리운 누군가가 창밖에 홀연히 나타나서, 여전히 허세 가득한 미소를 머금고 엄지를 추켜올리며 인사를 건넬 것 같은 기분이 들기 때문이다.

"헬로우~ 킷캣!"

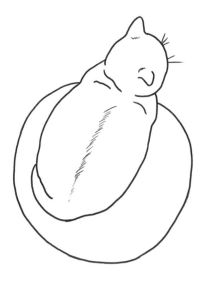

제8화

천 번의 후회

만약 고양이가
당신 발밑에서 야옹거린다면
삶이 당신에게
미소 짓고 있는 거랍니다.

- 영화 '고양이 캐디' 中에서

한참 단꿈을 꾸는 새벽 시간, 뜬금없이 당신의 고양이가 잠을 깨웁니까? 가슴팍 위에 올라앉아서 당신 얼굴을 빤히 내려다보거나, 그 까끌까끌한 혀로 당신의 볼이나 손등을 연신 핥아댑니까? 그것도 아니면 이른 새벽부터 현란한 우다다를 선보입니까? 그건 당신이 낮에 고양이를 너무 방치해두었기 때문입니다.

　충분히 함께 놀아주지 않았고 충분히 관심을 기울여주지 않았기 때문에 무료해진 고양이는 낮 시간 내내 잠만 자버렸거든요.

　그래서 고양이는 이른 새벽부터 배가 고픈 겁니다. 이른 새벽부터 심심한 겁니다.

　고양이는 인간과 달리, 자는 시간이 따로 정해져 있지 않습니다. 그냥 자기가 자고 싶을 때 잡니다. 만약 당신의 고양이가 당신이 자는 시간에 잠들고 있지 못하다면 그건 당신이 낮에 고양이를 너무 외롭고 심심하게 만들었기 때문입니다.

고양이는 아무런 잘못이 없습니다. 잘못이 있다면 모두 집사의 잘못입니다. 그런데도 집사는 "잠 좀 자자!"라며 미간을 찌푸리고 짜증을 냅니다.

집안을 걷다 보면 당신의 고양이가 느닷없이 다리 사이로 뛰어들 때가 있습니까? 그래서 깜짝 놀라 넘어질 뻔한 적이 있습니까? 손에 들고 있던 커피를 쏟거나 물건을 떨어뜨린 적도 있습니까?

고양이는 그저 자기 가던 길을 가는 것뿐입니다. 책상 밑이나 탁자 밑, 의자 밑 같은 곳으로도 다닐 수 있는 고양이는 집안에서의 동선이 일정 형태인 인간보다 훨씬 다양합니다. 그런 고양이가 가는 길목을 인간이 커다란 발로 갑작스레 막아선 것뿐입니다. 막아서기만 하면 다행이죠.

때로는 꼬리를 밟거나 몸통을 걷어차 놓고도 미안하다는 기색도 별로 없이 되레 자신이 피해자라는 표정을 짓습니다.

고양이는 아무런 잘못이 없습니다. 잘못이 있다면 모두 집사의 잘못입니다. 그런데도 집사는 "위험하잖아!"라며 미간을 찌푸리고 짜증을 냅니다.

집에서 노트북을 켜면 어디 있었는지 기척도 없던 당신의 고양이가 눈 깜짝할 사이에 나타나 키보드 위에 털썩 드러눕습니까? 그건 당신이 노트북을 켰기 때문입니다.

키보드 자판 위로 따뜻한 열기가 올라오는 노트북은 고양이들에겐 옥장판 같은 느낌일 겁니다. 만약 당신이 집안 어른신들에게 옥장판을 깔아드린다면 그분들이 옥장판 위에 눕지 갑자기 마당으로 나가 땅바닥 위에 눕겠습니까?

고양이는 일부러 옥장판을 깔아주는 당신의 정성을 생각해 조금 귀찮은데도 당신 곁으로 다가와 고마움을 표현하기 위해 일부러 노트북 위에 누워주는 겁니다. 당신의 기분을 배려하기 때문에 에둘러서 하는 행동이란 말이죠.

고양이는 아무런 잘못이 없습니다. 잘못이 있다면 모두 집사의 잘못입니다. 그런데도 집사는 "일 좀 하자!"라며 미간을 찌푸리고 짜증을 냅니다.

모처럼 고양이 화장실을 깨끗이 치우고 새 모래를 채워 넣은 순간, 그림자도 보이지 않던 당신의 고양이가 연못에 도끼 빠뜨린 나무꾼 앞에 나타난 산신령처럼 홀연히 나타나서 기껏 치운 모래 위에서 사색의 시간을 갖습니까? 게다가 그럴 때면 꼭 향기마저도 두 배로 작렬합니까? 그건 고양이가 깨끗한 화장실을 쓰고 싶기 때문입니다.

당연하잖아요. 당신이라면 변이 그득한 변기에서 볼일 보는 게 좋습니까, 아니면 깨끗하게 세척된 변기에서 볼일 보는 게 좋습니까? 고양이든 사람이든 사색의 시간은 쾌적하게 갖고자 하는 법입니다.

향기가 두 배로 강한 이유요? 그거야 화장실 박스의 뚜껑이 열려있으니 그렇죠.

뚜껑을 고양이가 열었습니까? 당신이 열었지. 원래 뚜껑 없는 화장실이라고요? 그걸 선택한 것도 당신입니다. 고양이가 뚜껑 없는 제품을 원한다고 말한 적이 있던가요?

고양이는 아무런 잘못이 없습니다. 잘못이 있다면 모두 집사의 잘못입니다. 그런데도 집사는 "치우자마자 꼭 이래!"라며 미간을 찌푸리고 짜증을 냅니다.

고양이가 까닭 없이 당신에게 냐옹냐옹대며 뭔가를 요구합니까? 밥 달라는 것도 아니고 놀아달라는 것도 아닌데, 마치 빚 독촉이라도 하는 채무자처럼, 일수 도장 찍으러 온 대부업자처럼 뭔가를 강력히 요구하지만 도대체가 알아들을 수 없어서 곤란합니까? 그건 당신이 고양이 언어를 못 알아듣기 때문입니다.

고양이는 자신의 의사를 분명하고도 정확하게 전달하고 있습니다. 그걸 못 알아듣는 쪽에 문제가 있는 거죠.

인간이 어떻게 고양이 언어를 알아듣느냐고요? 고양이에게 선택을 받았다고는 하지만 고양이 집사가 되기로 결심한 건 당신 아니었나요? 아무도 강요한 적은 없습니다. 그럼 당연히 당신이 고양이 언어를 배워야지, 고양이가 인간 언어를 배울 수는 없는 노릇 아닙니까.

여기서도 분명한 건 고양이는 아무런 잘못이 없다는 겁니다. 잘못이 있다면 고양이 언어를 배울 능력이 없는 집사의 잘못입니다. 그런데도 집사는 "뭐 어쩌라고!"라며 미간을 찌푸리고 짜증을 냅니다.

고양이가 나이 들면서 잘 놀지 않습니까? 아무리 장난감을 팔이 빠지도록 흔들어 봐도 콧방귀밖에 뀌지 않습니까? 고양이의 관심을 끌어보려고 새로 사 온 장난감들은 그대로 돈 낭비에 그치고 있습니까? 그건 당신이 항상 똑같은 방식으로 똑같은 놀이만 되풀이하기 때문입니다.

사람의 경우를 놓고 생각해보세요. 일곱 살 어린이 시절에 하고 놀던 놀이가 스무 살이 되어서도 여전히 재미있습니까? 20대 시절 세상이 두 쪽 날 것 같던 관심사가 40대가 되어서도 여전히 그럴까요?

아마 대부분의 경우 아닐 겁니다. 그런데 왜 고양이는 인간과 다를 거라 생각하십니까? 왜 고양이는 항상 똑같은 놀이에도 늘 즐거워해야 한다고 생각하는 거죠?

당신의 무성의함 때문에 고양이에게 억지 재미를 강요하고 있다는 생각은 안 드십니까? 아무리 당신을 사랑해도 지겨운 건 지겨운 겁니다. 어쩔 수 없죠.

고양이는 아무런 잘못이 없습니다. 잘못이 있다면 모두 집사의 잘못입니다. 그런데도 집사는 "왜 안 놀고 쳐다보고만 있어!"라며 미간을 찌푸리고 짜증을 냅니다.

고양이가 나이 들면서 건사료를 잘 먹지 않고 남기는 경우가 많습니까? 공연히 입맛 까다로워진 것 같고 투정 부리는 것처럼 느껴지십니까? 그건 당신이 고양이 치아를 제대로 관리해 주지 않아서 충치가 생겨 그런 겁니다.

구토할 때 씹지도 않은 사료 알갱이가 덩어리 채 그대로 나오는 것도 이가 아파 씹기 힘들기 때문에 그냥 삼켜버려서 그런 겁니다.

나중에 고양이 이빨이 다 빠져 버리면 그때 가서 집사들은 치아 관리를 제대로 해주지 못한 걸 후회하지만 고양이는 아무런 원망도 없이 여전히 당신이 주는 사료를 최선을 다해 먹어줍니다. 대부분 그냥 삼키지만 몇 개 남지도 않은 이빨로 가끔은 빠각빠각 소리를 내며 씹어보려고 애쓰면서 말입니다. 당신을 사랑하기에, 사랑하는 당신이 준 사료이기에.

고양이는 아무런 질못이 없습니다. 잘못이 있다면 모두 집사의 잘못입니다. 그런데도 집사는 "왜 음식 투정을 해!"라며 미간을 찌푸리고 짜증을 냅니다.

당신의 고양이가 늙고 병들어 구석에 몸을 뉜 채 가쁜 숨을 몰아쉬며 앓는 소리를 내게 되었을 때, 견디기 힘들고 가슴이 찢어지는 것 같다는 핑계로 귀를 막고 외면하려 한 적이 있습니까?

당신의 고양이가 내는 앓는 소리가 사실은 당신에게 보내는 마지막 사랑의 인사인지도 모릅니다. 그동안 고마웠다고. 당신이 집사여서, 당신과 함께여서 행복했다고. 당신이 외면하려 한다면 그 마지막 부름을 놓치는 우를 범할 수도 있습니다. 계속 눈을 마주치며 당신이 바로 곁에 있다는 것을 보여줄 수 있는 시간은 한정돼있습니다. 그렇게 하지 못했다면 그건 고양이 잘못이 아닙니다. 고양이는 당신을 불렀으니까요.

고양이는 아무런 잘못이 없습니다. 잘못이 있다면 간절히 부르는 고양이의 목소리를 외면한 집사의 잘못입니다. 그런데도 집사는 뒤늦게 가슴을 쥐어뜯으며 후회합니다.

당신의 고양이가 점점 수척해지는 모습으로 많이 힘들어한다고 해서 쉽게 안락사를 생각하지 마십시오. 당신은 고양이의 고통을 덜어주고 편하게 갈 수 있도록 도와준다며 스스로를 위로할지 모르지만 실은 당신이 편해지기 위한 선택을 하는 건 아닌지 생각하십시오.

당신의 고양이는 말은 전하지 못하지만 조금 더 살고 싶은지도 모릅니다. 떠나기 전에 한 번만 더 당신의 곁에서 잠들고 싶은지도 모릅니다. 한 번만 더 당신의 품에 안긴 채 당신이 불러주는 자장가를 듣고 싶은지도 모릅니다. 한 번만 더 꿈속에서 건강했던 젊은 시절로 돌아가 당신이 흔들어주는 장난감을 힘껏 사냥하는 꿈을 꾸고 싶은지도 모릅니다.

그런 고양이의 소망을 알아채지 못한 채 당신만의 의지로 고양이를 떠나보냈다면 그건 고양이의 잘못이 아닙니다. 고양이가 유서라도 남기고 그만 떠나보내 달라고 한 것도 아니잖습니까.

고양이는 아무런 잘못이 없습니다. 잘못이 있다면 자신만의 생각으로 고양이의 손을 놓아버린 집사의 잘못입니다. 그런데도 집사는 뒤늦게 가슴을 쥐어뜯으며 후회합니다.

내가 이런 이야기를 하는 이유는 지금까지 한 모든 이야기가 바로 나 자신과 내가 떠나보낸 사랑하는 나의 고양이 두부의 이야기이기 때문입니다. 그래요. 난 그렇게나 수많은 후회를 쌓으며 살아왔답니다.

백만 분의 일처럼 귀한 확률로 연결된 그 소중한 인연을 살아내는 세월 동안, 왜 나라는 인간은 그리 많은 후회만을 만들며 살아온 걸까요.

고양이를 키워 본 분들은 아시겠지만, 고양이의 냄새는 저마다 모두 다릅니다. 후각이란 참 편리한 과거 회상의 스위치죠. 그리운 냄새를 문득 맑게 되면, 그 시절 추억의 장면들이 마치 슬라이드 필름이라도 틀어 놓은 듯이 주마등처럼 지나갑니다.

그러나 고양이 한 마리 한 마리 냄새는 유일무이한 것. 사무치게 그리운 두부의 냄새는 다시는 맡을 수 없습니다. 다시 한번만 더 맡을 수 있다면 망각 속에 묻혀버린 소소한 기억까지 전부 다시 되살아날 것만 같은데 그 냄새를 다시는 맡을 수 없습니다.

자신만의 향기를 간직한 고양이에겐 아무런 잘못이 없습니다. 잘못이 있다면 그 향기를 원 없이 맡아 두지 못하고 후회를 만든 집사의 잘못입니다.

고양이를 무지개다리 너머로 떠나보낸 뒤 우연히 발견하게 된 책상 위에 찍힌 고양이 발자국을 지우지 못하는 것도, 모아둔 고양이 수염을 버리지 못하는 것도, 차마 버리지 못한 낡은 캣타워를 만지며 눈물짓게 되는 것도 고양이의 잘못은 아닙니다.

고양이는 그저 아름다운 이 세상에 아름다운 존재로 와서 아름다운 삶을 살다 간 것뿐입니다. 잘못이 있다면 남겨진 그 아름다운 흔적들을 후회로 만든 집사의 잘못입니다.

후회를 모르는 고양이와 달리, 인간은 후회의 동물입니다. 후회로 한숨짓고 후회로 분노하고 후회로 눈물 흘립니다. 그때 왜 그랬을까, 왜 좀 더 잘해주지 못했을까 하는 후회의 파편들이 999가지 후회가 되어 쓰나미처럼 나의 마음을 덮쳐옵니다.

그럼에도 불구하고 못난 집사는 두부를 떠나보낸 그 아픔을 이겨내지 못한 채 두 번 다시는 고양이 따위 기르지 않겠다는 마지막 천 번째 후회를 만들 준비를 하고 있습니다.

한 가지 바라는 게 있다면 부족하고 미련한 이런 집사라도 다시 한번 선택해 줄 용감한 고양이가 있어, 천 번째 후회를 만들지 않게 해주길 바랄 뿐입니다.

고양이를 기른 적도 없고 기를 계획도 없으십니까? 당신은 인생에 가장 큰 후회를 이미 만들고 계십니다.

이 글을 읽고 있는 당신 발밑에서 고양이가 당신만을 바라보며 무언가를 갈구하는 눈빛으로 야옹대고 있습니까? 자, 그럼 이제 당신은 앞으로 몇 번의 후회를 더 만들 생각이십니까?

오늘부터라도 당신이 만들 후회를 하나씩 지워 가시지 않겠습니까? 너무 늦어서 천 번째 후회를 만들어 버리기 전에 말이죠. 당신이 사랑하는 고양이는 그리 오래 기다려주지는 않습니다.

제8.5화

천 번의 후회 2장

- 머리를 잃어버렸어요

사람은 개를 길들이고
고양이는 사람을 길들인다.

- 마르셀 모스

몸

머리를 잃어버렸습니다. 조금 전까지 있었는데. 그 사이 집 밖에는 나가지 않았으니 분명히 집 안 어딘가에 있을 거예요. 도대체 어디에 있는 걸까요?

두 눈 크게 뜨고 찾아보려 해도 젠장, 눈은 머리에 달려 있습니다. 눈이 없는 지금의 나로서는 머리는커녕 아무것도 보이지 않습니다.

큰 소리로 머리에게 어디 있냐고 불러보려 했지만 젠장, 입도 머리에 달려 있습니다. 지금의 나로서는 소리 질러 머리를 불러볼 수도 없습니다. 혹시 책상 위에 두었나, 해서 더듬더듬 책상을 더듬다가 서랍에 손가락이 끼고 맙니다.

아야야야. 손톱이 깨지지 않았는지 걱정되지만, 눈이 없으니 뵐질 않아요. 입김을 호호~ 불어보고 침이라도 발라보려 했습니다만, 반복적인 얘길 해서 죄송합니다. 입은 머리 녀석이 가져갔습니다.

잠깐. 머리에게 눈이 있다면 내 모습이 보일 것이고 입도 녀석에게 있다면 지금 나를 부르고 있을 거란 느낌이 스쳤습니다. 그래서 나를 부르는 소리를 들어보려고 귀를 쫑긋 기울여보려 했지만 젠장, 귀도 머리에 붙어 있습니다. 지금의 나로서는 머리가 부르는 소리를 들을 수조차 없습니다.

조심조심 마루로 나아가서 어딘가에 나뒹굴고 있을 머리를 찾다가 식탁 다리를 정강이로 걷어차고 말았습니다.

아야야야. 눈이 없으니 보이진 않지만, 이 타격감, 이 통증, 이건 틀림없이 피멍이 들 겁니다. 적어도 지름 3cm의 시커먼 멍이 확실합니다.

치밀어 오르는 화를 가라앉히며 냉정함을 되찾고 머리를 어디에 두었는지 차근차근 기억을 더듬어 보려 했습니다. 하지만 기억을 저장하는 뇌는 머리가 가지고 있습니다. 기억해 낼 수가 없습니다.

그럼 어떻게 머리를 찾을 수 있을까 생각해보려 했습니다. 하지만 뇌가 없는 몸통은 생각도 할 수 없습니다.

행동력은 전혀 없으면서 잔꾀나 부리는 녀석이라 생각했건만, 그 머리가 없으니 여간 곤란한 게 아닙니다. 난 그냥 그 자리에 주저앉아 버리고 말았습니다.

머리 없는 몸통은 아무것도 할 수 없습니다.

머리

정신을 차려보니 몸통을 잃어버렸습니다. 아니, 몸통이 나를 잃어버렸다는 표현이 맞을까요? 아마 잠깐 졸아버린 사이 몸통이 저를 내려놓아

버린 모양입니다.

몸통 녀석도 적잖이 당황했는지 허둥지둥 난리가 났습니다. 허공을 휘젓던 손이 거의 저에게 접근했나 싶더니 서랍에 손가락이 끼어 펄쩍 뛰며 도로 멀어져 버립니다.

"야! 이 멍청한 녀석아! 난 여기 있잖아." 큰 소리로 불러봤지만, 귀가 없는 녀석에겐 들리지 않는 모양입니다. 하도 답답해 "이 바보야. 네 코앞에 있다고!"라고 소리치고 보니, 녀석에겐 코가 없습니다. 코는 저에게 달려 있습니다. 따라서 녀석의 코앞에 제가 있다고 한 말은 논리적으로 틀린 말입니다. 몸통도 아닌 머리가 상스럽게 이런 비논리적인 말을 하다니요. 몸통이 귀가 없어 듣지 못한 게 다행이란 생각에 찰나지만 안도감마저 느꼈습니다.

하지만 그런 이기적인 안도감에 부끄러워할 겨를도 없이 몸통 녀석은 마루로 뛰쳐나가더니 이번엔 식탁 다리를 걷어차고는 정강이를 감싸 안고 침묵 속에 데굴데굴 구릅니다. 보는 것만으로 그 끔찍한 고통의 크기가 짐작됩니다. 대신 비명 질러 주고 싶을 정도였습니다.

"이봐, 조심하라고! 그런 통증은 여운이 길어서 나중에 우리가 다시 연결될 그때에 나에게도 전달이 된단 말이다." 아무리 소리쳐봤자 귀 없는 몸통은 듣지 못합니다.

몸통 녀석은 무언가에 좌절했는지 갑자기 마루 구석에 주저앉아 버립니다. 방문이 열려있기에 여전히 나의 시선이 닿고는 있지만, 몸통을 부를 방법이 없습니다.

손도 발도 없는 저로서는 불과 몇 미터 안에 있는 몸통에게 다가갈 수가 없습니다. 괴담에 나오는 도깨비 머리나 귀신 목처럼 데굴데굴 굴러서 몸통에게 가라고요? 그거 몽땅 거짓말입니다. 괴담이란 거 어차피 지어낸 얘기잖아요. 기껏해야 안면 근육의 움직임과 눈 깜빡임 정도밖에 할 수 없는 머리만으로는 손과 발처럼 커다란 운동 에너지를 일으킬 수 없고 지금의 나로서는 스스로 놓여있는 방향을 바꾸는 것조차 엄청나게 어려운 일입니다. 설사 턱과 입 근육을 최대한 이용해 어떻게든 움직여 보려 해도 그건 너무 무모합니다. 자칫 책상 위에서 떨어졌다간 뇌진탕을 일으킬 수도 있고 머리가 바닥에 떨어지는 둔탁한 소리 역시 저 몸통 녀석은 듣지도 못하니까요. 움직일 수 없다 보니 할 수 있는 게 생각이라 생각이 깊어지고, 생각이 깊어지다 보니 머릿속에 느는 건 불안감이었습니다. 나는 그걸 잊기 위해 어차피 듣지도 못하는 몸통 녀석에게 세상에서 아는 욕이란 욕은 다 퍼부어 주었습니다. 처음엔 재미도 있고 스트레스도 해소되면서 어느 정도 현실 도피가 되었습니다만, 이내 그것도 질려버리고 말았습니다.

이럴 때 고양이라도 있었다면 도움이 되었을 텐데요. 고양이 얘길 꺼내니 무언가 아련하고 슬픈 느낌의 기억이 떠오르지만, 그 슬픔을 지금의 나로서는 제대로 느낄 수가 없습니다. 슬픔을 느끼는 심장은 몸통이 가지고 있으니까요. 이 느낌이 무슨 느낌이냐고 물어봐도 대답 없는 몸통은 여전히 마루 구석에 쭈그리고 앉아 있습니다.

힘쓰는 것 말고는 나 없이는 아무것도 할 수 없는 녀석이라 무시했었는데, 그런 몸통이 없으니 여간 곤란한 게 아닙니다.

몸통 없는 머리는 아무것도 할 수 없습니다.

자아

고양이를 잃어버렸습니다. 좀 더 주의를 기울이지 그랬냐고요? 그래야 했죠. 하지만 세월이란 녀석이 우리 두부를 데려가 버릴 때는 아무리 내가 주의를 기울이고 조심해도 소용이 없었습니다. 한밤중에 두부를 안고 병원으로 달려간 것이 몇 번이었는지. 그때마다 두부는 이겨내 주었지만 세월이란 나쁜 녀석, 마지막에는 결국 나 스스로 두부의 손을 놓아버리게 만들고 말았습니다. 고통으로부터 자유롭게 해주겠다는 허울 좋은 변명 속에 나는 고양이를 잃어버리고 말았습니다.

그 아픔에 나는 머리를 잃었습니다. 그 아픔에 나는 몸통을 잃었습니다. 그 아픔을 잊기 위해 나는 생각을 잃었습니다. 그 아픔을 잊기 위해 나는 심장을 잃었습니다.

두 번 다시 고양이 따위 기르지 않겠다고 다짐을 하지만, 막상 사랑했던 고양이를 떠나보내니 여간 곤란한 게 아닙니다.

아직도 생생하게 느껴지는 두부의 따스한 체온과 그 벨벳처럼 부드러운 털의 감촉이, 지금도 눈앞에 보일 것 같은 그 도도한 눈동자와 수염이, 지금 기억으로 떠올리면 아픔뿐일 것 같은 수많은 추억들이 내 인생 속에 가장 소중한 한 부분이었다는 사실도 부정할 수 없습니다.

상실의 아픔을 부정할 수도 흘려보낼 수도 없는 나는, 마치 머리를 잃은 몸통처럼, 몸통을 잃은 머리처럼, 아무것도 할 수 없습니다. 그저 이미 저지른 999가지의 후회 이상으로 후회할 천 번째 후회를 준비하고 있을 뿐입니다.

슬픔을 잊기 위해 새로운 인연을 선택하는 것은 그리 현명한 일이 아니라고들 말합니다. 목적이 단순히 슬픔을 지우기 위해서라면 저도 그 의견에 동의할 수밖에 없군요. 하지만 인연이라는 것은 슬픔을 대체하기 위한 목적으로 소모될 만큼 단순하고 값없는 것이 아닙니다. 인연이라는 것은 서로 다른 고귀한 영혼이 무구한 시간의 결을 따라 한 땀 한 땀 손바느질로 꿰어지듯 언젠가의 접점을 찾아 천천히 연결되는 숭고한 의식 같은 것. 하나하나의 모든 인연이 그렇게 귀하게 준비될 진데, 새로 오는 인연이 이전에 머물던 인연을 지워버릴 일도 없습니다. 당신의 기억이 담긴 '머리'와 그 기억을 추억으로 느낄 수 있는 심장이 담긴 '몸통'을 잃어버리지 않았다면 말입니다. 하지만 아무리 소중하게 준비된 인연이라 해도 받아들이는 이가 그 소중함을 모른다면 그저 스치는 인연으로 지나갈 뿐이죠. 그 인연의 소중함을 깨닫게 되었을 때 새로운 인연은 어느덧 당신 문 앞에 와 있을 겁니다. 당신이 스스로 준비가 되었는지 생각할 겨를도 없이 말입니다. 두부를 떠나보낸 이 사람에게 나비가 찾아온 것처럼. 인연은 그런 것이죠. 특히 고양이와의 인연은요. 늘 그렇듯, 선택은 고양이가 하는 것이니까요. 우리 고양이 소개소는 그걸 살짝 도울 뿐입니다. 준비하려 애쓰지 마세요. 인연은 계절처럼 소리 없이 옵니다.

제9화

When I'm Sixty Four

가장 이상적인 평온함은
앉아있는 고양이 안에 존재한다.

- 줄스 레이너드

1

이제 더 이상 골프를 칠 수 없겠구나. 내가 췌장암 선고를 받고 제일 먼저 머릿속에 떠오른 생각이었다.

사망 선고나 다름없다는 췌장암 선고를 받으면서 제일 먼저 떠오른 것이 골프 타령이라니, 내 인생에 낙이 그것뿐이었나? 나도 참 어지간히 재미없는 인생을 살았다는 생각이 들어 나도 모르게 허탈한 웃음이 나왔다.

차트를 보고 있던 의사는 고개를 들고 걱정스러운 목소리로 괜찮냐고 물었다. 갑자기 웃음을 터뜨리니 아마 내가 암 선고의 충격에 정신이라도 나갔나, 생각하는 표정이었다. 난 억지 헛기침으로 입가에 남아있던 웃음 흔적을 지운 뒤 고개를 끄덕였다.

의사는 잠시 내 얼굴을 쳐다보다가 판독기에 걸린 컴퓨터 단층촬영(CT)의 필름 쪽으로 시선을 돌리며 말했다.

"아시겠지만 이런 종류의 수술은 빠를수록 좋습니다. 하지만 췌장의 경우, 장기의 가장 안쪽에 자리 잡고 있어서 다른 장기를 들어내야 하는 어려움이 있습니다. 굉장히 큰 수술이 될 겁니다. 몸이 그 수술을 견뎌내야 하는 것이 관건인데, 일단 몇 가지 검사를 한 후에 날짜를 잡도록 하죠."

나 같은 문외한은 어디가 이렇게 나쁜 건지 전혀 알아볼 수 없는 내 장기의- 라고 생각되는 - 단면 사진을 멍하니 쳐다보다 물었다.

"수술하면 살 수는 있나요?" 참 암 환자다운 상투적인 질문이었다.

의사는 다시 내 쪽을 향해 돌아앉아 안경을 고쳐 쓰며 말했다.

"췌장암은 1기라는 것이 없습니다. 그만큼 일찍 발견하기 어렵단 얘기죠. 자각증세가 나타났을 때는 이미 손쓸 수 없는 경우가 대부분입니다. 선생님의 경우는 원래 당뇨가 있으셨고, 갑작스레 당 수치가 상승했기 때문에 검사 과정에서 췌장에 암으로 의심되는 물혹이 발견된 겁니다. 운이 무척 좋으신 거예요. 결코 쉬운 수술은 아닙니다만 충분히 절제할 수 있을 것이고 아직 60대 중반이시니 전문의로서 수술을 권해드립니다."

수많은 환자를 상대해 온 경험 많은 의사답게, 살 수 있냐고 단도직입적으로 묻는 내 질문을 요령 좋게 빠져나갔다. 그러나 의사의 그런 언변이 굳이 필요하지 않을 정도로 나의 반응은 스스로 생각해도 너무 덤덤했다.

병원 문을 나서서 차로 돌아온 나는 한동안 시동도 걸지 않은 채 운전대를 잡고 생각에 잠겼다. 울음이라도 터뜨려야 하나? 하지만 눈물도 나지 않는다.

아내와 사별하고 혼자 남겨진 인생에 미련이 없어서일까? 아니면 눈앞에 다가온 '죽음'이란 존재를 아직 실감하고 있지 못해서일까? 애당초 나에게 병마와 싸워가며 살고 싶은 의지가 있긴 한 걸까? 일생 내 뱃속에서 햇빛 볼 일이 없었던 내 장기들을 일부러 배를 갈라가며 세상 구경시켜 줄 충분한 이유가 나에게 있는지 내 인생을 돌이켜보며 곰곰이 생각해 보기 시작했다.

신혼 분위기가 채 가시기도 전인 서른 살의 나이에 아내와 함께 미국으로 건너왔다. 그래도 한국 사람이 많이 산다는 캘리포니아 쪽에 자리 잡고 어렵게 노동 허가를 받았다. 영주권은 그보다 몇 배는 더 어렵게 받았다. 미국에 사는 이민자들치고 영주권 취득에 대한 무용담 없는 사람이 누가 있겠는가. 우리 부부에게도 결코 녹록지 않은 인고의 세월이었기에 영주권을 받던 날은 도움을 주었던 지인들과 요란스럽게 파티도 했었다. 평소 술을 마시지 않는 나도 그날만큼은 제법 취했었다.

그동안의 온갖 불이익과 고생을 이겨내며 포기하지 않도록 지탱해 준 원동력은 미국에서 태어난 딸아이였다. 딸아이가 학교에 들어갈 나이가 되었을 무렵에는 다우니(Downey)라는 지역에서 제법 장사가 잘되는 세탁소를 인수했다. 비록 크기는 작은 구멍가게였지만 남의 나라 땅에 건너와 사장님이 되었다는 생각에 무척이나 뿌듯했다. 스스로를 자랑스러워도 했던 것 같다. 나에게 있어 세탁소는 미국 땅에 건너와서 내가 처음 따낸 훈장인 셈이었다. 두 차례인가 대낮에 권총 강도를 당한 적도 있지만, 일요일을 제외하곤 쉬는 날도 없이 열심히 일했다.

세탁소 일을 하면서 안 얻은 병이 없었다. 오래 서서 일하다 보니 관절염에다 허리 디스크도 생겼고 불규칙한 식사와 고르지 못한 식단 탓에 위궤양에 당뇨까지 생겼다. 몸은 늘 아프지 않은 곳이 없을 지경이었지만 가족들을 위해 최선을 다한다는 자부심 하나로 버텼다.

그렇게 미국에 성공적으로 정착하고 있다고 느끼던 2006년의 어느 날, 세탁소로 전화가 왔다. 딸아이를 학교에 데려다주고 세탁소로 오던 아내가 중앙선을 침범해 넘어온 대형 트럭과 충돌 사고가 났다는 전화였다.

트럭 운전사의 졸음운전이 원인이었던 모양이다. 아내는 즉시 병원으로 옮겨졌지만, 응급실에 도착하자마자 사망했다.

아내가 아침에 차려준 베이컨과 계란 프라이를 챙겨 먹고 세탁소로 출근한 지 불과 한 시간 남짓 사이에 일어난 일이었다. 너무 갑작스러워 슬픔을 느낄 틈도 없었다.

병원으로 달려가 아내의 시신을 확인할 때도 머릿속에는 대학 진학을 앞둔 딸이 받을 충격과 장례 절차에 대한 걱정뿐이었다.

시신을 확인하고 서류에 서명한 뒤 도저히 세탁소로 돌아갈 수는 없어서 일단 집으로 왔다. 현관문을 열고 들어서자 아침 출근길에 아내가 구워준 베이컨 냄새가 집안에 그대로 남아있었다. 마치 아무 일도 없었던 것처럼.

그제야 눈물이 흘렀다. 주체도 못 할 만큼 주룩주룩 흘렀다. 양손으로 얼굴을 감싸 쥐고 바닥에 주저앉은 채 그대로 펑펑 울었다. 그날 이후 난 베이컨을 입에 대지 않는다. 베이컨 굽는 냄새를 맡는 것이 어쩐지 견딜 수 없게 되었기 때문이다.

미국에서 태어난 딸아이는 미국 사람으로 성장했다. 한창 예민할 나이에 엄마를 잃고, 아빠란 사람은 일하느라 제대로 뒷바라지를 못 해줬음에도 불구하고 말썽 한 번 안 부리고 공부도 잘해서 아이비리그 중 하나로, 흔히 유펜이라 불리는 펜실베이니아 대학교에 입학했다. 처음엔 아직 어린 딸아이를 멀리 떠나보내기도 싫거니와, 학교가 위치한 서부 필라델피아가 미국 내에서도 치안이 거의 최악 수준이라는 사실 때문에 반대했었지만, 워낙 명문인 데다가 24시간 캠퍼스에 상주하는 사설 경찰과 셔틀버스 운행으로 캠퍼스 내는 도시 어느 곳보다 안전하다는 딸아이 말에 곧 설득당하고 말았다.

딸아이가 펜실베이니아 대학을 선택한 이유는 또 하나 있다. 이 학교의 학비 지원 프로그램이 워낙 훌륭하기 때문이었다. 똑똑한 딸아이는 돈 못 버는 아버지를 원망하기보다는 적은 비용으로도 명문대에서 공부할 방법을 스스로 찾아낸 것이다. 그저 자식이 품 안을 떠난다는 이유로 반대할 수만은 없는 일이었다.

비록 멀리 떨어져 소식도 자주 못 듣고 살아야 했지만, 딸아이는 나에게 큰 자랑거리였다. 딸아이는 나에게 주류사회를 연결시켜주는 다리 같았다. 미국에 오래 살면서도 이민자인 내가 결코 섞여들 수 없었던 소위 주류사회라는 먼 세계. 딸아이 덕분에 나는 비로소 그곳의 일원이 된 기분이었다. 나에게 있어 딸아이의 명문대 입학은 미국 땅에서 내가 따낸 두 번째 훈장인 셈이었다.

난 졸업 후 돌아올 딸아이가 직장을 다니고 결혼도 하게 되고 아이도 출산하게 될 것에 대비해 큰맘 먹고 융자를 받아 기존의 세탁소를 동전 세탁소로 전환했다. 기존의 세탁소 형태로는 아무래도 개인 시간을 내기가 어려웠기에 주인이 직접 나가 있지 않아도 되는 동전 세탁소로 전환한 것이다. 아내의 빈자리는 딸아이와 미래의 손자 손녀를 곁에서 지켜보며 행복하게 실아갈 희망으로 채워저 갔다.

하지만 내 그런 바람과는 달리 딸아이는 졸업 후 뉴욕에서 직장을 구했다. 그리고 몇 년 뒤, 뉴욕에서 만난 벽안의 미국 사람과 결혼을 했고 뉴욕에 정착했다. 딸아이는 캘리포니아로 돌아오지 않았다.

그 후 난 마음의 창문을 완전히 닫아버렸다. 아내가 떠난 날 이후로는 눈물을 흘린 일도 없었고 좀처럼 웃지도 않게 되었다. 혹시라도 상처받거나 실망할 일이 없도록 내 감정을 흔들만한 요소는 내 삶에서 철저히 배제하며 살았다. 그것이 상처뿐인 세상으로부터 나를 지키는 방법이라 믿었다. 나는 모든 감정의 표현과 반응에 점점 무감각한 사람이 되어갔다.

동전 세탁소 전환으로 시간이 많이 남게 된 나는 골프에 더욱 빠져들었다. 한국과 달리 서민도 쉽게 즐길 수 있어서이기도 했지만 그것 말고는 달리 할 것도 없었다. 그러다 보니 골프만이 어느새 나의 유일한 낙이 되어있었다.

생각이 여기까지 오자 자신의 인생이 한심스러워 또 한 번 웃음이 터져 나왔다. 또 골프로 결론. 살아야 할 이유가 고작 골프란 말인가.

물론 내가 죽으면 딸아이는 슬퍼하겠지. 하지만 그 아이에겐 그 아이의 인생이 있고 내가 더 살아남아 그 아이를 위해 해줘야 할 일은 이제

거의 없다. 오히려 짐이 되지 말아야 한다는 생각만 있을 뿐이다. 갑자기 나라는 인간의 존재가 너무 가볍게 느껴졌다. 열심히 살아왔건만, 사는 동안 삶의 무게는 그토록 무거웠건만, 왜 내 인생의 마지막은 이다지도 가볍단 말인가.

한숨을 크게 내쉰 뒤, 차에 시동을 거니 이미 틀어져 있던 라디오 역시 시동과 함께 켜졌다. 마음이 어지러운 상태라 라디오 소리가 거슬렸던 나는 라디오를 끄기 위해 스위치로 손을 가져갔다. 바로 그때.

비틀스의 When I'm Sixty Four란 곡이 흘러나왔다. 순간 흐르는 노래 소리를 제외하고는 나 스스로는 물론 차창 밖의 풍경까지, 세상의 시간이 완전히 멈춰서는 느낌이 들었다. 워낙 유명한 곡이 많은 비틀스의 레퍼토리 가운데서 널리 알려졌다고는 할 수 없는 이 곡을, 하필 아내가 죽기 하루 전에 라디오를 통해 함께 들었던 기억이 갑작스레 생각났기 때문이다.

켜커이 쌓여온 세월의 꺼풀들 속에 묻혀 마치 없었던 일처럼 상실된 기억의 조각이었다. 완전히 잊고 있었던 기억이었지만 아내가 죽기 하루 전의 일이어서였을까? 막상 떠오르자 마치 어제 있었던 일처럼 선명하게 기억이 났다.

이 노래는 자신이 64세가 되어 머리가 빠지고 늙어도 밸런타인 선물을 줄 거냐는 둥, 생일날에 와인 한 병을 선물하겠느냐는 둥, 한 마디로 늙어서 꼬부랑 할아버지가 돼도 계속 자신을 사랑하고 필요로 해달라며 칭얼대는 노래다.

비틀스의 멤버 폴 맥카트니가 이 곡을 작곡했다고 소개한 당시의 DJ

는 이 곡이 발표되던 때 폴 맥카트니는 불과 25살이었지만 올해로 폴 맥카트니도 64세가 되었다며 '해피 버스데이, 폴!'이라는 멘트와 함께 이 곡을 틀었었다.

아내는 이 노래 가사처럼 자신이 64세 할머니가 되어도 계속 사랑하고 필요로 할 기냐고 물었고, 나는 사랑은 몰라도 밥만 계속 차려준다면 필요로 하긴 할 거라고 농담처럼 대답했었다.

아내는 이어서 예순네 살이 된다면 뭘 하고 싶으냐고 물었고 내 대답은 기억에 없다. 아마 건성으로 마음에도 별로 없는 대답을 한 것 같다. 나는 같은 질문을 아내에게 했고 아내는 예순네 살이 되면 고양이를 기르겠다는 엉뚱한 대답을 했다.

조금 황당해하는 내 표정을 바라보며 살짝 웃던 아내는

"예순네 살쯤 되면 애도 다 크고 당신 간섭도 덜해질 테니, 난 그때가 되면 고양이를 기를 거야."라고 말했다.

그러나 아내는 그럴 기회를 잡지 못했다. 다음날 세상을 떠나고 말았으니까.

그때는 그저 웃어넘기고 기억 저편에 파묻어 버린 아내의 말이 새삼 가슴을 쳤다. 사실 아내는 신혼 때부터 고양이를 기르고 싶다는 말을 자주 했다. 그때마다 난 반대를 했다. 딱히 고양이 알레르기가 있는 것은 아니었지만 그냥 고양이가 싫었다.

어렸을 때 친구 집에 놀러 갔다가 그 집에서 기르던 고양이가 손등을 할퀸 적이 있었다. 물론 고양이가 뜬금없이 나를 할퀸 것은 아니었다. 장난기 많던 나는 고양이가 높은 곳에서 떨어져도 다치지 않는다는 이야기를 기억해내고 고양이를 들어 공중에 던져보았다. 고양이는 공중에서 몸을 한 번 비트는가 싶더니 가볍게 착지했다. 신기한 마음에 한 번 더 잡아 공중에 던졌고 고양이는 역시 몸을 비틀며 착지했지만, 자세가 불안했는지 이번엔 다리가 미끄러지며 상체부터 고꾸라졌다. 난 그 모습이 재미있어서 또 한 번 시도하려고 고양이를 잡았는데, 그때 고양이는 내 손등을 할퀴고 도망갔다. 그 후부터 고양이는 요물 같다는 근거 없는 공포가 잠재의식 속에 생겼다. 지금 생각하면 공포나 트라우마를 갖는 쪽은 고양이 쪽이어야 할 것 같은데 말이다. 한심한 행동으로 만들어진 한심한 트라우마였다.

그리고 보면 막연한 공포심 때문에 아내가 그토록 바랐던 일을 난 늘 외면하고 무시해온 것이다. 백만장자가 되어 달라는 것도 아니고 고양이 한 마리 기르자는, 그런 단순한 희망을 외면해 버렸다. 외면한 것을 넘어 아내가 늘 원했었다는 사실조차 기억에서 지워버렸다. 아내가 떠나기 하루 전 비틀스의 When I'm Sixty Four를 들으며 나눴던 대화의 기억조차 방금 우연히 떠올리기 직전까지 완전히 잊고 있지 않았는가.

아내가 세상을 떠나기 전엔 난 내가 완벽하진 않더라도 제법 훌륭한 남편이라 스스로 자부해왔다. 바람 한 번 핀 적 없을 뿐 아니라 남들 다 한다는 술 담배도 하지 않았다. 언제나 가족을 위해 쉴 틈도 없이 일해 왔다. 일주일에 딱 하루 세탁소가 문 닫는 일요일에 골프를 치러 가는 걸 제외하곤 나를 위한 유희에 시간을 할애하지 않았다. 그래서 나는 아내가 다시 태어나도 나를 결혼 상대로 선택하는데 한순간도 망설이지 않을 거라 믿어 의심치 않았다.

내 머릿속엔 언제나 가족에 대한 생각뿐이었고 나는 그것을 무척 자랑스러워했다. 그런데 따지고 보면 그건 아내도 마찬가지였다.

바람피운 적 없다고? 아내 역시 바람피운 적은 없다. 적어도 내가 아는한은 그렇다. 게다가 애초에 불륜을 저지르지 않는 것은 배우자에 대한당연한 약속이지 자랑거리가 아니다. 술 담배를 하지 않았다고? 아내도안 했다. 술 담배도 어디까지나 기호품에 불과한 것 아닌가. 그걸 안 하는게 자랑거리나 되나? 그리고 가족들을 위해 헌신적으로 일했다고? 그건아내도 마찬가지다. 남편만 믿고 먼 미국 땅으로 건너와서 온갖 궂은일을 다했다. 세탁소에서 나와 똑같은 시간을 일하고도 가게 문을 닫고 집에 들어가면 씻을 틈도 없이 부엌에서 내 저녁상을 차렸다. 내가 피곤한하루였다며 TV를 틀어놓고 맥주 캔이나 홀짝거릴 동안에.

딸아이의 등하교도 모두 아내 몫이었다. 차로 데려다주고 차로 데리러가고 다시 세탁소로 돌아와 나와 함께 일하고 같이 가게 문을 닫았다. 그리고 집에 돌아와서는 변함없이 나와 아이를 위해 저녁밥을 차렸다.

일요일 골프를 제외하곤 개인적인 유희에 시간을 할애하지 않았다고?일요일에 아내는 뭘 했더라? 청소와 빨래 같은 밀린 집안일들이었다. 빨래? 세탁소에서 일하는 사람이 쉬는 날에 밀린 빨래? 참 기가 막힌 얘기다.

세탁소를 운영하며 아프지 않은 곳이 없었다고 했지만, 아내도 늘 아프다는 말을 입에 달고 살았다. 내가 귀담아듣지 않았을 뿐.

캘리포니아 차량 등록국(DMV)에 운전면허증을 갱신하기 위해 갔을때 아내의 지문이 제대로 읽히지 않아 몇 번을 반복해 시도했던 기억이 있다. 온갖 약품과 세제, 그리고 궂은 집안일로 지문마저 닳아 지워졌던 것이다. 객관적으로 봐도 가족을 위해 헌신적으로 산 사람은 나라기보다는 오히려 아내 쪽이었다. 그리고 멍청하게도 나는 그걸 아내가 세상을 떠난 후에야 깨달았다. 고생만 하며 살았는데도 불평 한마디 없던, -아니 한두 마디 불평은 했었지만 심각하게 바가지를 긁지는 않았던- 착한 아내 덕에 난 내가 좋은 남편이었다고 스스로 착각하며 산 것이다.

아내가 원했던 일은 사사건건 특별한 이유도 없이 반대하기 일쑤였고 고양이를 기르고 싶다는 아주 작은 바람조차 외면했을 뿐 아니라 오늘까지 제대로 기억조차 하지 못했다. 아내가 다시 태어나도 나와 결혼할 거라니, 그런 무모한 자신감은 어디서 나왔던 거람? 지금 암으로 죽어서 저승에 가면 아내가 만나주지도 않을 거란 생각이 들었다. 가슴 한구석이 아려왔다.

라디오에선 비틀스의 When I'm Sixty Four 마지막 소절이 흐르고 있었다. 아내는 64세가 되기 훨씬 전에 세상을 떠났다. 아내는 64세가 되어도 변치 않는 사랑으로 챙겨주고 지켜줄 기회를 나에게 주지 않았다.

그리고 64세가 된 나는 곁에서 변함없는 사랑으로 지켜줄 이도 없이, 암으로 쓸쓸하게 죽어가는 몸이 되고 말았다. 인생은 잘 살아도 후회, 잘 못 살아도 후회. 후회와 변명 없는 무덤이란 없다지만 최소한 죽기 전에 후회 몇 가지 아니, 한 가지만이라도 지울 수 있다면 내 인생의 값어치는 그만큼 더 올라가는 것 아닐까? 자랑할 거리는 없어도 그나마 살아볼 만한 인생이었다고 말할 수 있지 않을까?

아내는 이미 이 세상 사람이 아니기에 내가 아내를 위해 더 해줄 수 있는 것은 없다. 죽어가는 내가 이미 죽은 아내를 위해 뭘 더 할 수 있겠는가? 그렇지만, 그렇지만 죽기 전에 아내가 생전에 원했던 것 한 가지쯤은 내가 대신해줄 수 있는 게 있을 거란 생각이 들었다.

후진 기어를 넣어 차를 뺀 뒤 힘차게 액셀러레이터를 밟으며 결심했다. 그래. 고양이를 기르자!

2

"고양이 입양을 원하신다고요. 이쪽 서류를 좀 작성해주시겠습니까?"

유기 동물 보호소의 남자는 조금 딱딱한 어투로 나에게 영어로 된 서류를 내밀며 말했다. 뚱뚱한 체구 때문에 조금 끼는 듯 보이는 짙은 초록색 셔츠 위에 잔뜩 엉겨 붙은 동물들의 털이 이 남자의 직업을 설명해주고 있었다. 왼쪽 가슴에는 Sam Smith라는 이름의 명찰이 붙어 있었다.

남자가 내민 서류는 나의 간단한 신상명세를 적는 것부터 시작해서 왜 고양이를 입양하려 하는지, 고양이의 발톱을 영구 제거할 생각이 있는지, 고양이가 집에 혼자 있는 시간이 하루 중 얼마나 되는지 등등의 시시콜콜한 질문들도 많았다.

조금 귀찮기는 했지만 왜 이런 것들을 물어보는지 이해할 수 있었기에 꼼꼼하게 적어나갔다. 수술 전 병원에서 작성했던 서류들에 비하면 이건 아무것도 아니니까.

수술은 성공적이었다. 성공적이었다고는 해도 큰 수술이었다. 일찍 발견되어 운이 좋다던 수술 전 의사의 말과는 달리 막상 배를 열어보니 암의 진행 상태는 이미 3기로 더 심각했다. 췌장의 80%를 제거했고 비장은 완전히 들어냈다. 극히 일부지만 간과 담관도 절제해내야 했다. 그 덕분에 회복도 더뎠다. 무엇보다 힘든 것은 식사였다. 워낙에 뱃속을 헤집어 놓은 대수술이다 보니, 뭘 먹으면 뱃속에 극심한 통증이 따라왔다. 식사하는 것이 겁이 날 정도였다.

제대로 먹지 못하면 몸은 더 쇠약해지고 그만큼 회복도 더 느려질 수밖에 없기에, 진통제를 먹어가면서라도 식사를 해야 했었다. 힘겨운 나날들의 연속이지만 이젠 짧은 거리라면 혼자서 운전을 하고 다닐 정도로는 호전됐다.

물론 이미 림프관을 통과한 암세포는 여전히 내 혈관 속에 남아 다른 기관으로의 전이를 노리고 있을 게다. 그래도 나는 아직 살아있고 고양이를 입양하겠다는 결심을 실천으로 옮기기 위해 세탁소 근처의 제법 규모가 큰 유기 동물 보호소에 와있다. 어쩌면 나는 그 일을 죽은 아내와 새로 맺은 약속이라 여기고 있는지도 모르겠다.

작성을 마친 서류를 무표정한 얼굴로 훑어보던 남자는

"그럼 안에 들어가서 고양이들을 보시겠습니까? 이번 주는 저희 시설로 많은 고양이가 들어와 있어서 선택의 폭이 좀 있을 겁니다."라며, 열쇠 꾸러미를 들고 무겁게 몸을 일으켰다.

나는 손을 가로저으며 말했다.

"그럴 필요는 없습니다. 이 시설에서 제일 나이 많은 고양이를 주십시오."

"네?" 남자는 안 그래도 커다란 눈을 더 크게 뜨며 물었다.

"이 시설에서 제일 나이 많은 녀석을 입양하겠습니다. 그게 제가 원하는 겁니다. 성별은 상관없습니다. 제일 나이 많은 녀석이면 됩니다."

남자는 여전히 휘둥그레진 눈으로 한동안이나 나를 쳐다보다가 입을 열었다.

"선생님은 좋은 분이군요."

남자는 처음의 무뚝뚝함과 달리 부드러운 말투로 말을 이었다.

"대부분 제일 어린 녀석이나 제일 예쁘게 생긴 녀석을 원하거든요. 나이 든 녀석 데려가 봐야 귀여울 일보다 귀찮을 일이 더 많은 게 사실이니까요. 선생님은 버려진 녀석들의 처지를 잘 이해하고 계신 분이란 생각이 드네요. 선생님 같은 분이 더 많이 계신다면 좋을 텐데요. 그럼 오늘 선생님 댁으로 갈 그 운 좋은 노인네가 누구인지 좀 찾아보겠습니다. 여기서 잠시만 기다려주십시오."

남자는 열쇠 꾸러미와 커다란 장부를 들고 느릿느릿 사무실 밖으로 나갔다. 갑자기 뜬금없는 윤리관이 내 양심을 찔렀다.

'난 좋은 사람이 아니에요. 언제 죽을지 모르는 암환자랍니다. 그래서 어린 녀석을 데려갈 수 없는 것뿐이에요. 내가 그 녀석보다 먼저 죽을지도 모르니까요. 내가 3기 췌장암 환자로 큰 수술을 받은 뒤 항암 치료를 앞두고 있는 사람이라 솔직히 밝히면 입양인으로 부적격 판정을 받을까 봐 사실대로 말할 수는 없습니다. 미안해요.'

내 마음속의 양심은 그렇게 고해성사를 하고 있었지만 다른 마음의 한구석에서는'내가 암환자라는 게 뭐 어때서? 그러니까 알아서 나이 많은 녀석을 데려가겠다는 거지. 어쨌든 나로 인해 그 녀석은 새 보금자리를 찾을 수 있는 거잖아.'라며 애써 항변하고 있었다.

스스로에 대한 질책과 위로를 반복하며 마음속의 갈등으로 인해 편두통이 느껴질 무렵, 남자가 사무실 문틈으로 고개를 내밀고 말했다.

"마침 나이가 제법 많은 고양이가 있는데요, 그냥 성묘가 아니라 정말 나이가 많은 고양이입니다. 괜찮을까요?"

나는 고개를 들어 일부러 남자와 눈을 마주친 뒤 그게 바라는 바라고 말하듯 힘주어 고개를 끄덕였다. 남자 역시 말없이 고개를 한 번 끄덕이고는 사무실 밖으로 사라졌다. 사무실엔 다시 설렘과 두려움이 뒤엉킨 복잡한 심경과 정적만이 남았다.

시간이 얼마나 흘렀을까. 남자는 고양이 한 마리가 담긴 이동장을 들고 다시 사무실에 들어섰다. 이동장 안에는 척 보기에도 나이가 많아 보이는 그다지 크지 않은 체구의 고양이가 들어있었다. 남자는 이동장을 옆 테이블 위에 내려놓으며 말했다.

"이 녀석 길에서 포획된 녀석이라 정확한 나이는 모르지만, 치아 상태와 골격, 모질로 볼 때 대략 12살은 족히 된 나이로 보입니다. 사람 나이로는 예순네 살 정도입니다. 그야말로 할아버지 고양이죠. 게다가 몸 상태도 좋은 편은 아니어서 얼마 못 살지도 몰라요. 정말 이렇게 나이 많은 고양이라도 괜찮겠습니까?"

예순네 살이라고? 이것도 우연의 일치인가? 아니면 필연? 나는 이동장 안의 고양이를 자세히 보려고 허리를 숙이며 "네"라고 나지막이 대답했다.

고양이는 뭔가 굉장히 의아하면서도 불안하다는 듯이 잔뜩 경계하는 표정으로 몸을 웅크린 채, 주변을 둘러보고 있었다. 남자는 그런 녀석의 모습을 보면서 만면에 웃음을 띠고 말했다.

"이 녀석 사실 오늘로 여기 들어온 지 6일째에요. 내일이면 안락사될 일 순위 운명이었지요. 선생님 같은 분 덕택에 좀 더 오래 살게 되었네요. 이런 시설에서 일하다 보면 동물들의 죽음을 무던히도 목격하게 되고 또 그런 만큼 무뎌지는 것도 사실이지만, 우리도 어디까지나 동물을 위해 일하는 사람들이에요. 시설에서 일하는 사람으로서 선생님께 감사드립니다. 이 녀석 스스로도 죽는 거라 생각했던 것 같아요. 동물들도 본능으로 대충 알거든요. 그런데 여기 와있으니 상황 판단이 안 돼서 적잖이 당황스러운 모양입니다. 허허."

나는 말하지 않은 사실 때문에 마음 한구석에 켕기는 부분이 있어 일부러 대답하지 않고 고양이의 표정만 살피고 있었다.

남자는 장부를 다시 캐비닛에 넣으며 말을 이었다.

"이 녀석 길에서 포획됐을 때 목걸이가 있었어요. 집에서 기르던 고양이란 얘기죠. 하지만 포획 당시 상태는 길에서 생활한 지 상당히 오래된 것으로 보였어요. 최소한 2~3년? 집 밖으로 나왔다가 길을 잃었거나 아니면 주인에게서 버림받았는지도 모르죠."

"기르던 고양이를 버려요?"라는 내 질문에 남자는 어깨를 으쓱하며 이런 시설에서 일하다 보면 흔히 접하는 이야기라고 대답한 뒤,

"한 가지 아시고 계셔야 할 사실이 있는데요. 이 녀석 여기 큰 흉터 자국, 보이시죠? 상처 부위의 형태로 유추해 볼 때 코요테 같은 들짐승에게 습격을 당한 것 같은데 치료를 못 받은 채 겉의 상처만 아물어 버려

서 거동이 좀 불편합니다. 그 점 감안해주셔야 합니다. 아, 그래도 화장실 정도는 혼자 다니고 보행에도 큰 문제는 없으니 걱정하지 마시고요."라며 남자는 비닐 백에 담긴 낡은 고양이 목걸이를 건넸다.

목걸이에는 작은 하트 모양의 펜던트가 달려 있었다. 자세히 보니 뒷면에 Peter Pan 이라고 쓰여 있었다.

"피터 팬?"

피터 팬이라는 단어가 입 밖으로 나오자 고양이는 그에 반응하듯이 갑자기 고개를 들어 나를 바라봤다.

나는 그런 녀석의 반응을 보며 말했다. "이 녀석의 이름이었던 모양이군요."

"네? 아, 예. 아마 그 녀석의 이름이었던 모양입니다. 영원히 나이 들지 않는 소년 피터 팬이라니, 저라면 차라리 후크 선장이라 지었겠어요. 산전수전 다 겪었을 이 녀석과 더 어울린다고 생각되지 않나요? 남자답고. 하하하"

내가 따라 웃지 않고 멍하니 쳐다보자 남자는 곧 표정을 고치며 말했다.

"뭐 이제 선생님 댁으로 갈 녀석이니 이름은 자유롭게 선택하세요. 이 목걸이는 필요 없으시면 저희가 여기서 버려드릴 수도 있습니다. 아, 이쪽 서류에 서명 부탁드리고요."

나는 서류에 서명한 뒤 "이건 제가 챙겨 가겠습니다."라고 말하며 목걸이가 담긴 비닐 백을 외투 주머니 안에 넣었다. 남자는 차에 싣는 걸 도와주겠다며 이동장을 번쩍 들고 말했다.

"좋은 신사분 덕택에 네 나이에 새 삶을 찾았구나. 행복하게 잘 살아라. 선생님도 이 녀석 많이 귀여워해 주십시오. 이 녀석 이렇게 늙었어도 순종 아비시니안이거든요. 이런 장소에선 좀처럼 보기 힘든 품종묘죠."

집으로 돌아오는 길을 운전하면서 이 녀석을 집으로 데려가는 지금, 이 순간이 아내의 살아생전이었다면 얼마나 좋았을까, 하는 생각을 했다. 왜 진작 실행에 옮기지 못했을까.

아내가 이 녀석을 보고 좋아하며 활짝 웃는 얼굴을 상상해 보았다. 물론 상상 속의 아내는 지금의 내 나이보다 훨씬 더 젊다. 난 아내의 40대까지의 얼굴만 기억할 수 있다. 그보다 더 나이 든 모습은 본 적이 없으니까. 그것은 나에게 축복일까 아니면 슬픈 넋두리일까.

집에 도착해 이동장을 열자 녀석은 곧바로 소파 밑으로 도망쳐 버렸다. 불편한 몸으로 뒤뚱거리는 동작이었지만 내가 생각했던 것보다는 훨씬 빠른 몸놀림이었다.

나는 딸아이에게 전화를 걸었다. 고양이를 데려온 사실을 보고하기 위해서다.

딸아이는 수술 때 휴가를 내고 캘리포니아에 와서 나의 간병을 해주었고 퇴원 후 어느 정도 회복이 진행되자 뉴욕으로 돌아갔다. 그러면서 나에게 일주일에 세 차례 방문하는 간병인도 붙여주었다. 고마운 일이다. 딸아이는 내가 고양이를 키우겠다는 이야기를 했을 때 아연실색했었다. 본인 몸 치료에만도 여념이 없어야 할 환자가 뜬금없이 고양이를 기르겠다니 상식적으로도 납득이 안 될 수밖에 없었겠지.

죽은 엄마의 소원이었고 못난 아빠가 어떤 마음으로 기르려고 하는지 알기 때문에 대놓고 반대하지는 못하지만, 딸아이가 못마땅한 반응을 보이는 것은 일견 당연한 일이었다.

　가장 나이가 많은 고양이를 데려왔다는 얘기에도 목소리에 근심이 가득하다. 나에게 무슨 일이 생긴다면 고양이를 좀 부탁한다고 하자 딸아이는 짜증이 난 목소리로 늙은 고양이보다도 먼저 죽으면 장례도 안 치러줄 거라 으름장을 놓았다. 수화기 너머로 어떤 표정을 짓고 있을지 대충 짐작이 갔다. 미안하고 고맙다는 말과 함께 전화를 끊은 뒤 외투 주머니에 들어있던 낡은 목걸이를 꺼내 식탁 위에 올려놓았다.

　피터 팬. 사실 다른 이름을 따로 생각해놓기는 했으나 피터라는 이름에 반응을 보였으니 녀석의 이름은 그대로 피터라고 부르기로 했다. 녀석 정도로 나이를 먹었고 오랫동안 한 이름으로 불렸다면 이제 와서 새로운 이름을 지어 부르는 게 더 부자연스럽다는 생각에서였다.

　피터는 불과 하루 만에 소파 밑에서 나와 집안을 탐색하고 돌아다녔다. 나와 눈이 마주쳐도 더 이상 도망치지 않았다. 확실히 누군가의 집에서 자랐던 집고양이가 맞다. 인간에 대한 경계심도 많지 않고 인간이 사는 '집'이란 환경에 제법 익숙해 보였다.

　다음날, 아침에 일어나 사료를 그릇에 부어주자 소파 위에 누워있던 피터는 몸을 일으켜 뒤뚱거리는 걸음으로 내 발치로 오더니 힘겹게 몸을 비틀어 벌러덩 드러누웠다. 나의 관심을 끌기 위한 친밀감의 표현인가? 알 수는 없지만, 지금의 행동은 거동도 불편한 이 나이 든 녀석이 전력을 다해 새로운 동반자가 된 나에게 내미는 인사의 손길이라 느껴졌다.

조금 머뭇거리던 나는 "그래 뭐, 서로 간에 잘 지내보자."라고 말하며 누워있는 피터의 배를 쓰다듬어 보기 위해 어색한 몸짓으로 손을 내밀었다. 그러자 녀석은 내가 무슨 해코지라도 하는가 싶은지 화들짝 놀라더니만 몸이 불편하다는 사실이 의심스러울 정도로 재빠르게 소파 밑으로 숨어버렸다.

뭐지? 먼저 와서 배를 뒤집어 내보인 건 저 녀석인데 갑자기 나를 가해자 취급하는 귀염성 없는 저 태도는? 내가 뭘 잘못했나? 도대체 저 늙어버린 피터 팬은 소파 밑에서 어떤 모습을 하고 있을까? 몸을 숙여 엎드린 자세로 소파 밑을 들여다보려 했지만 아직은 그런 자세를 잡기가 어렵다.

나는 녀석이 숨어있는 소파 위에 무거운 몸을 묻으며 한숨을 한 번 내쉰 후, 오랜만에 아내에게 마음속으로 말을 걸었다.

'여보. 내가 과연 당신 없이 이 고양이라는 생물을 기를 수 있을까?'

내가 피터를 처음으로 품 안에 안아 볼 수 있게 된 것은 그로부터 이틀이 더 지난 뒤의 일이었다.

3

우리 집에 온 지 단 며칠 만에 집안 구조에 완벽하게 익숙해지며 쉽게 자리를 잡은 피터는 내 마음속에도 너무나 쉽게 그리고 빠르게 자리를 잡아갔다. 죽은 아내와의 약속을 지키는 심정으로 데려온 녀석이었기에 처음 얼마간은 여러모로 신경을 쓰기는 했지만, 솔직히 피터에게 일부러 정을 붙여 보려고 노력을 기울이지는 않았다. 그럴 필요가 없었다. 집안에서 기적도 없이 나타났다가 사라지는 이 고양이란 동물은 기적도 없이 내 마음 한구석으로 발을 들이밀더니 지금은 아예 내 심장을 통째로 차지하고 앉았다. 나의 무지함이나 서투름조차 너무나 쉽게 과거의 일로 만들어 버렸다. 어쩐지 고양이를 좋아한다는 것은 사람이 결정하고 선택하는 것이 아니라 고양이에게 그렇게 할 수 있도록 허락을 받는 것이란 느낌마저 들었다.

피터는 내 무릎 위에 올라와 앉아있는 걸 좋아했다. 그렇게 믿었다. 그런데 어딘가에서 개는 당신의 무릎이 좋아서 올라와 앉아있는 것이지만 고양이는 단지 당신의 무릎이 따뜻해서 올라와 앉아있는 것일 뿐이란 이야기를 읽고 한참 웃었다. 그 말대로 내가 착각한 것인지도 모른다.

피터가 내 무릎을 좋아한 게 아니라 피터가 내 무릎 위에 와 있는 것을 내가 혼자 좋아한 건지도. 물론 그런 이야기를 쓴 사람도 고양이에게 직접 물어본 것은 아니니 누가 맞는 것인지는 모를 일이다. 하지만 누가 맞던 그게 무슨 대수이랴. 나와 피터가 둘 다 싫어하지 않고 함께 체온을 나눌 수 있으면 그걸로 된 거 아닌가.

성묘가 된 고양이의 1년은 사람의 세월로는 4년이 지나간 것과 같다고 한다. 사람과 비슷한 시간대마다 끼니를 먹는 동물이 실제 먹는 나이는 사람의 네 배 속도라니 너무 가혹하다. 입양할 때 나와 비슷한 또래였던 피터가 시간이 흐를수록 나보다 연상이 되어가는 셈이다. 솔직히 피터를 입양하며 늙은 고양이와 암으로 죽어가는 나, 둘 중에 누가 더 오래 살아남느냐는 오기 같은 감정이 있었던 것도 사실이다. 하지만 그런 감정은 피터가 나보다 더 빠른 속도로 나이를 먹어간다는 사실을 깨달으면서부터 나도 모르게 피터가 내 곁을 너무 일찍 떠나면 어떡하나, 하는 불안감과 초조함으로 바뀌게 되었다.

그런데 정작 피터는 그런 내 마음을 아는지 모르는지 그 잔인하리만큼 빠른 시간의 흐름에 전혀 조바심을 내지 않고 진지하고도 충실하게 뭘 하는가 하면, 아무것도 하지 않는다. 밥 먹고 배변하고 잠자는 시간을 빼면 하루의 태반은 정말 아무것도 하지 않으면서 보내는 것 같다.

죽음을 향해 하루하루 발걸음을 옮기는 나이에 어디서 그런 마음의 여유가 나오는지, 자기 주변의 시간이 어떤 속도로 흘러가든 이 녀석은 철저히 마이 페이스다.

마치 불안하고 초조한 마음에 서두른다고 해서 하루가 25시간으로 늘어나 주는 것은 아니라는 듯.

나도 녀석의 페이스에 녹아들어 보기로 했다. 나는 피터 곁에 그저 앉아서 아무것도 하지 않는 시간을 즐겨본다. 늘 무언가에 쫓기듯 조바심 속에 살아가던 나는 피터에게서 여유를 배운다. 그리고 느리게 살아가는 법을 배운다.

피터가 나에게 준 선물은 마음의 평안만은 아니다. 딸아이도 피터의 영향 때문인지 고양이를 한 마리 입양했다. 물론 피터와는 달리 작고 귀여운 아기 고양이다. 그 때문에 딸아이와의 대화도 많이 늘었다. 내 병세를 걱정하는 대화도 많지만 고양이 이야기로 꽃피우는 대화가 훨씬 더 많은 편이다. 여러 가지 대화를 나누고 있다 보면 새삼스레 서로를 더 알아간다는 느낌마저 든다.

내가 딸을 위해 희생하는 삶을 살았다고 생각하듯이 딸아이도 나를 위해 자신이 원하던 것을 희생했던 순간들이 틀림없이 있었을 것이다. 내가 불만을 골프로 달래며 흘려보냈듯이 딸아이도 미처 말하지 못한 불만들을 어딘가로 흘려보냈겠지. 어쩌면 아직도 쌓아두고 있을지 모를 일이다. 이제 와서 그것들을 바로잡아보려 애쓰고 싶지는 않다. 지금 다시 일일이 꺼내어 놓기엔 그동안 서로가 쌓은 세월의 무게가 만만치 않을 터이다. 흘러간 것은 흘러간 대로 내버려 두고 지금 현재의 순간을 소중히 하고 싶다. 딸아이가 대학 진학을 위해 내 곁을 떠난 이래 요즘처럼 가깝게 느껴진 적이 없었다. 그걸로 좋은 거다. 충분히 행복한 거다. 그리고 그 행복은 피터가 나에게 준 또 하나의 선물이다.

수술 후 나는 항암 치료를 받지 않기로 했다. 삶을 포기한 것은 절대 아니다. 다만 내 삶의 마지막 여백을 고통스러운 투병 일기로만 채워 넣다가 끝내고 싶지 않을 뿐이다. 항암 치료를 받지 않겠다는 나의 결심에 딸아이도 처음엔 펄쩍 뛰었으나 곧 길지 않을 여생을 전장에 선 투사처럼 부대끼며 살기보다는 고양이처럼 평화롭고 느리게 살고 싶다는 내 마음을 이해해줬다.

인생은 하루하루 살아갈 날이 줄어간다는 사실과 마주하는 것이다. 태어난 그 순간부터 그렇다. 따지고 보면 생명은 평생을 죽음을 향해 죽음의 그림자와 함께 간다. 탄생의 그 순간 죽음을 향해 한 발자국 내딛는 것이다. 그런데 이 나이에 와서 무엇이 더 아쉬워 발버둥을 친단 말인

가. 죽음이 두렵지 않다면 거짓말이겠으나, 나는 내 병을 치유하기 위해 발버둥 치기 보다는 지금 내 삶의 소중하고 값진 것들을 좀 더 눈으로 보고 귀로 들으며 손으로 만지고 마음으로 느끼고 싶다. 그리고 만남보다 헤어짐이 당연한 나이에 와서야 인연을 맺을 수 있었던 늙은 고양이와 조금이라노 더 많은 시간을 함께 보내고 싶다.

통조림이 발명된 것은 1810년경인데 깡통따개가 발명된 것은 그보다 훨씬 나중인 1858년경이라고 하는 이야기를 떠올렸다. 통조림보다 그걸 여는 깡통따개가 늦게 나왔다니 뭔가 이상한 듯싶지만, 정작 중요한 것은 조금 늦게 나온다는 느낌이 드는 이야기다.

인생도 마찬가지여서 중요한 것은 조금 늦게 찾아오는지도 모르겠다. 그러고 보면 피터와 내가 노년이 되어서야 서로 만나게 된 것이 결코 우연은 아닌 듯 느껴진다.

노년이 될 때까지 고집스럽게 고양이를 기르지 않던 한 남자와 어렸을 때부터 다른 사람의 손에 길러졌던 집고양이가 어느 날 갑자기 유기 동물 보호소 같은 장소에서 만나게 될 확률이 얼마나 되겠는가? 필연의 이유를 갖다 붙이자면 한이 없겠지만 나에게나 피터에게나 우린 삶의 끝자락에서 서로가 서로에게 가장 중요한 인연이었다는 사실만은 부정할 수 없을 것 같다.

나와 피터는 아직 살아있다. 우리 둘이 함께 부르기 시작한 When I'm Sixty Four는 아직 끝나지 않았다. 얼마 살지 못할 거란 피터와 췌장암 3기 환자인 나에겐 새롭게 주어졌던 날들과 앞으로 주어질 그 하루하루는 모두 인생에 덤으로 얻는 선물 같은 나날들이기에, 언제 끝난다 해도 더 가슴 아파할 일도 억울할 일도 없다. 그럼에도 불구하고 사람의 욕심이란 끝이 없는가 보다. 그런 나에게도 세 가지 희망 사항이 생겼다.

죽어서 저승에 가면 반려동물이 먼저 마중 나온다는 이야기가 있다. 난 그 이야기를 무척이나 좋아한다. 언젠가 내가 저승 입구에 도착했을 때 피터가 마중 나와 있기를 기대해본다. 그냥은 저승에서 나를 만나줄 리 없는 아내가 피터 녀석과 함께 간다면 못 이기는 척 만나줄 것 같은 기분에서다. 그래서 난 내가 피터의 마지막 순간을 지켜봐 줄 수 있길 희망한다. 그것이 첫 번째.

난 언제부턴가 죽는다는 건 결국 영원히 안식을 취할 집으로 가는 일과 다름없다고 생각하게 되었다. 그리운 아내와 피터가 기다리고 있는, 아내가 구워준 베이컨 향이 풍겨오는 집으로. 피터의 생각은 나와 조금 다를지도 모르겠다. 피터가 저승에서 만나고 싶은 인연은 나일 수도, 어쩌면 내가 모르는 또 다른 인연일지도 모른다. 나는 피터가 저승에서 마중 나가고 싶어 하는 그리운 인연들 속에 내가 꼭 끼어 있기를 희망한다. 그것이 두 번째. 앞서 말했듯이 그래야 아내가 저승에서 못 이기는 척 나를 만나 줄 테니까.

그리고 마지막 세 번째로 희망하는 것은, 나와 피터가 함께 부르고 있는 지금, 이 순간의 When I'm Sixty Four를 가능하다면 조금 더, 아주 조금만이라도 더 오래 부를 수 있기를. 나와 피터는 오늘도 우리들만의 When I'm Sixty Four를 부른다.

피터 영감님, 저 기억하세요? 저 킷캣이에요. 전 이상하게 아직도 피터 영감님

이 살아있다고 느껴져요. 어젯밤에는 피터 영감님을 꿈에서 봤어요. 영감님이 어

떤 남자의 무릎 위에 누워있었고 남자는 어쩐지 슬픈 표정으로 노래를 부르고 있었

답니다. 알아들을 수는 없었지만 지독하게 못 부르는 노래였어요. 그런데도 영감님

은 너무도 행복한 표정을 짓고 계셨죠. 그런 영감님의 표정은 처음 봤어요. 순간 영

감님인 줄 몰랐다니까요. 참 이상해요. 영감님이 갈래길에서 돌아가셨다고 생각

한 지 수년의 세월이 흘렀는데 이제 와서 그런 꿈을 꾸다니 말이에요. 저도 그사이

제법 나이를 먹어버렸네요.

　　삶이란 밤하늘에 흩어진 별처럼 무수히 많은 인연들이 떠다니는 신비로운 바다

같아요. 그 무수히 많은 인연들 가운데 특별히 연결되어 서로의 이름을 부르는 일

이 생기는 것은 얼마나 기적같이 멋진 일이에요? 그래서 전 이 세상에 나쁜 인연

은 없다고 생각해요. 인연을 나쁘게 만드는 것은 그 인연을 헛되게 망쳐버리는 이

들의 행동이 나쁜 거지 인연 자체가 나쁜 것은 아니라고요. 인연 이야기가

나와서 말인데 고양이 소개소 이야기, 기억하시나요?

저는 고양이 소개소가 그렇게 망쳐지는 인연이 없도록 올바른

인연을 연결해주는 존재라 믿게 되었답니다.

어제 꿈을 꾼 이후론 혹시 영감님도 고양이 소개소를 통해 삶의 뒤안길에 기다리고 있던 소중한 인연을 찾아간 게 아닐까, 하는 생각이 들어요. 단순히 저의 희망 사항인지는 몰라도 영감님께 폐가 되지 않는다면 전 그 희망을 소중히 접어 가슴속에 믿음이란 이름으로 묻어두렵니다.

인간들은 살아있으면 언젠가 다시 만날 거란 말들을 곧잘 하나 봐요. 우리 고양이들도 살아있으면 언젠가 다시 만나는 일이 올까요? 우리 고양이들은 인간과 달리 사실 죽어서야 다시 만날 수 있는지도 모르겠어요. 평생을 집안에서만 사는 경우도 있는 데다 인간처럼 어디 있다고 소식을 전할 수도, 인간처럼 자유롭게 이동이 가능한 것도 아니니까요. 그래도 죽음이란 것이 어쩔 수 없이 찾아오는 정해진 것이라면, 우리가 다시 만나는 일도 정해진 일이라 생각할 수 있지 않나요? 그렇게 생각하면 '죽음'이 꼭 두려운 것만으로 여겨지진 않는 것 같습니다. 그때 영감님을 다시 만나면 영감님의 인연 이야기를 들려주세요. 저도 더 이상 자기 이름도 모르는 어린 고양이가 아니기에 들려드릴 이야기가 산처럼 쌓여있어요. 우선 지금 저와 함께 살고 있는 집사 이야기를 해드릴게요. 영감님께 잔뜩 자랑하고 싶을 만큼 정말 좋은 사람이랍니다.

제10화

존재의 이유

외롭고 두려운 심정은 털과 털, 피부와 피부,
또는 털과 피부가 맞닿음으로써 위로된다.

- 폴 갈리코

송환 7일 전

우주 정거장 히딩크 KS45의 창문으로 내다보이는 붉은 별 화성.

언제나 변함없는 풍경이기에 더욱 삭막하게 느껴지는 별이지만 어느덧 4년의 의무 근무 기간을 마치고 지구로의 복귀를 일주일 앞둔 이곳의 팀장 김정환은, 최근 창밖의 화성을 볼 때마다 인류의 미래를 위해 일한다는 자부심으로 고독과 싸우며 지내온 지난 4년의 무게를 느껴 만감이 교차한다. 오늘도 화성을 물끄러미 바라보고 있는 김정환에게 후배 이기현이 말을 건다.

"팀장님. 그렇게 화성이 좋으면 제가 팀장님 대신 지구로 돌아가 줄 수도 있는데 말입니다. 바꾸시죠? 팀장님이 떠나면 화성이 쓸쓸해 할 거라고요. 저는 팀장님처럼 애정 어린 눈빛으로 저 녀석을 봐주진 않을 거니까요."

"제대 앞둔 말년 병장에게 이등병이 계급장 바꿔 달자고 하면 바꿔 주냐?"

"에이, 저도 여기 부임해온 지 2년째인데 이등병은 좀 심하지 말입니다."

"네 말투는 딱 20세기 이등병이다."

미국의 주도하에 다국가가 참여했던 달 유인 탐사 계획, 아르테미스 프로젝트가 괄목할만한 성과를 거둔 2028년 이후, 전 세계는 자국만의 우주 정거장을 경쟁처럼 건설하기 시작했고 우주 산업의 후발 주자인 대한민국도 선진국의 인적 자원과 기술을 발 빠르게 받아들여, 2035년 마침내 첫 한국 단독 우주 정거장 히딩크 KS35를 지구 궤도에 진입시켰다.

이후 한국의 우주 산업은 눈에 띄게 성장했고 10년이 지난 2045년엔 KS45라는 화성 우주 정거장을 완공했다. 정책적으로 시기를 맞춘 면도 없지 않지만, 광복 100주년에 완공된 화성 우주 정거장이라는 의미에서 한국인들의 환호와 기대도 대단했다.

지금은 그로부터 또 10년이 지난 2055년. 한국은 이미 세계에서 네 번째로 달기지를 완공했고 화성에도 전초기지를 세우기 위해 박차를 가하고 있다.

정환과 기현은 바로 그 화성 개발계획을 위해 이 우주 정거장 KS45에 파견 나와 있는 우주 연구원 팀이다.

기존의 우주 정거장은 무중력 상태의 환경이었지만 새로 개발된 이 히딩크 KS45는 지구의 중력을 완벽히 재현하고 있는 우주 정거장으로써, 인공 지능 컴퓨터 '쉴라'의 통제 아래 모든 업무가 진행되고 있다.

우주 연구원의 이곳 근무 기간은 4년.

정환은 이 우주 정거장에 부임한 지 올해 꼭 4년째로 곧 지구에 복귀한다.

후배인 기현은 2년 전에 부임했고 이번에 정환이 타고 가게 될 복귀선에는 지구에서 정환의 뒤를 이을 새로운 우주 비행사가 올 것이다.

인공 지능 컴퓨터 '쉴라'는 정환과 기현의 건강 상태를 으뜸으로 여긴다.

매일 규칙적인 운동 프로그램을 짜놓는 것은 물론이고, 정기적으로 건강 검진을 실시한다. 그 건강 검진이란 것이, 마치 암이라도 생기지 않나 걱정해주듯 신체 기관 하나하나의 건강 상태를 면밀히 체크하는 수준이다. 그뿐만 아니라 식단 관리도 까다로워서, 유기농 재료만을 엄선하여 각종 비타민과 미네랄을 첨가한 후, 소화가 쉽게 되도록 특수 공법으로 농축한 음식이 제공되고 있다. 술은 절대 금지. 하지만 메뉴는 다양해서 김치나 된장, 간단한 나물류에 불고기 같은 한국 음식도 있다. 게다가 맛도 제법 괜찮다. 정환과 기현은 다소 까다롭기까지 한 당국의 건강 배려에 늘 감사하는 마음을 갖고 있다. 그들에게는 보고픈 가족들이 있기 때문에 건강관리가 무엇보다 소중하기 때문이다.

정환과 기현은 일주일에 한 번씩 지구로부터 전송된 가족들의 비디오 메시지를 본다. 그리고 자신들의 메시지를 비디오로 녹화해 지구로 전송한다. 정환에게는 사랑하는 아내 민희와 10살배기 아들 성준이, 그리고 정환이 우주 정거장으로 떠나오기 3년 전에 새로운 가족으로 맞아들인 턱시도 고양이 암스트롱이 있다.

정환 자신도 유치하다 생각하긴 하지만 달에 첫 발자국을 남긴 그 닐 암스트롱의 이름을 따서 정환이 붙여준 이름이다.

기현은 아직도 신혼 기분으로, 아름다운 아내와 기현이 지구를 떠나기 직전 막 태어난 귀여운 딸 정상이가 있다. 여자아이에게 조금 안 어울리는 듯한 정상이라는 이름은 2042년 한국인 최초로 과학 분야 노벨상을 수상한 물리학지 심정상 교수의 이름을 그대로 딴 것이다. 반려동물은 아직 따로 없지만, 정환이 암스트롱에 대한 자랑을 늘어놓는 걸 2년 동안 들으며 고양이 한 마리 키워보는 건 어떨까 심각하게 생각하고 있다. 하지만 그의 가족들은 그 아이디어에 대해 반응이 없는 것 같다.

이곳에서 하는 작업 대부분은 컴퓨터 '쉴라'를 보조하는 것에 지나지 않는다. 화성 표면 위의 무인 탐사선과 드론을 원격 조종해서 대기나 토양의 표본들을 채집하고 쉴라가 관측한 화성의 기후와 궤도의 변화를 포함한 각종 데이터를 지구에 전송해주는 일을 담당한다.

우주 정거장 외부 시설의 보수는 쉴라가 자동시스템으로 해결하지만, 내부에 생기는 결함은 대체로 정환과 기현의 몫이다.

오늘 정환과 기현은 바로 그 내부에 생긴 결함의 보수 공사를 담당해야 한다.

'쉴라'에 따르면 산소 공급 튜브에 손상이 생겼다는 것이다.

"팀장님, 이쪽 튜브에서 산소가 새는 것 같아요. 튜브를 잘라내고 새 것으로 갈아야겠네요. 레이저 커터를 이쪽으로 좀 넘겨주시겠어요? 팀장님?"

멍하니 다른 생각을 하고 있던 정환은 레이저 커터를 넘겨주며 말했다.

"있잖아. 이 우주 정거장 이름은 왜 히딩크 KS45일까?"

기현이 작업 중인 손에서 눈도 떼지 않고 무심하게 대답했다.

"그거야 광복 100주년인 2045년에 화성 궤도 진입에 성공한 우주 정거장이니까 그렇죠."

"아니, 내 말은, 왜 하필 히딩크라는 이름을 썼냐고. 충무나 세종이 아니고."

기현은 정환의 엉뚱한 질문에 잠시 생각을 하다가 대답했다.

"음……, 2002년 월드컵 때 히딩크 감독이 4강 신화를 이뤄냈으니까. 외국 감독을 기용해 좋은 성과를 낸 것처럼 외국 자본과 기술을 일부 이용한 우주 정거장이지만 태극기 아래 좋은 성과를 내고 세계로, 우주로 뻗어 나가는 대한민국이 되자. 만세~~ 뭐, 그런 의미 아닐까요?"

"꿈보다 해몽이 더 좋네. 근데 말이야. 왜 나는 2002년 월드컵이 마치 내가 실제로 겪은 것처럼 생생하지? 난 2019년생이니까 2002년 월드컵과는 꽤 거리가 있는 세대라고. 그런데 그때 광화문 광장에서 직접 응원이라도 한 것처럼 당시의 모습이 생생하게 뇌리에 남아있거든. 이상하잖아."

"팀장님, 전 팀장님보다 일곱 살 더 어리지만 저 역시 그때의 모습을 직접 본 것 같다는 착각이 있어요. 우린 그때 이후로 월드컵에서 그만한 성적을 거둔 적이 없잖아요. 월드컵 때만 되면 그 2002년의 영상들을 밥 먹듯이 우려먹고 있으니 그런 착각이 드는 것도 자연스러운 일이 아닐까요? 도대체 한두 번 봤어야 말이죠."

정환은 기현의 말에 일리가 있다는 생각이 들었다. 2002년 태극전사들의 활약이야 하도 많이 봐서 태어나기도 전에 은퇴한 선수들의 얼굴 하나하나가 다 만나본 적이라도 있는 것처럼 생생하니……

정환은 작업이 좀 무료하다는 생각에 기현을 향해 소리쳤다.

"그냥 일만 하려니 지루하다. 뭔가 음악이라도 들으면서 하자. 쉴라, 루이 암스트롱의 What a wonderful world 부탁해."

쉴라가 차갑지만 익숙한 기계음 목소리로 대답했다.

"루이 암스트롱, What a wonderful world. 재생합니다."

우주 정거장엔 루이 암스트롱의 구수한 목소리가 울려 퍼졌다.

정환은 루이 암스트롱을 무척 좋아한다. 1960년대 초반 우주 산업이 당시 소련과 미국의 집착에 가까운 경쟁 속에서 비약적으로 발전해나가던 가운데, 1961년에 환갑을 맞이한 루이 암스트롱은 나이를 비웃듯 제2의 전성기를 열어젖혔다. 1964년에는 'Hello Dolly!'라는 곡으로 빌보드 차트 정상을 차지하기도 했고 지금 흘러나오는 명곡 'What a Wonderful World'는 1967년에 발표했다. 그리고 2년 뒤인 1969년 7월 20일 닐 암스트롱과 아폴로 11호가 달에 착륙해 인류 최초로 달에 첫걸음을 내디뎠다.

루이 암스트롱은 마치 그것을 보기 위해 마지막 불꽃을 태우며 전성기를 구가했던 것처럼, 2년 뒤인 1971년 닐 암스트롱이 달에 첫발을 디딘 달과 같은 7월, 70세를 일기로 세상을 떠났다. 우주 비행사 닐 암스트롱과 재즈 뮤지션 루이 암스트롱. 같은 시대를 빛냈던 두 암스트롱을 존경하는 정환의 고양이 이름이 암스트롱일 수밖에 없는 이유다. 우주 정거장에 울려 퍼지는 루이 암스트롱의 노래를 기현도 콧노래로 따라 부르고 있었다.

정환과 기현은 우주 정거장 근무로 처음 만난 사이고 나이 차이도 제법 나지만 여러 가지로 잘 맞는다. 둘 다 태어나기도 훨씬 전인 20세기의 올드팝을 좋아하는 것도 비슷하고, 영화 취향도 비슷하다. 달라서 좋은 점도 있다. 정환이 논리적이고 분석적으로 일에 접근하는 반면, 기현은 다분히 감성적이고 직감에 의존한다. 하지만 그렇게 다른 부분이 오히려 일에 있어선 더 시너지 효과를 발휘하곤 한다.

정환은 우주라는 드넓고도 고독한 공간 속에 던져진 우주 정거장 근무에 기현같이 마음 맞는 후배가 온 것은 무척이나 행운이라 생각하고 있다.

단둘이서 4년이나 근무해야 하는 상황에 마음 맞지 않는 동료라니 생각만 해도 끔찍한 일이지 않은가.

정환은 기현의 가족을 슬쩍 챙겨주고 싶은 생각에 말을 걸었다.

"정상이는 어때? 이제 2살이 넘었으니 많이 컸겠네?"

기현은 그리운 듯 잠시 작업하는 손을 멈추며 허공을 응시하다 대답했다.

"엄마를 닮아서 눈이 너무 예뻐요. 그런데 태어나자마자 아빠가 이렇게 멀리 와버려서 나중에 돌아가면 저를 못 알아볼까 봐 두렵죠. 걱정입니다."

"그런데 정상이 이름은 노벨 물리학상 받은 심정상 교수의 이름을 딴 거라 했지?”

“네. 우리 딸도 나중에 아빠를 넘어서는 과학자로 성장해 주길 바라는 의미도 있지만 무얼 하든 늘 정상에 서라는 의미로 그렇게 지었죠. 집 사람은 여자아이 이름에 정상이는 안 어울린다며 극구 반대했지만. 그런데 솔직히 그런 편견이야말로 성차별이라고요. 남자 이름, 여자 이름이 따로 있나요? 의미 좋고 부르기 친근하면 좋은 거지. 이름 충분히 예쁘잖아요. 이정상.”

솔직히 자신도 기현의 아내와 같은 생각이고 그런 논리는 아빠의 이기심에 불과하다는 말이 튀어나올 뻔했으나 꾹 참아 삼키는 정환이었다. 성이 ‘비’씨가 아닌 게 얼마나 다행스러운 일인가 생각하며 정환도 아들 이야기를 꺼내려 했다.

“우리 아들 이름은……”

“엄마의 미모를 닮는다면 연예인이나 모델이 될 수 있지 않을까요? 하지만 아빠 닮아서 머리도 좋을 테니 역시 과학자의 길을 걸으려나? 혹시 알아요? 아직도 과학이 정복하지 못하고 있는 시간 여행을 정복해서 타임머신이라도 개발해낼지. 하하.”

기현에 대한 고마움으로 가족 얘기를 꺼낸 정환이었지만 자신의 아들 얘기는 묻지도 않고 계속 자기 딸 자랑만 하는 기현이 얄미워져서 놀려주고 싶은 마음이 들었다. 게다가 시간 여행 이론은 정환이 가장 견디기 힘들어하는 이야기다. 그런 정환의 생각을 알고 있는 기현도 아차 싶다는 표정을 지었지만 이미 늦은 뒤였다.

“타임머신이라니, 어처구니가 없군. 과거로 가서 이미 일어난 무언가를 바꾸려는 논리는 모순이야. 부모살해 패러독스* 알지? 자신이 태어나기 이전의 과거로 돌아가 부모를 살해하면 그 살해자가 되는 자신의 존재 자체가 불가능해진다는 모순."

"타임머신이 과거나 미래로 시간 여행을 한다는 의미지 꼭 과거의 뭔가를 바꾸겠다는 의미는 아니잖아요."

정환은 기현의 반박에 고개를 저으며 말을 이었다.

"내 말은 시간 여행이란 걸 통해서 과거나 미래로 간다는 행위 자체가 모순이라는 거야. 과거를 먼저 말해보면, 과거에 이미 발생한 지나간 일들은 시간의 정보 속에 이미 각인된 것이지. 바꿀 수 없는 거라고. 그런데 과거로 돌아가서 자신이 존재하지도 않았던 세상에 자신을 존재시킨다면 그것만으로도 이미 과거를 바꾸는 행위가 되어버려. 부모살해 패러독스 같은 존재의 모순들이 도미노처럼 엄청나게 다발적으로 발생한단말이 되는 거야."

기현은 또 시작이냐는 표정으로 한 번 어깨를 으쓱하더니 대답했다.

"그래서 평행 우주나 다중 우주** 같은 이론이 있잖아요."

"그런 건 과학자들이 자신의 모순을 적당히 메워보려고 늘어놓는 변

---

* 자신이 태어나기 이전의 시간으로 돌아가 부모, 혹은 선조를 살해하면 자신의 존재가 모호해지면서 자신의 태어남과 태어나지 않음이 겹치게 된다는 모순. 일반적으로 Grandfather Paradox라고도 부릅니다.

** 평행우주/다중우주: 자신이 속하지 않은 도플갱어의 우주가 존재하고 있어 시간 여행은 우리의 우주와 평행한 혹은 다중으로 존재하는 도플갱어의 우주로 가는 것이라는 가설. 이 경우 평행우주 혹은 다중우주에서 일어난 일은 우리가 속한 우주에는 영향을 끼치지 않으므로 시간여행의 모순을 유발하지 않는다는 주장입니다.

명거리에 불과해. 만화에서나 나옴 직한 얘기들이지."

정환이 집게손가락을 세우고 좌우로 흔들며 단정적으로 말했다.

"그럼 미래를 말해볼까? 미래로의 시간 여행도 마찬가지야. 미래로 가서 무언가 벌어질 일들을 미리 보고 다시 현재로 돌아와서 그것을 바꾼다, 그 말은 미래에 그 일이 이미 벌어졌다는 사실을 인정하는 거잖아? 아직 미래는 일어나지도 않았는데. 결국 미래도 마치 미리 짜놓은 각본처럼 다 정해져 있다는 말로 받아들여질 수 있는데, 이건 시간 흐름의 모순일 뿐 아니라 마치……."

"세상에서 흔히 말하는 운명?"

기현이 뾰로통한 표정으로 마지못하다는 듯 말했다.

정환은 기현의 그런 반응을 알면서도 일부러 과장되게 고개를 끄덕이며 말했다.

"정답! 그런데 과학에서 운명론을 들먹일 수는 없잖아. 그럼 오늘의 운세도 과학이라고. 시간은 한 방향으로만 흐르지. 역행해 되돌릴 수도, 반대로 가로질러 건너뛸 수도 없어. 시간 여행의 개념에서 자꾸 모순이 발생할 수밖에 없는 것은 3차원적인 인간이 4차원의 개념인 시간을 3차원적인 관점으로 해석하려는데 있는 거야. 시간의 흐름 앞에 3차원의 생물인 인간이 할 수 있는 것은 아무것도 없지."

기현은 정환이 말을 마치자 이 설왕설래가 성가시다는 듯 한숨을 한 번 길게 쉬며 말했다.

"팀장님이 시간 여행 이론에 거부 반응 있는 거야 익히 알고 있지만 그래도 타임머신 얘기 한 번에 너무 역정 내시는 거 아닙니까? 건강에 해롭다고요. 오래 사셔야죠. 우리 정상이가 혹시 정말 타임머신 개발하면 그거 보셔야 하니까."

평상시 같으면 시답잖은 언쟁은 거기서 끝이 났을 것이다. 하지만 기현의 마지막 한 마디가 냉철하고 논리적인 정환답지 않게 한 단계 더 나아가게 만들었다.

"그러고 보니 심정상 교수도 타임머신 연구한다고 삽질한 적이 있지. 몇 년 동안 정부 지원금과 후원금만 잔뜩 까먹고 아무런 성과도 내지 못했지. 그것 때문에 배임 혐의로 검찰 조사까지 받은 사건, 자네도 알지?"

기현은 눈을 한 번 흘긴 후 자신의 관자놀이 부분을 손가락으로 두들기며 말했다.

"무혐의로 다 끝난 사건이란 걸 이 머리로 똑똑히 기억하고 있죠. 게다가 모든 연구가 다 투자한 노력과 시간만큼 성과를 낼 수 없다는 점은 과학자라면 누구나 인정하는 현실 아닌가요?"

"그래. 물론 그렇지. 하지만 심 교수께서는 물리학과 크게 상관도 없는 우주 식품 개발에도 열심이셔서 김치찌개, 된장찌개 캔이라던가 불고기 캔 같은 우주에서 먹을 수 있는 한식 개발에도 많은 공을 들였고 난 그가 그 이권에도 적극적으로 개입했다고 봐. 달랑 우주 통조림 몇 가지 만드는데 수년 동안 정부 지원금이 수십억씩 들어갔다는 걸 알고 있나? 물론 죄다, 몽땅, 100% 국민의 세금으로."

"정말이에요? 처음 듣는, 앗! 아야야……."

기현은 작업에서 눈을 뗀 채 손을 움직이다가 레이저 커터에 엄지 쪽 손등을 베이고 말았다. 기현의 찢긴 작업 장갑 사이로 피가 손목을 타고 흥건하게 흘러내렸다. 정환은 놀라 기현 쪽으로 바짝 다가앉으며 말했다.

"이봐! 괜찮아? 조심해야지. 이거 레이저라고. 조금만 잘못해도 손가락이 그냥 날아 가버려. 여기는 내가 마무리할 테니까 어서 응급실로 가봬."

우주복만큼 튼튼한 재질로 만들어진 작업 장갑이 아니었다면 지금쯤 기현의 손가락이나 손목이 바닥에 나뒹굴고 있을 거라 생각하니 정환은 머리가 아찔했다. 이곳은 의사가 따로 상주하지 않기 때문에 응급상황이 생기면 중앙 컴퓨터 '쉴라'가 응급실의 로봇 손을 직접 제어하며 간단한 시술을 한다. 좀 더 심각한 상황이라면 지구로 급히 후송되는데, 화성에서 지구까지의 거리는 평균 7,800만km. 화성의 공전 궤도로 인해 지구와 가장 가까워지는 시기라 해도 5,500만km나 된다. 물론 우주 정거장에서의 직접적인 거리는 화성보다는 좀 더 가깝지만 아무리 빨리 간다 해도 100일이 넘게 걸린다. 때문에 심각한 응급상황은 곧 사망 선고나 다름없다. 그것이 이곳에서 그토록 건강관리와 검진을 까다롭게 하는 이유이고 그것이 이곳의 근무를 더욱 외롭고 두렵게 만드는 이유이기도 하다.

작업을 모두 마치고 한참이 지나서야 기현은 왼손에 붕대를 감고 나타났다.

"좀 어때? 괜찮아?"

정환의 걱정에 기현은 기운이 다 빠진 목소리로 대답했다.

"상처는 괜찮은 것 같은데, 이상하게 몸 상태가 안 좋네요. 오늘은 좀 일찍 쉬어야 할까 봐요."

"난 지구로 보낼 메시지를 녹화하려 하는데, 자넨 어때?"

기현은 고개를 가로저으며 말했다.

"전 다음에 할게요. 이렇게 아픈 모습 보이면 오히려 걱정할 테니까."

"그래. 그럼 나도 내일 자네와 같이하지. 방으로 들어가 봐. 오늘 수고했다."

기현은 괜찮다는 듯, 오른손으로 승리의 V자를 지어 보인 후 방으로 향했다.

송환 6일 전

다음날, 아침 운동 시간에 기현은 모습을 보이지 않았다. 쉬라는 정환의 질문에 기현은 현재 수면 캡슐 안에서 집중 치료를 받고 있는 중이라고 답변했다.

레이저 커터에 손을 베이는 사고는 아찔할 만큼 위험한 사고다. 그래도 수면 상태에서 집중 치료까지 필요한가? 다소 의아한 생각이 들었지만 정환은 이내 대수롭지 않게 넘겨버렸다.

늘 둘이었는데 혼자서 소화하는 일과가 생소하게 느껴지기는 했지만, 오늘의 업무량이 많은 편은 아니기에 베테랑인 정환에게 큰 무리는 없었다. 오히려 업무를 일찍 끝마쳐버린 정환은 혼자라는 무료함을 달래기 위해 적당한 영화를 골라 두 편이나 봐버렸다. 이 적막한 우주에 혼자라는 것은 얼마나 두렵고 쓸쓸한 일인가. 기현의 존재에 정환은 다시 한번 고마움을 느끼며 숙소인 방으로 향했다.

송환 5일 전

오늘도 기현은 모습을 보이지 않았다. 정환은 조금 이상하다는 생각에 치료실의 기현을 찾아갔다. 수면 캡슐 안에는 무언가 공기 방울 같은 것이 떠다니는 액체가 가득 채워져 있었고 그 안에 기현이 의식이 없는 듯 누워있었다. 정환은 치료 방법에 대해 쉴라에게 질문을 던졌고, 쉴라는 이 치료 방법이 '암니오틱 테라피(Amniotic Therapy)'라고 불리는 치료 방법이며, 모태의 양수에서 그대로 이름을 따온 이 치료는 환자가 누워있는 수면 캡슐 안에 양수와 성분이 비슷한 액체를 채워 그 안에 전자파와 초음파를 병행으로 흘려 치료하는 방법이라 덧붙여 설명했다. 산소 공급은 물론이고 뇌파와 심전도, 근전도까지 모두 이 액체를 통해서 공급되고 측정되는 것으로 보였다. 정환은 그 모습이 외상을 입은 사람의 치료치고는 뭔가 야단스럽고 엉뚱하다고 느껴진 한편, 기현의 모습을 직접 보니 안심도 되었다. 수면 상태에서 잠시 깨워 보고 싶었지만 빠른 회복을 위해 안정을 취하게 하자는 쉴라의 조언을 받아들여 그냥 두기로 했다.

어제와 마찬가지로 혼자서 업무를 소화한 정환은 지구로의 복귀날짜가 나흘밖에 남지 않은 상황에서, 더는 가족들에게 보낼 비디오 메시지를 늦출 수 없다는 생각이 들었다. 어차피 각자의 가족에게 보낼 메시지를 따로 녹화할 건데, 기현을 기다려줄 이유가 없다고 여기며 정환은 카메라 앞에 앉아 녹화 버튼을 눌렀다.

"성준 엄마. 잘 지내지? 이제 3일하고 14시간만 지나면 지구로 돌아가.

물론 가는데도 시간이 엄청 걸리니 우리가 실제로 다시 만나려면 넉 달 가까이 더 지나야 하겠지만. 그동안 참아주고 기다려줘서 고마워. 돌아가면 남편 역할 아빠 역할 제대로 한 번 해볼게. 성준이도 거기 있니? 너 엄마 말 잘 듣고 있지? 사춘기 접어들었다고 속 썩이고 있는 거 아냐? 이제 10살? 11살인가? 그래, 아빠 돌아가면 잠실야구장에 꼭 경기 보러 가자. 너 데리고 야구장 가는 게 소원이었거든. 암스트롱도 잘 있나? 암스트롱도 이제 아저씨 고양인가? 설마 나 몰라봐서 도망가는 거 아냐? 요 녀석, 그럼 밥 안 준다? 암스트롱도 보고 싶네. 이 비디오 메시지를 볼 때쯤은 내가 지구를 향해 출발할 때일 거야. 이게 우주 정거장에서의 마지막 메시지일지도 모르겠네. 가기 전에 식구들 비디오 메시지 한번 보고 싶었는데 시간이 안 맞나봐? 그게, 그러니까 서운한 건 아니고, 최근 모습을 보고 가야 못 알아보는 불상사가 없잖아. 그래도 뭐 곧 볼 거니까. 사랑해. 여보, 성준이. 그리고 암스트롱. 모두 지구에서 만나. 우리 집에서.”

정환은 정지 버튼을 누르고 한숨을 한 번 쉰 뒤, 메시지 전송 버튼을 눌렀다. '메시지 전송 완료' 사인이 화면에 뜬 후에도 한참을 자리에 그대로 앉아있던 정환은 느린 동작으로 몸을 일으킨 후 자신의 방으로 향했다.

송환 4일 전

아침 운동 시간엔 오지 않았지만 오전 근무에 드디어 기현이 모습을 보였다. 이틀 동안 얼굴도 비치지 못하고 요양했던 사람치고는 너무나 건

강하고 씩씩한 모습이었다.

"이봐. 꾀병 부린 거 아냐? 너무 쌩쌩한데? 이쪽은 꾀병 부린 누구 때문에 개고생 하느라 수명이 2년분 줄어들어 버렸지만."

"팀장님이 지구로 돌아가서 제 얼굴 안 보고 사시면 금방 수명이 4년 치는 늘어날 덴데요, 뭘."

기현은 아팠던 사람치고는 지나치게 건강해 보인다는 것 빼고는 예전과 다름없어 보였다. 썰렁한 유머 감각도, 옛날 노래 좋아하는 것도, 감성적인 성격도.

복귀를 앞두고 큰 사고로 이어지지 않아서, 그리고 정거장을 떠나기 전에 기현과 제대로 작별 인사를 나눌 수 있게 되어서 정말 다행이라고 정환은 생각했다.

반면 정환은 사고가 난 것이 자신의 짓궂은 놀림이 발단이 됐을 수도 있다는 죄책감에 어떻게든 사고에 관해 이야기를 꺼내고 미안하다는 한마디라도 해주고 싶었다.

"있잖아. 심정상 교수 이야기로 괜한 소리 한 거, 미안해. 물론 그것 때문에 사고가 났다고는 생각하지 않지만."

"뭐가요?"

"아 그 심 교수가 관여했다는 우주 식품 이야기하다가, 그때 사고가 났잖아. 김치찌개 캔, 불고기 캔."

기현은 영문을 모르겠다는 듯 눈을 연신 껌뻑거리며 물었다.

"불고기 캔이요?"

"이 친구 좀 아프고 나더니 머리가 어떻게 됐나. 그 우주 통조림이 제작하는 데 수년이 걸리고 제작비도 국민 세금으로 수십억 원씩 썼다는 이야기.”

“아, 그랬나요? 처음 듣는 얘긴데? 뭐 그래도 그 덕분에 기술이 계속 발전해서 팀장님이나 제가 지금 여기서 김치찌개도 먹고 불고기도 먹을 수 있는 거 아닙니까? 부정적인 거 말고 좀 밝은 쪽을 보세요. 어쨌거나 심 교수는 우리나라 최초의 노벨 물리학상 수상자잖아요. 거기 의미가 있는 거라고요. 그러니 내 사랑스러운 딸에게 이정상이란 이름을 자랑스럽게 지어준 거죠.”

정환은 더 이상 대화를 이어가지 못했다.

‘이 녀석. 사고 직전 나눴던 대화를 기억하지 못하는 건가?’

정환은 기현이 다른 섹션에서 작업하는 틈을 타 쉴라에게 기현의 몸 상태에 대해 물었다. 쉴라는 암니오틱 테라피를 거치다 보면 전신 마취와 비슷한 후유증으로 부분적인 기억 혼란이 올 수 있으며 그런 증상은 시간이 흐르면 자연스레 사라질 것이라고 설명했다.

순식간에 사고가 났고 그로 인한 쇼크도 있었을 것이다. 그 후로도 이틀이나 그 야단스러운 집중 치료를 받았으니 자질구레한 대화는 기억하지 못할 수도 있다.

의구심이 말끔히 해소된 것은 아니었으나 루틴한 업무 속에 정환은 곧 그 생각에서 멀어졌다.

업무를 마치고 오랜만에 테이블에 함께 앉아 저녁 식사를 나누던 중,

정환은 기현의 모습에서 뭔가 야릇한 위화감을 느꼈다. 뭘까. 왜 그런 기분이 들까. 의아해하며 음식을 먹는 둥 마는 둥 하던 정환의 눈에 기현의 왼쪽 손등이 눈에 들어왔다.

상처가…… 없다.

작업 장갑을 끼고 있었을 때는 말할 것도 없고 데이터를 분석할 때도 각자의 위치에서 컴퓨터로 일했기 때문에 계속 눈치채지 못했었다. 하지만 테이블에 마주 앉아 흉터 하나 없는 왼손으로 그릇을 든 채 식사를 하는 기현의 모습에서 정환은 위화감을 느꼈던 것이었다. 두꺼운 작업 장갑까지 뚫고 난 상처인데. 피가 손목을 타고 흐를 정도로 상처가 깊었는데. 집중 치료의 방법이 뭐였든 간에 이틀 만에 저렇게 흉터 하나 없이 말끔해진다는 건 있을 수 없다고 생각했지만 너무나 태연한 기현의 모습에 오히려 정환은 대놓고 물어볼 수가 없었다.

방으로 돌아온 정환은 침대에 누워서도 쉽게 잠이 오지 않아 오래도록 뒤척였다. 척추를 타고 소름처럼 파고드는 이 기묘한 불안감은 도대체 뭐란 말인가.

송환 3일 전

잠을 설친 정환은 머리가 띵했지만, 정신을 가다듬으며 기현의 행동 하나하나를 자세히 관찰했다. 기현과 오랜 세월 알아 온 사이는 아니지만 지난 2년간 다른 사람은 일절 만나지 못한 채 기현만을 보며 살아왔다. 잠을 자는 시간과 화장실, 샤워 같은 몇몇 사적인 시간들을 제외하고는 하루 종일 붙어 지낸 것과 다름없는 세월을 2년이나 나눠왔다.

정환은 기현의 사소한 몸짓, 사소한 말버릇, 사소한 취향까지 기억하고 있다고 자부하며 기현의 행동을 관찰했다. 기현은 대체로 정환이 기억하고 있는 기현의 모습과 크게 다르지 않았다. 다만 한 가지, 대화를 나눠 볼수록 이상한 점은 우주 정거장에 부임하기 전까지의 기억은 완벽한데, 우주 정거장에 와서 정환과 함께 지낸 기억에는 묘한 허점들이 있다는 것. 예를 들면 어제의 '우주식품' 대화처럼 말이다. 대체로 다 맞게 기억하는데 의외의 것을 기억하지 못하는 경우가 있었다. 이상하지 않은가. 오래전 일은 다 제대로 기억하면서 오히려 최근 기억에는 오류가 있다니.

뭔가 지난 작업에 부상을 입은 사실과 관계가 있지 않을까 궁금해진 정환은 메인 컴퓨터에서 기현의 의무 기록 데이터에 접근을 시도했다. 하지만 개인 정보라는 이유로 접근 거부를 당했다.

두어 차례 반복된 시도에도 계속 접근 거부를 당한 정환은 뭔가 꺼림칙한 기분이 들어 자신의 의무 기록 데이터 열람을 시도했다.

정환의 의무 기록 데이터에는 정환이 예상한 대로 모든 수치가 대체로 좋았다. 혈압, 혈당, 콜레스테롤까지 정환의 나이에서 보이는 평균 수치보다 오히려 더 건강한 편에 속했다. 그렇게 기록을 훑어 내려가던 정환의 눈은 한 가지 검진 항목에서 사로잡히듯 멈췄다.

<<스트레스성 스페이스 증후군 증세>>

'이게 뭐지? 스트레스성 스페이스 증후군이라니, 내가 병이 있다고?'

정환은 증세 항목을 클릭해 세부 사항을 읽기 시작했다. 증상으로는 정서 불안, 의심, 공포, 기억 혼란, 감정 조절장애 등이 쓰여 있었다. 증세는 3개월 정도 전부터 나타난 것으로 기록되어 있고 방치할 경우 정신

분열이 우려된다는 소견도 있었다.

'무슨 소리야. 내가 미쳐간단 말인가? 그런데 쉴라는 왜 아무 조치를 취하지 않은 거지?' 정환은 서둘러 아래쪽의 처방 관련 항목을 읽었다.

쉴라의 대처 방법에는 아직 경미한 증상이고 곧 지구로 복귀할 예정이니 24시간 모니디하면서 상태를 지켜본다고 되어 있고, 처방으로는 저녁 식사에 소량의 벤조디아제핀(Benzodiazepine)을 투여한다고 되어 있었다. 가장 보편적인 항불안제로 정환도 익히 알고 있는 신경안정제의 일종이다.

정환의 머릿속은 화성의 모래 폭풍이라도 불듯 복잡해지기 시작했다. 정환의 입장에선 모든 불안감의 원인이 자신에게 있다는 사실을 쉽게 인정하기 어려웠다. 분명히 기현은 기현인데도 기현 같지 않고 일전에 한 번도 만나본 적 없는 전혀 다른 사람 같다는 조금은 섬뜩한 느낌. 그 느낌이 들어본 적도 없는 스트레스성 스페이스 증후군이란 병 때문이란 말인가. 이 모든 상황을 지금까지 지켜봐 왔을 창밖의 화성은 한 치의 변화도 없이 아무런 말이 없다.

송환 2일 전

송환 하루 전날. 내일이면 두 사람의 송환팀이 이곳 우주 정거장에 도착한다.

한 사람은 정환을 데리고 지구로 돌아갈 송환 책임자이고 다른 한 사람은 정환의 후임으로 이곳에 남을 사람이다.

'뭔가 미심쩍은 위화감이 든다 해도 그대로 지구로 돌아가 버리면 끝

이다. 지구에 돌아가면 사랑하는 가족들과 우리의 고양이 암스트롱이 있다.'

　그렇게 스스로 위안을 해도 정환은 불안감을 쉽게 떨칠 수 없었다.

　정환은 4년간 의지해온 인공 지능 '쉴라'에게 자신이 현재 느끼는 위화 감에 대해 상담했다. 쉴라는 지구로 돌아간다는 사실에서 비롯된 기대 감과 불안감이 서로 교차하며 만들어 낸 스트레스성 증후군이라 설명했다. 왜 지금까지 자신의 증세를 이야기 해주지 않았냐는 질문에는 불필 요하게 불안감을 증폭시켜 증세가 악화될 것이 우려되었다고 했다. 덧붙여 곧 지구로 복귀할 것이고 지구로 돌아가면 간단한 심리 치료만으로 나을 수 있으니 염려 말고 마음을 편히 가지라 조언했다. 의무 기록에 나와 있는 것과 같은 이야기다. 정말 그뿐일까? 그게 다일까? 차라리 그런 거라면 좋으련만. 그런데 그냥 그런 식으로 단순하게 넘기기엔 꽤 많은 수상한 점들이 논리적인 정환의 머릿속을 괴롭혔다.

　우린 4년이라는 길다면 긴 근무 기간 동안 우주 정거장 밖에 나가본 적이 없다. 우주 정거장에 근무하는 연구 요원이 우주복을 입고 우주 밖으로 나가 본 적이 없다? 상식적으로도 너무 이상하다. 외부의 문제는 쉴라가 자동 시스템으로 해결한다던데, 애초에 그런 게 가능하긴 한 건가? 우리 이름도 우연치고는 너무 이상해. 2002년 월드컵 4강의 위업을 기념하여 당시 감독의 이름을 붙인 우주 정거장 히딩크 KS45. 그곳에서 근무하는 두 사람의 이름이 2002년 월드컵 경기 중에도 특히나 극적이었던 경기로 손꼽히는 한국과 이탈리아 전에서 골을 넣은 두 사람의 이름과 같은 이름이라니, 어쩐지 너무나도 뻔한 설정 같잖아. 그리고 보니 내

전임자 이름은 뭐였더라? 어라? 전임자 이름이 생각이 안 나? 얼굴은? 어떻게 생겼더라?'

정환의 머릿속에는 기현 이외의 이름이나 얼굴이 떠오르지 않았다. 아무리 함께 일한 적이 없다고 하더라도 교대한 전임자의 이름과 얼굴이 생각나지 않는다니, 정환은 스스로도 이해가 가질 않았다. 불완전한 기억은 기현만의 문제가 아니었다. 마치 일부가 깨어져 나간 기억의 파편들을 바라보는 듯한, 아니, 일부가 깨어졌다기보다는 짝이 맞지 않는 기억의 퍼즐 조각들을 억지로 이어붙인 것들로 현재 기억의 형태를 이루고 있다는 느낌마저 들었다. 역시 병 때문인가? 아니야. 믿을 수 없어.

"팀장님. 괜찮으신 거예요? 내일 복귀한다고 너무 긴장하신 거 아닙니까? 안색이 안 좋은데요."

기현이 걱정스러운 듯 말했다. 전과 변함없는 듯하면서도 전과 전혀 다른 이 남자의 존재 역시 정환에게는 짝이 맞지 않는 퍼즐 조각 같았다.

업무의 인수인계 자료를 모두 정리한 뒤, 취침 전에 정환과 기현은 간단한 송별 파티를 했다. 우주 정거장에서 음주는 금지되어 있으므로 술은 마실 수 없었지만, 음료수로 건배의 시늉만 했다.

정환은 4년 근무 중 그 어떤 날보다 가장 두렵고 초조한 밤을 보내고 있었다. 그런 정환의 마음을 아는지 모르는지, 기현은 덤덤하기만 하다.

정환은 지구로의 복귀, 그리운 가족과의 재회에만 생각을 집중하면서 가슴을 짓누르는 불안감을 애써 외면하고 있었다. 침대에 누운 채 가족 생각을 하던 정환은 문득 고양이 암스트롱을 떠올렸다. 이불 속으로 파고드는 부드럽고 따스한 암스트롱의 그리운 감촉, 이불을 들춰보면 안쪽

에서 정환을 바라보던 그 눈망울을 떠올리며 정환은 가까스로 새우잠이
나마 청할 수 있었다.

송환 하루 전

송환팀이 도착하는 날이다. 거의 잠을 설친 정환은 오늘 도착할 송환
및 인수인계 팀이 정말 자신을 지구로 데려갈 사람들인지에 대해서도 자
신을 잃었다. 그뿐만 아니라 자신이 기억하고 있는 기억들이 실제로 자신
이 겪은 현실을 기억하는 것인지 아니면 영화를 관람한 것처럼 만들어진
이미지를 기억하는 것인지에도 자신이 서질 않았다. 어쩌면 '쉴라'가 말
한 스트레스성 스페이스 증후군으로 자신이 정말 미쳐가고 있는지도 모
른다는 생각도 들었다.

정환은 민간인 신분은 아니지만, 항우연 소속의 연구원으로 무기는
소지하지 않는다. 정환은 기현 몰래 무기가 될 만한 것을 찾다가 레이저
커터 하나를 몰래 챙겼다. 만약의 경우 상대를 위협하거나, 어쩌면 스스
로 목숨을 끊어야 할 상황에서 사용하기 위해서이다. 정환은 오래전 뉴
스에서 봤던 총기 난사범이나 묻지마 범죄를 저지른 사람의 모습과 지금
자신의 모습이 오버랩 되어 간다는 생각에 레이저 커터를 숨기는 손이
덜덜 떨렸다.

이윽고 지구에서 온 송환선이 정거장 도킹에 성공했다는 쉴라의 메시
지가 나왔다. 4년을 기다린 메시지건만 이렇게 두려울 줄이야. 정환의 심
장은 자신의 귀로 그 박동이 들릴 만큼 쿵쾅거렸다. 잠시 후 메인 해치가
개방되는 소리가 들린 뒤 문이 열렸다.

정거장으로 들어서는 두 남자의 발 앞으로 고양이 한 마리가 달려 나왔다.

'응? 고양이? 어, 암스트롱! 내 기억 속의 우리 집 고양이 암스트롱이다!'

"암스트롱!"

정환은 자신도 모르게 고양이의 이름을 힘껏 불렀고 암스트롱도 정환을 알아본 듯 달려와 발목에 얼굴을 비벼댔다. 정환은 암스트롱을 들어안으며 암스트롱의 머리에 볼을 비볐다. 따뜻한 체온, 머릿속이 아득해질 정도로 익숙한 향취, 긴 우주여행에 지친 듯 조금은 푸석해진 털이지만 정환이 기억하고 있는 암스트롱의 바로 그 부드러운 털의 감촉이다. 암스트롱을 내려놓자 녀석은 곧바로 발라당을 선보였다. 정환의 기억 속에 수십 번 수백 번 보였던 그 모습 그대로. 정환은 무릎을 꿇고 암스트롱의 배를 만져주며 파도처럼 밀려드는 안도감에 눈물을 흘렸다.

그러다 정신을 차리고 일어나 자세를 바로잡으며 말했다.

"실례했습니다. 오늘 우주 정거장 히딩크 KS45에서의 4년간 근무를 모두 완료하게 된 김정환 박사입니다. 이곳의 팀장으로서, 지금 도착하신 지구 송환 및 인수인계 팀을 환영합니다."

해치 안에서 나타난 두 남자 중 나이가 좀 지긋해 보이는 사람이 먼저 입을 열었다.

"이곳 팀장으로서의 마지막 업무인 인수인계, 잘 부탁드리겠습니다. 저는 송환 책임자인 장우석 박사입니다."

뒤를 이어 젊은 남자가 들어섰다.

"안녕하십니까, 김정환 팀장님? 명성은 익히 들어 알고 있습니다. 저는 인수인계를 맡을 박용식입니다. 잘 부탁합니다."

정환은 여전히 발목에 얼굴을 비벼대고 있는 암스트롱을 잠시 바라보며 물었다.

"그런데……, 이 녀석은 어떻게 된 거죠?"

자신을 장우석이라 소개한 나이가 지긋한 남자가 다시 말했다.

"부인의 아이디어입니다. 부인과 아드님은 이곳에 올 수 없지만, 댁의 고양이라도 미리 마중을 나오면 김 팀장이 틀림없이 마음 편해할 거라고요. 보통 우주 정거장의 장기 복무가 끝나면 극심한 우울증과 불안 증세를 호소하는 분들이 많습니다. 저희가 조언을 드렸더니 부인이 고양이를 데려오는 아이디어를 주신 거죠. 좋은 부인을 두셨습니다."

정환의 후임자로 보이는 옆에 서 있던 젊은 연구원, 박용식도 거들었다.

"장시간 우주 비행이었지만 저희와 마찬가지로 동면을 취했으니 체력적으로 큰 손실은 없을 겁니다. 오늘 하루 푹 쉬고 나면 내일 팀장님과 같이 출발하는데 문제없습니다. 아주 용감한 고양이에요. 제 나름 스페이스 턱시도라고 별명을 붙여줬답니다."

정환은 업무의 인수인계와 정리를 모두 마치고 암스트롱을 안은 채 자신의 방에서 마지막 밤을 보내고 있었다.

"우주 정거장에서의 마지막 밤을 너하고 보낼 줄은 몰랐다. 암스트롱. 여기까지 오느라 고생했지? 너무 고마워. 내가 스트레스로 잠시 미쳤었나 봐. 너와 가족들이 기다리는 지구의 귀환을 두려워하다니. 내 기억을 의심하고 심지어 2년이나 함께 일했던 기현을 의심하다니. 네가 와줘서 그런 모든 불안이 다 사라졌다. 이제 같이 가자."

가슴에 안은 암스트롱의 따스한 체온과 함께 몽롱한 행복감이 전신에 퍼지듯 밀려왔다. 어제와는 정반대로 4년의 마지막 밤은 정환에게 4년의 근무기간 중 가장 행복한 밤으로 저물고 있었다.

송환 당일

드디어 지구 귀환의 날이 밝았다.

정환은 송환선 실내에 암스트롱을 안은 채 앉아있다. 암스트롱은 정환의 품에서 갸르릉 갸르릉 소리를 내며 미세한 진동을 울려주고 있었다. 정환의 마음에도 더불어 편안함이 전해져왔다. 그때 내선 안내 방송이 나왔다.

"김 팀장님. 이제 암스트롱을 옆 캡슐에 넣어 주시고 팀장님도 자신의 캡슐에 들어가 누워주십시오. 잠시 후 동면을 시작하겠습니다."

정환은 천천히 일어나 암스트롱의 머리에 키스한 후 캡슐 뚜껑을 열고 암스트롱을 넣으며 말했다.

"암스트롱. 한숨 푹 자고 푸른 별 지구에서 다시 보자!"

암스트롱은 그러자고 대답하듯 '먀아~'하는 소리를 내며 정환을 올려봤다.

정환은 캡슐 뚜껑을 닫은 후 자신의 캡슐에 들어가 몸을 뉜 후 곧 만나게 될 가족들에 대한 상념에 잠겼다. 이젠 가족들과 이렇게 오랫동안 떨어져 지내지 말아야지. 이제 더 많은 시간을 함께 나누며 좋은 남편, 좋은 아빠, 그리고 저 암스트롱 녀석에게도 좋은 집사가 되어 주어야지.

정환은 잠시 고개를 돌려 옆 캡슐을 바라보았다. 암스트롱도 캡슐 윈도우에 양 앞발을 대고 정환 쪽을 바라보고 있었다.

밀려드는 그리움과 행복감으로 정환의 입가에는 저절로 미소가 떠올랐다.

같은 시간, 송환팀으로 온 두 남자, 장우석과 박용식이 송환선 조종실에서 부지런히 손을 놀리며 기계를 조작하고 있었다. 장우석이 박용식을 향해 먼저 입을 열었다.

"며칠 전 클론 B에 생긴 결함은 예상치 못한 것이었어. 손등을 베인 상처 때문에 쇼크와 2차 감염에 의한 패혈증으로 장기손상이라니 말이야. 장기가 손상된 클론 따위 아무 쓸모 없으니 폐기처분 한 것이야 어쩔 수 없었지만 새로운 클론을 투입하는 과정에 문제가 있었던 것 같군."

"갑작스레 새로운 클론을 가동하다 보니 기억 편집에 조금 문제가 있어서 클론 A에게 의심을 산 것 같습니다, 장 원장님."

"저것들은 밀폐된 공간 속에 몇 년씩 같이 지낸다고. 본체로부터 이식된 기억도 중요하지만, 이곳에서 생활하며 생겨난 후천적 기억 데이터에 대한 부분도 좀 더 세심한 모니터와 편집이 필요하겠어. 자신들의 클론에 문제가 발생했다는 소문도 클라이언트 귀에 들어가지 않도록 주의를 기울이고. 저 클론들의 본체인 두 분 모두 우리 사회의 중요한 리더들 아니신가."

"기억 편집 담당으로서 저의 실수입니다. 죄송합니다, 원장님."

말을 마친 박용식이 고개를 숙이자 장우석은 미간에 주름을 세우며 말했다.

"초기 시절에는 이곳이 화성 궤도에 떠 있는 우주 정거장 따위가 아니고 지구의 은밀한 지하 장소에 있는 연구소란 걸 클론이 눈치채서 난동이 일어난 적도 있었어. 기계 오작동으로 클론들에게 창밖의 화성으로 인식되고 있는 홀로그램 화면이 꺼져버렸거든. 한심한 일이지. 하지만 실수를 저지르는 게 인간사야. 잘못된 부분은 조금씩 수정해나가면 되네, 박 과장."

"네. 하지만 자신을 복제한 클론을 장기 이식에 사용한다는 클라이언트들의 애초 목적과 달리, 요즘은 암도 완치할 수 있고 장기 이식도 병의 치료보다는 젊고 싱싱한 장기로 교체해 수명을 연장한다는 쪽으로 향하는 추세라 언제 사용될지 모르는 클론들을 젊은 나이 상태로 계속 유지해야 한다는 게 어렵습니다. 서른 나이 정도의 건장한 육체로 복제한 후 4년만 지나면 폐기해야 하는 상황이라 비용도 많이 들고요."

"결국은 가격을 올려야 하지 않겠나. 우리 클라이언트들이 어떤 분들인가. 언제 있을지 모를 경우를 대비해 아무나 자신의 클론을 복제해놓고 값비싼 비용 들여가며 사육하고 있을 순 없다고. 그야말로 대한민국 상위 0.01%만 가능한 일이지. 가격을 좀 올린다 해도 충분히 감당할 수 있는 분들이니 자네와 내가 할 일은 적당한 가격에 그분들을 납득시키는 일이야."

"이번에도 큰 사고로 번질 위험이 있었는데, 고양이를 미리 복제해 둔

건 신의 한 수였습니다, 원장님."

"저 고양이는 실제 클라이언트인 회장님 가족에게 많은 사랑을 받았던 고양이라 하더군. 복제 샘플을 만들어 놓고도 설마 사용할 일이 있을 거라 생각 못 했네만, 이렇게 쓸모가 있었군."

"오리지널 본체는 이제 죽었나요?"

"회장님이 저 클론 또래인 30대에 키웠던 고양이야. 회장님은 지금 60대 아닌가. 지금까지 살아있으면 기네스북에 올랐겠지. 아, 그리고 말이야, 2002년 월드컵 캐릭터 설정은 내 나름의 유머였는데, 자칫 클론들에게 발각될 빌미가 될 수도 있었단 생각이 드네. 좀 변경해야겠어. 새로운 설정으로 입력할 데이터를 뽑아놓게."

"네, 원장님. 좀 더 기억 데이터 관리에 신경 쓰면서 새로운 설정과 새로운 이름으로 투입하겠습니다."

"예정대로 4년 된 클론 A는 낡은 폐품이니 캡슐 안에서 신경가스로 살처분 처리한다. 클론 B는 며칠 전 새로 사용되기 시작한 신품이니 기억 데이터만 다시 편집한 후 신품 클론 A와 함께 재투입한다. 휴우, 그럼 다음은 옆 시설의 클론 C와 D인가? 박 과장도 준비하게."

"원장님. 그런데 고양이 쪽은 어떻게 할까요?"

"어떻게 하긴, 이 사람아. 어차피 복제품 아닌가. 같이 살처분해 버려!"

"알겠습니다. 양쪽 캡슐 내 신경마비 가스 투입 스타트! 20%, 40%, 60%, 80%, 100%. 양 캡슐 내 생체 반응 없습니다. 인간형 클론 432-108A, 고양이형 클론 B7-108A 삭제 완료."

＊＊＊＊

설마 이런 일이 일어나기야 하겠냐고요? 만약 이 일이 실제 미래에 있었던 일이라면요? '미래'에 '있었던'이란 과거형을 쓴 것에 위화감을 느끼시는 모양이군요. 무한으로 수렴해가는 우주에 있어서 시간이란 것은 인간이 만들어내고 규정지은 개념에 불과하죠.

누구의 관점에서 어떤 시점으로 접근하느냐에 따라 논제는 미래의 것이 될 수도 있고 현재 혹은 과거의 것이 될 수도 있는 것입니다. 하지만 오늘 이야기의 요점은 그게 아닙니다. 이야기의 주인공들은 복제품, 클론이었습니다.

클론에게는 누군가를 사랑하는 마음이나 그리워하는 마음이 없다고 생각하십니까?

그들이 오리지널과 똑같이 보고 듣고 생각할 수 있는 능력이 있다면 사랑하는 마음과 그리워하는 마음이 없을 수 있을까요?

클론에게는 영혼이 없다고 생각하십니까? 누군가를 간절히 사랑하고 그리워하는 마음을 품는 이들에게 정말 영혼이 없을까요?

암스트롱은 이야기 속의 원장이 말했듯이 부유한 가정에 입양되어 행복한 삶을 살다가 무지개다리를 건넜습니다. 암스트롱의 집사도 처음에는 좋은 사람이었겠죠. 고양이와 함께 하는 사람치고 나쁜 사람은 없으니까요. 적어도 탐욕과 이기심이 그의 마음을 어둡게 물들여버리기 전까지는 말이죠.

하지만 고양이에게 자신의 집사가 사회에서 어떤 사람인지는 전혀 중요한 문제가 아닙니다. 고양이는 자신이 한 번 사랑하기로 마음먹었다면 그걸로 충분하니까요.

암스트롱은 고양이의 본능으로 자신의 집사, 정확히 말하면 집사의 복제품인 클론이 훗날 겪게 될 불안과 공포를 감지했는지도 모릅니다. 암스트롱은 자신의 집사를 너무나도 사랑했던 모양입니다. 집사의 복제품이 느낄 불안과 공포마저 걱정되어 세상을 떠나면서도 그 염원을 우리에게 남겨놓은 걸 보면 말이죠.

암스트롱의 사랑은 자신의 복제 클론을 통해 집사의 복제품인 클론 정환을 위로하기 위한 인연을 선택한 것입니다.

정환이 자신의 동료는 물론, 자신의 기억과 존재마저 의심하던, 그 가장 두렵고 불안해하던 순간에, 포근한 안도감을 전해주며 안심시켜주기 위해서 말이죠. 바로 둘의 영혼이 이승에서 함께하는 마지막 하룻밤을 위해 암스트롱의 클론은 존재했던 것입니다.

암스트롱에게는 본체나 복제품이나, 자신이 사랑한 집사이기는 마찬가지였던 것 같습니다. 정작 집사는 그렇지 않은 것 같지만요.

클론들도 꿈을 꾸고 사랑하고 그리워할 수 있는 존재라면 복제품이라는 이유만으로 마구잡이로 살상돼서는 안 될 것입니다. 동물의 복제가 도덕적으로 옳지 못하다고 생각되는 중요한 이유이기도 하죠.

하지만 아이러니하게도 오늘날의 현대 사회 속에서는 이 세상에 단 하나밖에 없는 유일무이한 존재들인 오리지널 본체가 대학살에 가까운 집단 안락사로 희생되고 있습니다.

한 조사 기관에 따르면, 2016년 한해 등록된 한국의 반려동물 숫자는 107만 700마리로 반려동물 한해 등록 백만 시대를 열었습니다. 하지만 구조된 유기 동물의 숫자도 같은 해에만 8만 9천 732마리에 이르렀고, 이듬해인 2017년에는 10만 256마리로 14.2% 증가했습니다. 하루 평균 274마리가 버려지는 셈인데, 구조된 숫자만 그렇다는 점에서 실제 버려지거나 길에 유기된 동물의 숫자는 그보다 더 많겠죠. 그중 구조 후 분양되는 비율은 전체의 30.4%밖에 안 됩니다. 여전히 압도적인 숫자의 동물들이 다시 새로운 가정을 찾지 못한 채 자연사하거나 안락사되어 무지개다리를 건너고 있습니다. 통계적으로도 2017년의 구조 유기동물의 안락사 비율은 전년 대비 4.66% 증가했습니다.

보호소는 더럽고 병든 버려진 동물들의 소굴이 아닙니다. 그저 아직 갈 곳을 찾지 못한 당신의 이웃들이 잠시 머무는 장소일 뿐입니다.

그들에게는 당신의 존재가 그들에게 일어날 수 있는 가장 멋진 기적일지도 모릅니다. 당신 자신이 존재의 이유일 수 있습니다.

만약 그런 기적이 정환처럼 불안과 두려움에 떨고 있을 작고 외로운 영혼들에게 일어날 수 있다면 저희 고양이 소개소는 얼마든지 바빠져도 상관없습니다. 그럼 무얼 하면 좋으냐고요? 작은 관심과 애정 어린 시선 외에는 당장 무언가를 하실 필요는 없습니다. 언제나 얘기지만, 선택은 당신이 아닌 고양이가 하는 것이니까요.

---

* 본문에 언급된 통계 수치는 2016년과 2017년 통계 기준입니다.

제11화

한 여름 밤의 꿈

한 동물을 사랑하기 전까지
우리 영혼의 일부는 잠든 채로 있다.

- 아나톨 프랑스

해가 지평선 너머로 사라지고 온 도시에 어둠이 내리는 시간.

　한밤중보다 더 어두운 시간이 바로 이 시간이다. 빛에 익숙해 있던 눈엔 빛이 막 사라진 이런 순간은 아직 어린 어둠조차 버거운 무게로 느껴지는 모양이다.

　창밖에선 귀가를 서두르는 동네 아이들의 소리가 두런두런 들린다. 그리고 간간이 들려오는 자동차 지나가는 소리, 익숙한 소리 속에서 나는 내가 비몽사몽간 임을 느낀다. 나는 지금 잠들어 있는 건가 아니면 깨어 있는 건가?

　선잠이라도 든 건지, 현실과 꿈의 구분이 가지 않는 기묘한 경계에 있는 듯한 느낌은 빛과 어둠의 경계에 있는 이 시간이 만들어낸 기분 탓일지도 모른다. 아직 다소 묵직한 몸. 그리고 약간의 편두통. 좀 피곤했었나?

　방안을 맴돌던 눅눅한 열기는 어둠으로 빨려 들어가듯 저녁 바람 속으로 흩어져 갔지만, 습기를 머금은 여름 내음은 아직 코끝에 남아있었다.

　짙게만 느껴지던 어둠이 눈에 익숙해지기 시작했을 무렵, 창가에서 작은 그림자가 움직였다. 고양이 그림자. 토미구나. 내가 기르는 고양이다.

　토미라는 이름은 야구를 좋아하는 내가 동경했던 메이저리그의 홈런 타자 짐 토미의 이름을 따서 지어준 것이다.

　내 쪽으로 다가오는 토미를 쓰다듬어주기 위해 침대에서 몸을 일으킨 순간,

　"경식아 안녕? 일어난 거야?"

　하고 토미가 말을 했다. 난 너무 놀란 나머지 하마터면 침대에서 떨어질 뻔했다.

　"어서 나가보자, 경식아. 오늘은 불꽃놀이가 있을 거야."

　내 머릿속이 얼마나 백지상태인지 토미는 신경도 쓰이지 않는다는 듯 앞장서서 방 밖으로 달려 나갔다.

　불꽃놀이? 오늘 무슨 날이던가? 그것보다 고양이인 토미가 내게 말을 했어? 혹시 내가 잠이 덜 깨서 헛것을 들은 건가?

　먼저 앞서 나가던 토미는 다시 방으로 돌아와 문틈으로 고개를 내밀고는 혼란스러움에 침대에 멍하니 앉아있던 나를 향해 소리쳤다.

　"경식아. 얼른 나가자! 벌써 많이 어두워졌다고."

　역시 말했다. 원래 지가 사람인 줄 아는 고양이이긴 했지만 이번엔 정말 사람처럼 말했다. 그래. 이건 꿈이구나. 내가 꿈을 꾸는 거야.

나는 토미의 뒤를 따라 달려갔다. 밖에 나와 보니 하늘 끝에는 태양이 흘리고 간 그림자가 아직 남아 있었다. 토미는 집 앞에서 공원으로 이어지는 산책로 위를 나와 나란히 달렸다. 멀리서 기차 지나가는 소리가 들린다. 우리 동네 근처에는 동작대교가 있기 때문에 지하철이 지상으로 나와서 달린다. 평소 이 무렵 산책로 주변으로 나오면 스러져가는 황혼의 아쉬움을 머리에 이고 달리는 기차의 모습을 볼 수 있을 터인데 오늘은 소리만 들리고 모습은 보이질 않는다. 아마 어스름하게 내린 반대편 어둠 속으로 이미 사라진 게지. 숨을 한 번 크게 들이마셔 보았다. 코끝을 스치는 바람 속에는 어느 집에선가 새어 나온 저녁밥 짓는 냄새가 실려 온다. 그리고 내 옆엔 토미가 달리고 있다. 너무나 현실 같지만 현실일 리 없는 이 상황. 확실히 꿈이야.

기왕 꿈이란 걸 자각했으니 차라리 즐기자고 마음먹었다. 그렇게 생각하고 나니, 오히려 이 기묘한 상황이 더 흥미로워졌다. 나는 토미와 처음으로 서로 완벽히 말이 통하는 상황에 놓인 것 아닌가. 크리스토퍼 로빈이라도 된 기분에 나는 토미에게 말을 걸고 싶어져서 견딜 수가 없었다.

"있잖아, 토미. 할 말이 있는데……."

달리던 토미는 속도를 늦추며 나를 돌아봤다.

"응. 경식아. 뭔데?"

나는 토미와 내가 걷고 있는 길을 한 번 돌아보며 말했다.

"이 산책로, 평상시에 많은 사람이 반려견들을 데리고 산책하는 길이야. 나 사실, 그 사람들이 얼마나 부러웠는지 몰라. 그들처럼 나도 너를 데리고 이 길을 함께 산책할 수 있다면 얼마나 좋을까 하고 늘 생각했었거든.”

토미는 눈을 깜빡거리다 살짝 미소를 지으며 대답했다.

“꿈이 이루어졌네?”

난 그런 토미의 얼굴을 잠시 바라보다 짧게 대답했다.

“응.”

사실 나는 토미를 계속 집안에만 두고 바깥에 내보내지 않은 사실에 대해 미안하다고 말할 작정이었다. 하지만 그 말을 꺼내기가 망설여졌다. 토미가 혹시라도 앞으로는 외출 고양이로 살겠다고 할까 봐, 그러다 행여 어디론가 사라져 버릴까 봐 두려운 마음이 들었나 보다. 이건 꿈인데도 바보같이.

토미와 나는 산책로를 따라 걷다가 마을 공원에 도착했다. 공원 북쪽 언덕 위는 마을 전체가 내려다보임과 동시에 우리 마을에서 가장 하늘이 넓게 잘 보이는 장소이다. 그래. 불꽃놀이가 있다고 했지. 토미 녀석 그래서 이리로 왔구나.

토미와 나는 마을이 잘 내려다보이는 언덕 잔디 위에 자리를 잡고 앉았다. 이 공원은 나에게 있어서 매우 특별한 장소이다. 특히 토미와 관련된 추억에 있어선 더욱 그런 장소다.

“토미. 넌 너무 어릴 때라 기억 못 할지도 모르지만, 여긴 말이야……”

그러자 토미는 환하게 웃으며 말을 가로채듯 대답했다.

“알고 있어. 여기는 내가 경식이와 처음 만난 장소지?”

“어? 알고 있었어? 종이 상자 안에 담겨진 채 여기 이 공원에 버려져 있던 널 내가 발견해 데려온 그 날 일을 기억하는 거야?"

토미는 기억을 떠올리는 듯 하늘을 바라보며 말했다.

"그럼. 나를 여기다 두고 간 사람의 얼굴은 기억 못 해. 나를 낳아준 엄마의 따스한 품속은 기억나지만, 엄마의 얼굴도 털 색깔도 기억 안 나. 하지만 나를 데려가던 경식이의 그날 표정은 지금도 생생하게 기억나는걸."

나는 머리 뒤로 깍지를 낀 채 잔디 위에 누우며 말했다.

"지금 생각해보면 그날 아침, 내가 토미를 처음 발견한 사람이어서 참 다행이야. 아니면 다른 사람이 토미를 데려가 버렸을 것 아냐? 토미가 내 고양이가 아니라니, 상상도 못 할 일이야."

토미는 내 얘기를 듣더니 살짝 웃고 나서 말을 이었다.

"바보. 네가 네 번째였어."

나는 누웠던 몸을 벌떡 일으켰다.

"진짜야?"

"첫 번째는 아침 운동 나온 아저씨였어. 어떻게 생겼었는지 기억은 안 나는데, 무심한 표정으로 상자 안의 나를 내려다보더니 이내 사라져버렸지. 두 번째는 지팡이를 짚은 할아버지였어. 날 보더니 지팡이로 땅을 탕탕 쳐가며 날 버리고 간 사람 욕을 해댔지. 요즘 젊은것들은 양심이 없다느니, 생명 귀한 줄 모른다느니, 한참 욕하고 화를 내더니만 정작 본인은 나를 그대로 둔 채 가버렸어. 세 번째는 작은 여자아이. 날 보고는 귀엽다며 먹고 있던 아이스크림을 나에게 내밀었어. 그게 뭔지 궁금했던 내가 살짝 혀로 핥자 그 아이 엄마가 달려와서 아이스크림을 빼앗아 땅에 버렸어. 불결한 것에 손대지 말라며 아이를 야단쳤지. 여자아이는 막 울고. 엄마가 아이 손을 끌고 급히 사라졌어. 난 차가운 아이스크림의 감촉에 한 번 놀라고, 엄마의 큰소리에 두 번 놀라고, 여자아이의 울음소리에 세 번 놀라서 정신이 하나도 없었어. 그리고 그다음에 네가 온 거야, 경식아."

"그랬구나. 난 당연히 내가 첫 번째인 거로 생각했어."

살짝 겸연쩍어하는 나의 표정을 못 본 것인지 못 본 체하는 것이지 토미는 그저 뭔가 그리운 듯한 눈빛으로 허공을 응시하며 이야기를 이어갔다.

"그 당시 몸집이 작았던 나는 종이 상자 바깥으로 고개를 내밀어 볼 수 없었어. 그래서 상자 안에서 올려다본 세상이 내가 볼 수 있는 전부였지. 그런 내 시선 안에 조심스러운 눈빛으로 네가 나타나더니 한참을 고민스러운 표정을 짓다가 시선에서 사라지는 거야. 그러다 다시 불쑥 나타나 안타까운 표정으로 나를 내려다보더니만 고개를 가로젓고 나서는 다시 시선에서 사라지더라고? 그러길 몇 번을 반복했는지. 하하하."

나는 어쩐지 부끄러운 기분이 들어서 조금 뾰로통해진 목소리로 말했다.

"걱정됐단 말이야! 널 그냥 데려가면 엄마한테 혼날 것 같고, 못 본 척 두고 가자니 큰 동물이 와서 해치면 어쩌나, 비라도 내려서 감기 걸리면 어쩌나, 걱정됐다고."

"알고 있어. 그런 너의 착한 마음이 우리가 함께하게 될 운명으로 이끈 걸 거야. 몇 번을 갈등하던 너는 결국 결심한 듯 종이 상자를 들고 바쁜

걸음으로 달리기 시작했지. 그때 상자 안에서 내가 바라보던 경식이의 표정은 지금도 똑똑히 기억하고 있어. 흥분했는지 상기된 표정과 살짝 벌름거리던 콧구멍, 그리고 미세하게 떨리던 입술까지. 난 그런 너의 표정을 밑에서 바라보면서 이렇게 생각했어. 나는 이 아이와 함께 지금 우리들의 '집'으로 간다고."

순간 나는 감정이 복받쳐 꿈인데도 하마터면 눈물을 흘릴 뻔했다.

"그때 엄마가 허락해주지 않았었어. 당장 원래 있던 장소에 너를 가져다 놓고 오라고 야단을 치셨지. 근데 난 그럴 수 없었어."

토미는 상념에 잠긴 듯 잠시 멈췄다가 말을 이어갔다.

"응. 어머니는 나를 공원에 다시 가져다 놓지 않으면 문을 열어주지 않겠다고 하셨지. 넌 그대로 내가 담긴 상자를 든 채 대문 앞에 서 있었어. 절대로 나를 포기하지 않겠다며 땅거미가 길어질 때까지."

"몸이 약했던 내가 결국 더 못 버티고 쓰러져 버렸기 때문에 엄마가 져준 셈이 되어버렸지만 말이야."

"어머니도 너의 각오를 느끼셔서 허락하신 거지. 순간의 호기심이 아니라 나를 정말 끝까지 책임지겠다는 각오. 상자를 든 너의 손이 지쳐가며 파르르 떨릴 때 그 흔들림이 상자 안의 나에게도 전해져왔어. 하지만 입술을 굳게 다문 너의 표정엔 흔들림이 없었지. 끝내 쓰러져 버리던 그 순간까지도. 경식아. 그날 넌 나에게 최고의 영웅이었어."

난 쑥스러움에 머리를 긁적이며 말했다.

"그렇게 말해주니 고마워, 토미. 여긴 우리의 추억이 시작된 특별한 장소네. 너와 다시 이 장소에 와보니 너무 좋다."

토미도 웃으며 대답했다.

"나도 여기 너와 함께 와서 행복해. 꿈이란 결국 추억의 시작과 끝이니까."

어라? 토미도 이게 꿈이란 걸 인식하고 있나? 그보다 지금 한 말, 분명히 내가 좋아하던 노래 가사인데……

생각이 거기까지 닿았을 때 하늘에서 첫 번째 폭죽이 터졌다. 뒤이어 두 번째, 세 번째, 그리고 계속.

형형색색의 불꽃들이 까만 밤하늘을 캔버스 삼아, 빛으로 색을 꽃피우듯 신비로운 춤을 추기 시작했다.

"와아, 예쁘다."

우리는 대화를 멈추고 나란히 앉아 불꽃놀이를 지켜봤다. 불꽃의 빛이 번져나갈 때마다 간간이 비치는 마을의 모습. 건물들, 골목들, 나무들. 어딘가 안타깝도록 아련한 느낌. 그리움인가? 불꽃놀이란 게 원래 이렇게 아련하게 그리운 느낌이 묻어나는 거였나?

그러고 보니 불꽃놀이를 마지막으로 본 게 언제더라? 머릿속에 안개라도 낀 듯이 기억이 잘 나지 않는다. 뭐 그거야 아무러면 어때. 뭔지 모르게 가슴이 먹먹해져 오는 느낌을 안은 채 나는 아까 토미가 가사를 언급한 노래를 마음속으로 부르고 있었다.

We All Broccoli라는 가수가 부른 '한여름 밤의 꿈'이란 곡인데, 괴상한 이름만큼이나 괴상한 음악을 주로 들려주지만 이 곡만큼은 어쩐지 슬프면서도 아름다운 가사와 멜로디 때문에 무척 좋아하는 곡이다.

알고 있나요? 꿈은 추억의 시작이란 걸.

꿈속에서 만나는 그대는 그해 여름 그 모습 그대로

젊은 햇살 속에 일렁이는 눈부신 미소. 그 두근거림.

알고 있나요? 꿈은 추억의 끝이란 걸.

영원할 것만 같던 그해 여름이 찬바람에 밀려갔듯이

꿈에서 깨고 나면 그 미소도 시간 속에 묻혀있죠.

하지만 괜찮아요. 이제 울지 않아요.

계절이 북극성을 돌아 다시 새벽별의 불을 밝힐 때

새로운 여름은 우리 곁에 드리워질 거예요.

그때 우린 다시 같은 꿈을 꿀 수 있겠죠.

꿈은 또 다른 추억의 시작을 가져올 테니.

불꽃놀이가 끝난 뒤 나와 토미는 잔디 위에 나란히 누워 밤하늘을 올려다봤다. 밤하늘에는 무성한 별들이 각자의 이야기를 건네듯 자신만의 초롱초롱한 빛을 뽐내고 있었다.

불꽃놀이 동안 내내 말이 없었던 토미가 먼저 입을 열었다.

"경식아. 난 눈에 다 들어오지 않을 정도로 커다란 하늘에 뿌려진 별들을 지금처럼 너와 함께 바라보는 게 꿈이었어."

난 토미의 말에 마음 한구석이 다시 불편해졌다. 미안함 때문이었다.

"토미. 내가 널 집안에만 있게 한 건……."

토미는 웃는 얼굴로 대답했다.

"알아. 공원에서 나를 발견한 넌 내가 다시 어디론가 사라질까 봐 항상 두려웠지. 그래서 날 잃지 않기 위해서, 내가 다치지 않게 하려고 날 집안에만 둔 거잖아. 답답함이 전혀 없었다면 거짓말이겠지만 난 너의 그 마음을 알고 있었기에 충분히 행복했어. 게다가 나 정도의 덩치에는 경식이 너희 집도 제법 넓은 세상이라고. 그리고 무엇보다 지금은 너와 이렇게 저 넓은 하늘을 함께 바라보고 있잖아."

난 토미의 말에 대견스러움을 느껴 입술을 오므린 채 토미를 바라보며 말했다.

"뭐야, 뭔가 엄청 어른스러운 말투잖아. 갑자기 애늙은이라도 된 거야?"

토미는 꼬리를 잔디 바닥에 팡팡 두들기며 말했다.

"내 나이도 이제 어느새 10살이야. 사람 나이로 따지면 경식이 너보다 더 나이가 많다고!"

나는 몸을 굴려 엎드린 자세로 턱을 괴며 말했다.

"흐응, 그러네. 토미를 공원에서 처음 만난 지 어느덧 근 10년이 지났구나. 사람 나이로 계산해보면 진짜 토미가 나보다 한참 형이네. 영원한 동생인 줄 알았는데 말이야. 그나저나 네 꿈도 나처럼 소박했구나. 토미도 꿈이 이루어졌네?"

토미는 내 얼굴을 잠시 쳐다보다 나처럼 짧게 대답했다.

"응."

그때 멀리 지평선이 불그레한 빛으로 물들기 시작하는 것이 보였다. 나는 몸을 일으켜 앉으며 말했다.

"날이 밝아오나 보다. 이제 꿈에서 깰 시간인가?"

토미는 동그랗게 뜬 눈으로 나를 바라봤다.

"역시 꿈이란 걸 알고 있었구나."

나는 어깨를 으쓱거린 뒤 대답했다.

"당연하잖아. 너와 내가 이렇게 대화를 나누고 있다고. 인간의 언어로. 일반적으로 꿈속에선 꿈이란 걸 잘 모르긴 하지만 이 상황에선 꿈이란 걸 모르는 게 더 이상할 것 같아. 너야 꿈속의 존재니까 꿈인 걸 알고 있었겠지?"

토미는 대답 없이 고개만 끄덕였다.

나는 몸을 털고 일어나 어둠을 걷어내고 있는 여명을 바라보며 말했다.

"꿈이긴 했지만 너와 함께 이야기를 나눌 수 있어서 너무 행복했어. 내가 평생 꾼 꿈 중에 제일 환상적이고 멋진 꿈으로 기억될 거야. 이제 꿈에서 깨면 아무것도 모르고 야옹거리기만 할 현실의 너를 어떻게 대해야 할지 막막하기까지 한걸?"

토미는 몸을 일으켜 내 앞으로 다가와서 말했다.

"경식아, 잘 들어. 이건 네가 꾸는 꿈이 아니야. 이건 내가 꾸는 꿈이야."

"뭐?"

"어렸을 때부터 몸이 약했던 넌 그동안 많이 아팠어. 나중엔 혼자서는 걷지 못할 정도로 상태가 나빠졌고 결국 병원에 입원해서 집에 돌아오지 못하게 되었어. 네가 이 꿈속에서 처음 눈을 뜨던 그 순간, 현실 세계에서는 너의 심장이 멈췄어."

갑자기 기억하고 싶지 않아 어딘가에 묻어버렸던 기억들이 머릿속으로 한꺼번에 쏟아져 들어오는 느낌이 들었다. 병원 냄새, 휠체어와 침대. 그리고 끔찍했던 고통. 내 마지막 기억에 남아있던 건 뭐였지? 나를 살려내기 위해 바쁘게 움직이던 하얀 가운을 입은 사람들, 내 삶에 대한 막연한 원망과 죽음에 대한 두려움. 그래. 내가 마지막으로 본 것은 병실 천정의 형광등이었어.

토미는 다시 떠오른 나의 고통과 두려움을 느끼는지 안타까운 표정으로 내 얼굴을 보다가 계속 말을 이었다.

"마지막 며칠 동안은 네가 병원에만 있었기 때문에 난 계속 너를 만나지 못했어. 하지만 난 너에게 꼭 하고 싶은 말이 있었기 때문에 고양이 소개소에 꿈속에서라도 너를 만나게 해달라고 부탁했지."

"고양이 소개소?"

"사람의 영역과는 다른 곳이니까 경식이는 이해하기 힘들겠지만 쉽게 이야기하면 우리 고양이와 사람, 혹은 우리가 마주하게 될 존재를 연결해 주는 곳이야. 애초에 경식이 너와 나의 만남을 연결해 준 곳도 바로 그 고양이 소개소야."

토미는 다소 혼란스러워하는 나의 표정을 눈치챈 것 같았지만 시간이 그리 많이 남지 않았다는 듯 서둘러 이야기를 이어갔다.

"다소 무리한 부탁이었지만 계속 조르고 졸라 너의 영혼이 이 세상을 완전히 떠나가기 전 잠시 내 꿈속에 붙들어두는 것을 허락받았어. 그래서 너의 심장이 멈추는 순간 너의 영혼을 담은 내 꿈이 시작된 거지.”

나는 눈물이 고이기 시작한 눈으로 토미를 바라봤다.

“왜? 왜 그런 짓을…….”

“미안해 경식아. 고통 없는 세상으로 떠나가려는 너를 나의 미련 때문에 이렇게 붙잡아둬서. 그래도 이 말은 꼭 직접 하고 싶었어.”

토미는 내 앞으로 더욱 가까이 다가서며 말했다.

“잠시 앉아볼래?”

나는 토미 앞으로 한쪽 무릎을 꿇고 앉았다. 토미는 그런 내 품속으로 뛰어들어서는 앞발로 내 목을 휘감으며 바짝 안겨 왔다. 토미의 체온이 느껴진다. 꿈인데도 너무나 현실처럼 따스하다. 결국 고여 있던 눈물이 내 뺨을 타고 흘렀다. 이게 내가 이 세상에서 흘리는 마지막 눈물일까.

토미는 내 어깨 위에 얼굴을 파묻고 귓가에 속삭이듯 말했다.

“나를 집으로 데려간 사람이 경식이어서 행복했어. 몸도 편치 않은데 귀찮은 기색도 없이 항상 나와 놀아줘서 행복했어. 내가 마치 네 말을 다 알아들을 거라고 생각하듯 언제나 나에게 말을 걸어주고 너의 이야기를 들려줘서 행복했어. 너와 내가 이 공원에서 처음 만났던 날 이후로 내 삶은 매 순간순간이 모두 행복이었어. 경식이 넌 이제 떠나는데 고양이인 난 아직도 살아야 할 날들이 남았네. 이상하지? 난 내가 너보다 먼저 떠날 줄 알았는데. 그래서 내가 떠나면 네가 얼마나 슬퍼할까 걱정했었어. 지금 생각하면 참 쓸데없는 걱정이었네. 떠나보내는 슬픔은 내 몫이 되어버린걸. 경식이 네가 없는 세상은 쓸쓸할 거야. 그래도 난 살아가려 해.

가능한 대로 네 몫까지. 고양이는 스스로 삶을 포기하는 법 따윈 모르니까. 네가 떠난 이 세상에서 어떤 운명이 날 기다리고 있을지 알 수는 없지만, 너와의 추억을 슬퍼하기보다는 자랑스러워하면서 당당하게 가슴을 펴고 살아갈 거야. 우리가 다시 만나게 될 그 날까지. 그래서 널 다시 만나게 되면, 나 이렇게 열심히 살아왔다고 자신 있게 말할 거야. 경식아, 고마워. 이제 너를 놓아줄게. 안녕.”

나는 가녀리게 떨리는 토미의 몸을 두 팔로 감싸 안았다.

토미, 울고 있구나. 나 때문에 울게 만들었네. 미안해.

토미. 난 내 몸의 상태가 점점 더 나빠질 때 제발 기적이 일어나게 해달라고 기도했어. 하지만 기적은 결코 일어나지 않았지. 난 기적이란 원래 일어나지 않기 때문에 기적이라 부르는 거라고 생각하게 됐어. 나에게도 절대 일어날 수 없는 것이었다고. 그리고 나는 병실에서 내 운명에 대한 원망 속에 눈을 감았지.

그런데 토미, 지금 깨달은 것이지만 기적은 진짜로 일어났어. 네가 만들어 준 이 꿈이 바로 내 인생에 일어난 최고의 순간이자 최고의 기적이야. 병실 천정의 형광등 빛을 바라보며 죽어가던 차가운 기억이 내 인생의 마지막이 아니라 기적 같은 지금의 이 순간을 마지막 기억으로 가져가게 해줘서 정말 고마워.

넌 최고야, 토미. 넌 아픔으로 점철됐던 내 인생에 가장 커다란 선물이었어. 너라는 고양이가 내 곁에 있어 주어서 내 인생도 사실은 정말 멋진 인생이었다는 걸 비로소 알았어. 나에게 좀 더 많은 시간이 주어지지 못한 것이 속상하고 안타깝긴 하지만 이젠 그걸로 됐어. 나의 운명이었을 테니까. 네 덕분에 원망 대신 추억이란 선물을 가득 안은 채 떠날 수 있게 됐네. 다행이야. 고마워. 나도 이제 너를 놓아줄게.

우리 다시 만날 수 있을까? 다음 생애에서도 내가 너를 찾을 수 있기를. 우린 서로를 꼭 알아볼 수 있을 거야. 이 꿈은 또 다른 추억의 시작을 가져올 테고 우린 그때도 같은 꿈을 꾸고 있을 테니까.

안녕, 토미. 안녕.

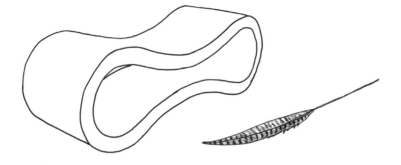

제12화

검은 고양이 네로

불행한 삶에서
벗어날 수 있는 방법은
두 가지가 있다.
그것은 음악과 고양이다.

- 알베르트 슈바이처

그날처럼 벙거지 모자를 챙겨 집을 나섰다.

항상 벙거지 모자를 쓰고 다니는 것은 아니다. 단순히 게으른 성격 탓에 머리를 감는 게 귀찮은 날, 부스스한 머리를 감추기 위해 모자를 쓸 뿐이다.

오늘처럼 깨끗이 목욕재계한 날 벙거지 모자를 챙긴 이유는 그 남자가 나를 알아봐 주길 기대하는 마음 때문이다. 고양이 소개소의 그 남자가.

처음 고양이 소개소에 들렀던 날 이후로 나는 몇 번이나 그곳을 찾아 헤맸었다.

예상했다면 예상한 일이지만 역시 그 장소를 다시 찾을 수는 없었다. 각종 지도 앱을 들여다봐도 소용없는 일이었다. 그래도 쉽게 포기할 수 없었던 나는 한 번 더 찾아볼 요량으로 그날처럼 벙거지 모자를 쓰고 그 동네 어귀를 어슬렁거리며 돌아다닌다. 그 남자가 우연이라도 나를 알아보고 다시 그 신비스러운 고양이 소개소로 불러주길 기대하면서.

내가 고양이 소개소의 그 남자를 찾아 헤매는 이유는 동요 한 곡에서 시작됐다.

검은 고양이 네로.

이미 고양이가 가사에 등장하는 노래 중에 제일 유명한 곡일 것이다.

1970년 당시 6살의 꼬마 소녀였던 박혜령이 발표해 공전의 히트를 기록한 곡이고 95년에는 댄스 듀오 '터보'가 리메이크해서 세대를 초월해 널리 사랑받는 익숙한 곡이다. 아마 모르는 사람이 없을, 가히 국민 애창곡 중 하나로 꼽힐만한 곡이다.

박혜령보다 연배는 한참 아래지만 나 또한 이 곡을 수백 번은 따라 불렀다고 기억된다. 집집마다 한 장이라고 할 정도로 대히트를 기록한 음반이니 물론 우리 집에도 음반이 있었다. 그런데 그 음반의 커버를 보면서 어린 마음에도 이상하다는 생각이 들었었다. 노래 제목은 검은 고양이 네로인데 커버에 그려진 고양이는 아무리 눈을 씻고 봐도 검은 고양이가 아니었다.

어른이 된 지금 다시 봐도 역시 저 고양이는 검은 고양이가 아니다. 하지만 그때는 단순히 좀 이상하다고만 생각했을 뿐, 금방 잊어버리고 말았다. 이 노래가 일본에서 발표된 곡을 번안한 곡이고, 그

일본 곡도 이탈리아의 원곡을 리메이크한 것이라는 사실을 알게 된 건 훨씬 나중의 일이었다.

이 노래의 원곡은 1969년으로 11회를 맞았던 이탈리아의 국제 동요 경연대회 제키노 도로(Zecchino D'oro)에서, 4살에 불과했던 여자아이 빈센차 파스토렐리가 부른 노래 "검은 고양이를 원했어(Volevo un Gatto Nero)"였다.

바로 이 귀여운 꼬마 아가씨가 그 주인공이다. 이후 같은 해인 1969년 이 곡의 가사를 동양적 정서에 맞게 바꾼 일본어판을 미나카와 오사무라는 소년이 불렀는데, 이게 일본 국내에서만 200만 장이 넘게 팔리는 대박을 터뜨리게 되고, 우리나라에도 1년 뒤 일본어판 가사를 번역한 박혜령의 번안곡이 나오게 된 것이다.

일본판 가사와 우리나라 곡의 가사는 서로 크게 다르지 않다. 일본어 가사에서 '나의 연인은 검은 고양이'였던 표현이 우리나라 가사에서는 '귀여운 나의 친구는 검은 고양이'라는 좀 더 어린이다운 표현으로 바뀌었고, 마지막 부분에 '마른 전갱이는 주지 않겠다'라는 일본어 가사가 우리나라에서는 '고등어 통조림은 주지 않겠다'인 정도로 미묘한 차이가 있을 뿐이다. 마지막 부분은 식문화의 차이가 반영됐다랄까.

하지만 원곡인 이탈리아판의 가사는 내용이 전혀 다르다. 악어와 기린, 코끼리 같은 엄청난 동물들을 줄 테니 검은 고양이를 달라고 고집스레 말하는 주인공. 그러나 검은 고양이 대신 하얀 고양이를 받는다. 주인공은 그걸 트집 잡아 다시는 너와 놀지 않겠다며 절교 선언을 하는 것은 물론, 받은 고양이만 챙긴 채 약속한 동물들은 아무것도 주지 않겠다는 내용으로 이루어진 가사다.

서양과 동양의 정서 차이를 감안한다 해도 이건 분위기가 달라도 너무 다르다. 한국어 기사나 일본어 가사와 일치되는 부분이라고는 랄라라~ 하는 후렴구뿐이다.

악어, 기린, 코끼리처럼 가정집에서는 절대 기를 수 없는 동물들을 줄 테니 검은 고양이를 넘기라는 무슨 동물 밀거래 같은 가사가 실소를 금치 못하게 한다. 이 얼마나 아이다운 가사인 동시에 얼마나 아이답지 못한 가사인가!

애초에 자신도 줄 수 없는 것을 교환 조건으로 자신이 원하는 것을 내놓으라며 생떼를 부리는 것이 참 아이다운 발상이면서도 어딘지 묘하게 비유적으로 어른 세계의 분위기를 풍긴다. 처음부터 공약을 지킬 마음이 없던 정치가 같은 느낌이랄까?

나는 원곡인 이탈리아판의 가사를 성인이 되어서야 알았다. 그래서 순수했던 아이의 시각으로 이 가사를 접해보지 못한 것이 안타깝다.

하지만 어른의 시각으로 보기에도 이 가사는 참으로 기발하고 재미있는 가사다. 세상의 진리는 아이들이 부르는 동요 가사나 동화 이야기 속에 있다는 누군가의 말은 확실히 맞는 말인 것 같다. 그런데 그게 누구의 말이었더라?

아무튼, 나는 최근 우연히 어딘가를 지나다 이 검은 고양이 네로라는 곡을 오랜만에 들었다.

박혜령의 한국판 가사는 어린 시절 하도 따라 불러서 가사가 머리에 각인되어있다시피 하기에 나도 모르게 흥얼흥얼 따라 부르다가 문득 박혜령 음반 커버의 고양이 그림은 검은 고양이가 아니었다는 사실이 다시 떠올랐다. 그렇다면 이탈리아나 일본 같은 다른 버전들의 음반은 어땠을지 궁금해졌다.

작가로서의 호기심이 발동해 자료를 찾아보게 되었다. 그랬더니 웬걸?

옆의 사진에도 보이듯이 일본판인 미나카와 오사무의 음반 커버에도 고양이는 그려져 있지만 이쪽 역시 검은 고양이는 아니었다. 그리고 노래 가사엔 '새빨간 리본이 멋지게 어울려'라고 해놓고는 리본은 물방울무늬다. 장난하나? 놀리는 거야?

그렇다면 원조 격인 이탈리아의 음반은 어떨까?

이탈리아 음반은 기획 자체가 '제키노 도로'라는 국제 동요 경연대회 참가자들의 옴니버스 음반이다 보니 어린이들의 모습을 강조한 커버 디자인에 69년이 11회였음을 시사하는 '11'이라는 숫자가 눈에 띈다. 앨범의 성격상 커버에 고양이가 있을 리 없다. 게다가 빈센차 파스토렐리가 부른 문제의 곡이 11회 경연대회의 우승곡도 아니었으니 더더욱 고양이를 커버에 실을 이유가 없다.

95년에 발표된 터보의 리메이크 버전이 담긴 음반은 애초에 타이틀곡이 그 곡이 아니라 '나 어릴 적 꿈'이란 곡이었다. 커버에 고양이는 당연히 없다.

이쯤 되니 이상하다는 생각이 들었다.

검은 고양이를 노래한 곡 가운데 세상에서 제일 유명한 곡의 음반에 정작 검은 고양이는 어디에도 없다. 검은 고양이를 원했지만 끝까지 안 주었다는 원곡의 가사가 저주가 되어버린 건가? 하하, 설마.

그럼 검은 고양이가 불길하고 무섭다는 인식 때문에 음반이 팔리지 않을 걸 지레 두려워한 음반 관계자들의 농간?

충분히 가능성 있는 추리다. 아니, 이미 두 편의 추리 소설을 집필해본 작가답게 날카로운 추리. 비록 소설은 두 편 다 망하긴 했지만.

에드거 앨런 포의 소설만 보더라도 검은 고양이는 피해자이고 실상은 살인을 저지른 범인을 밝혀내는 제보자 역할을 할 뿐이다. 검은 고양이가 기분 나쁘다거나 불길하다는 것은 결국 사람들이 제멋대로 만들어낸 이미지에 불과하다. 고양이는 죄가 없다. 인간이 제멋대로 지어낸 이야기에 자승자박이 되었다고나 할까.

그러다가 나는 결국 이 노래의 음반에서 드디어 검은 고양이의 얼굴을 만났다. 엉뚱하게도 빈센차 파스토렐리의 원곡이 일본 내에서 싱글로 발매된 음반의 커버에서였다. 저렇게 앙증맞고 귀엽게 표현할 수 있는 검은

고양이가 왜 다른 음반에서는 어설
프게 검다만 반쪽 검은 고양이로
묘사됐을까?

나는 인연의 고리가 연결되듯 생
각의 고리가 고리에 고리를 물고 연
결되면서 이 노래의 주인공이 된 검
은 고양이의 정체가 궁금해졌다.

이 고양이는 원곡인 이탈리아판과 한국에 앞서 리메이크된 일본판에
서는 이름이 없었다. 이탈리아판의 네로(Nero)는 사람 이름으로 통용되
는 라틴어가 아니라 '검다'라는 뜻의 이탈리아어 Nero다.

그러니까 말 그대로 Gatto Nero, 검은 고양이지 이름은 없다.

일본판에서는 곡의 리듬이 탱고리듬이라는 것에 착안해 제목을 검은
고양이의 탱고(黒ネコのタンゴ)라고 짓고 원곡의 네로 네로~ 하는 후렴
구를 탱고 탱고~로 부르는 센스를 보였다. 그러나 이름은 여전히 없다.

이름 없던 우리의 검은 고양이는 박혜령이 부른 한국판에 와서 비로
소 이름을 부여받았다. 가사를 번안한 홍현걸 씨가 이탈리아어 Nero가
사람 이름인 라틴어 Nero와 발음이 같다는 점을 이용해 '네로'라는 이름
을 붙여준 것이다.

한국에 와서야 이름을 갖게 된 네로라는 검은 고양이는 애초에 이 노
래의 원곡을 만든 이탈리아인과 어떤 인연으로 얽혔기에 전 세계에서 가
장 많이 애청 되고 가장 많이 따라 불리는 동요 중 하나, 고양이를 소재
로 한 동요로 꼽는다면 단연 으뜸으로 꼽힐 노래의 주인공이 되었을까?

그리고 그 둘 사이에는 어떤 놀라운 이야기들이 숨겨져 있을까?

고양이 소개소라는 초현실적인 장소를 경험하고 그 이야기들을 쓰고 있는 나로서는 궁금해서 견디지 못할 소재였다. 생각이 여기까지 다다른 끝에 나는 결국 고양이 소개소의 그 남자를 찾아 나선 것이다. 이 검은 고양이 네로익 아무도 알지 못하는, 여태까지 아무도 들어본 적이 없을 신기한 이야기를 들어보기 위해서 말이다. 그러나 안타깝게도 그날 이후로 그 남자를 만나지 못했다.

오늘도 허탕이다. 인연이 연결될 때가 아니면 억지로는 갈 수 없는 곳인지도……. 아무래도 이 궁금증은 당분간 다시 가슴속에 묻어두어야 할 것 같다.

검은 고양이 이야기를 풀어놓다가 문득 생각난 음반이 있다.

하덕규의 시인과 촌장이 1986년에 발표한 2집 앨범 '푸른 돛'이다.

당시 언더그라운드 사운드의 메카라 불렸던 동아 기획에서 발매한 이 앨범은 설명이 필요 없는, 한국 가요사에 길이 남을 명반이다.

이 음반에는 '고양이'라는 곡이 수록되어 있다. 이 앨범부터 새로 합류한 기타리스트 함춘호의 고양이처럼 날렵한 기타 솔로가 끝내주는 곡이다. 그 '고양이'라는 곡의 주인공? 당연히 검은 고양이다. 저렇게 앨범 커버에 버젓이 나와 있지 않은가. 검은 고양이 네로 시리즈의 방황에 비하면 그야말로 알기 쉽고 명확한 고양이의 정체다. 혹시 두 곡의 주인공이 같은 녀석인 건 아니냐고? 에이, 그렇지는 않을 것이다. 두 곡이 발표된 시기가 서로 멀어도 너무 멀다. 오랜만에 생각난 음반이니 집에 가면 모처럼 꺼내 들어봐야겠다.

집으로 발걸음을 옮기려 돌아선 순간, 콧속으로 서늘한 바람이 들어온다. 가을 냄새다. 발끝엔 어느새 노란 은행잎이 차인다.

아아, 김광석이 노래했듯이 이런 흐린 가을 하늘에는 소설이나 애묘 칼럼이 아니라 그리운 이에게 편지를 써야 하는 건데…….

오늘은 글도 잘 안 써질 것 같으니 가는 길에 술이나 한잔 걸치고 들어갈까? 나비 녀석, 내가 좀 늦게 온다고 삐지진 않겠지. 그래. 오늘은 흘러가는 계절을 벗 삼아 딱 한 잔만 하고 들어가자.

전어와 굴이 무척이나 맛있을 계절이다.

epilogue
나가는 글

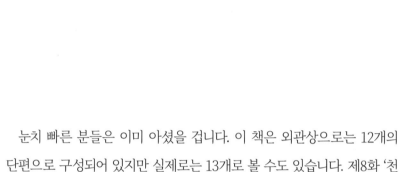

눈치 빠른 분들은 이미 아셨을 겁니다. 이 책은 외관상으로는 12개의 단편으로 구성되어 있지만 실제로는 13개로 볼 수도 있습니다. 제8화 '천 번의 후회'가 8.5화인 2장 '머리를 잃어버렸어요.' 편으로 이어지기 때문 인데요, 이 8.5화를 별도의 에피소드로 보느냐 그냥 8화에 전체적으로 속한 에피소드로 보느냐에 따라 책을 구성하는 단편 수가 12개 혹은 13 개로 달라집니다. 8.5화를 단순히 반쪽짜리 에피소드로 본다고 하더라 도 제12화에 해당하는 '검은 고양이 네로'가 다분히 번외 편 적인 성격을 띠고 있으므로 이것 또한 반쪽짜리 에피소드로 볼 수 있습니다. 그런 시 각으로 본다면 역시 12개짜리 단편으로 이루어지게 되는 셈이죠.

이렇게 전체적인 구성을 12개의 단편 혹은 13개의 단편으로 볼 수 있 게 구성한 이유는 두 가지가 있습니다. 우선은, 고양이 소개소의 존재 자 체가 어디에도 있을 수 있고 어디에도 없는 존재이기 때문에 그런 점을 묘사하기 위해 있는 듯 없는 듯 12개가 되기도 하고 13개가 될 수도 있는 구성 형태로 표현한 것입니다. 어험.

솔직히 이건 슬쩍 갖다 붙인 이유고, 진짜 이유는 두 번째에 있습니다.

두 번째는 바로 12간지에 들어가지 못한 고양이 띠를 묘사하기 위해서입니다.

고양이 띠가 왜 없는지 생각해보셨나요? 개와 더불어 우리 인간들에게 가상 친숙한 동물인 고양이가 12간지에 들어있지 않은 일은 참으로 불가사의한 일입니다.

호랑이 같은 맹수는 물론이고 용이라는 상상 속의 동물까지 12간지에 당당히 들어있는데 말이죠. 여기에는 여러 가지 설이 있습니다만, 우리에게 가장 잘 알려진 이야기는 간단히 이렇습니다.

어느 날 신이 정월 초하루 제일 먼저 세배하러 오는 열두 마리의 동물들에게 인간 세상에서 12간지를 담당하는 권한을 주겠노라 말씀을 하십니다. 날짜를 제대로 듣지 못한 고양이는 쥐에게 언제냐고 다시 물었고 짓궂은 쥐는 "못 들었어? 정월 초이튿날이라고 하셨잖아."라며 거짓말을 했다네요. 깜빡 속은 고양이는 하루 지난 이튿날에 뒷북치며 도착했고 결국 12간지에 간택되지 못했다는 거죠. 그 이후 고양이는 쥐에게 원한을 품게 되었고 쥐를 계속 쫓아다니게 되었다고 합니다만, 뭐 확인된 이야기는 아닙니다. 그래도 고양이가 12간지에 속하지 못한 데는 확실히 어떤 사연이 있을 것 같긴 합니다. 아닌 게 아니라 베트남에서는 고양이 띠가 정말 존재하고 대신 토끼가 12간지에 들어있지 않다고 하니, 우리가 들어 본 적 없는 또 다른 흥미로운 이야기가 있을 것 같지 않나요? 제가 이래서 그 고양이 소개소의 남자를 계속 찾고 있는 거랍니다.

아무튼, 12간지 안에 당연히 들 것 같으면서도 13번째가 되는 바람에 들지 못한 고양이 띠를 표현하기 위해 이 책의 구성 또한 그렇게 열둘인 듯 열셋인 것처럼 만들게 되었습니다.

저는 고양이 띠가 굳이 베트남이 아니더라도 우리 주변에 존재한다고 믿습니다. 그런 사람들은 있는 것 같으면서도 없기 때문에 만나기 힘들 뿐이죠. 살아가다 보면 평범한 일상 속에서 갑자기 문득, 알 스튜어트(Al Stewart)*의 노래처럼 고양이 해에 태어났다는 사람을 만나게 되지 않을까요? 제가 만났던 고양이 소개소의 신비로운 그 남자처럼 말이죠. 그 남자도 고양이 띠일 거예요, 틀림없이.

한 번 더 시선을 멀리 두고 주변을 돌아보세요. 이 책을 이미 읽은 당신에게는 전과 달리 고양이 해에 태어난 사람들의 모습이 보일지도 모릅니다. 그리고 낯선 거리를 걷다가 '고양이 소개소'라는 간판을 운명처럼 보게 될지도 모르죠.

그럴 땐 그냥 지나치지 마시고 용기를 내어 문을 열고 들어가 보세요.

당신의 인생을 송두리째 바꾸어 놓을 기적같이 놀라운 인연이 거기 기다리고 있을지도 모릅니다.

그럼 언젠가 고양이 해에 다시 만나게 될 그 날까지 부디 건강히.

---

* 영국 출신의 싱어 송 라이터. 그의 76년도 히트곡 'Year of The Cat'은 빌보드 싱글차트 8위까지 올랐습니다.

고양이
소개소

초판 1쇄 발행 2020년 5월 20일

지은이 임두건
일러스트 임두건

펴낸이 정선화
펴낸곳 복고기봉

편집 김정범
교정 백지홍
인쇄 샤크커뮤니케이션

도서출판 복고기봉
주소 서울시 성북구 삼선교로 14길 69 (삼선동 2가)
대표전화 02-755-1001   **팩스** 02-755-3113   **이메일** bokokibong@naver.com
블로그 blog.naver.com/bokokibong   **인스타그램** www.instagram.com/bokokibong
출판등록 2019년 12월 10일 제 307-2019-83호

ISBN 979-11-969433-1-8 03810